W0471106

Rabenherz

Anja Ukpai wuchs in einer kleinen Stadt im Münsterland auf. Schon früh begann die gelernte Sozialpädagogin mit dem Schreiben und arbeitet inzwischen als freie Autorin. Seit 2010 veröffentlicht sie Kinderbücher im Thienemann-Esslinger Verlag, die unter anderem mit dem »Leipziger Lesekompass« ausgezeichnet wurden. Nach einer Zeit in Michigan/USA ist die Autorin nun wieder zurück an ihrem Schreibtisch im Münsterland, den sie manchmal auch gegen ihren Lieblingsplatz unter dem alten, knorrigen Kirschbaum eintauscht.

Mehr über unsere Bücher, Autoren und Illustratoren auf:
www.planet-verlag.de

Anja Ukpai

Rabenherz

PLANET!

Für Nele und Niklas
und für einen schwarz schillernden Raben,
der in seinem Federkleid ein Geheimnis hütete.

PROLOG

Vincent George Lewis of Doorley
1894–1911

Mortlock Park, 19. März 1911

Der Wald atmete wie ein wildes Tier. Oder war es das Blut, das in ihren Ohren rauschte, weil sie etwas Verbotenes taten?

»Hast du Angst?«, fragte er und drückte den Stacheldraht herunter.

»Sehe ich so aus?«, fragte sie zurück, raffte ihr Kleid und kletterte über den Zaun in den Mortlock Park, den dichten Wald, der die private Jungenschule Saint Gilberts vom Dorf trennte.

»Komm«, flüsterte er und suchte nach ihrer Hand.

»So eine bin ich nicht«, zischte sie, reckte stolz ihr Kinn und beschritt den kaum erkennbaren Weg, der durch das Geäst hinauf zu dem alten Gemäuer führte, um das sich ebenso viele Legenden wie Efeu rankten.

Ein Lächeln huschte über sein Gesicht, als er ihr hinterhereilte. Sie war so anders als die Mädchen, die er kannte. Sie interessierte sich nicht für seinen Adelstitel oder das Vermögen seiner Familie. Maura Roberts hatte nur eine Schwäche: Saint Gilberts.

Zu Anfang hatte sie sich damit begnügt, seinen Erzählungen zu lauschen. Sonntagnachmittags hinter der

Dorfkirche. Wie gebannt hatte sie an seinen Lippen gehangen. Doch sie wollte mehr. Und an diesem Abend im März, an dem die Sonne warm schien und doch den Winter aus dem Schatten der Bäume noch nicht zu vertreiben vermochte, an diesem Abend nahm sie ihm das Versprechen ab, sie zur Schule hinaufzuführen. Zu *seiner* Schule.

Erst als das Kloster hoch oben auf Mortlock Hills vor ihnen auftauchte, hielt sie in Ehrfurcht erstarrt inne. Saint Gilberts war ein beeindruckendes Gebäude und beherbergte seit vielen Jahrhunderten eine Privatschule für die Söhne reicher Londoner Adelsfamilien. Unten im Dorf wurde gemunkelt, dass es auf Saint Gilberts nicht mit rechten Dingen zugehe. Die Alten behaupteten sogar, dass ein Fluch auf der Schule liege. Schüler seien vor vielen, vielen Jahren von dort verschwunden und man habe weder sie noch ihre Leichen je gefunden. Doch zur Dämmerstunde könne man ihre rastlosen Seelen wie weiße Nebel zwischen den Bäumen von Mortlock Park herumgeistern sehen.

Mit der Zeit aber verblassten die Warnungen vor Mortlock Park und kaum einer konnte sich mehr an das Geheimnis um die verschwundenen Schüler erinnern.

»Komm schon«, flüsterte er plötzlich und wusste selbst nicht so genau, warum. Zwischen den Bäumen stieg weiß der erste Dunst auf. Bald schon würde es dunkel werden.

»Wir sind nicht allein«, wisperte sie, deutete auf einen Schatten nahe des Waldsees und griff nach seiner Hand.

Sein Herz klopfte schneller und durch die Wärme ihrer Hand ermutigt rief er: »Ist da jemand?«

»Nicht, Vincent«, rief sie erschrocken, als er ein paar Schritte in Richtung Mortlock Lake machte. »Lass uns von hier verschwinden.«

Es war der besorgte und zugleich zärtliche Klang in ihrer Stimme, der ihn in einen wahren Glücksrausch versetzte und jegliche Vorsicht lahmlegte.

»Warte hier«, raunte er ihr leise zu und pirschte sich durch den Wald. Er würde ihn stellen. Wer auch immer hier draußen herumlungerte und ihr Angst einjagte.

Es war kurz nach Sonnenuntergang, als die Schulhunde, die den Falkner Sean Peters auf seinem abendlichen Rundgang begleiteten, anschlugen. Als hätten sie ein Kaninchen gewittert, jagten sie in den Mortlock Park.

»Verdammte Bande«, zischte Sean Peters und eilte ihnen hinterher. Doch er hatte sie längst aus den Augen verloren. Peters war nicht mehr der Schnellste, die vielen Drinks unten im Dorfpub hatten ihn kurzatmig werden lassen. »Beim Allmächtigen«, flüsterte er, als er die Hunde vor einem zusammengekauerten Mädchen nahe Mortlock Lake fand. »Kind«, rief er. Längst verblasste Bilder rasten durch seinen Kopf, als er zu dem Mädchen eilte, sie an den Schultern fasste und hochhob. Ihr Gesicht war bleich, ihr schlanker Körper zitterte. Musternd sah er sie an. »Bist du nicht die Kleine vom *Black Fox* unten im Dorf? Martha? Mariah?«

»Maura«, flüsterte sie und taumelte, als er den Griff um ihre Schultern lockerte.

»Maura, was tust du hier draußen ganz alleine im Mortlock Park?«

»Alleine?«, stammelte sie nur und sah sich mit angstvollem Blick um.

»Nicht?«, fragte Sean Peters und eine schreckliche Ahnung kroch ihm den Nacken hinauf.

Der Mortlock Lake lag still und schwarz in der Abenddämmerung. Weißer Dunst stieg aus dem Erdreich auf und sammelte sich über dem See.

Maura schüttelte den Kopf und sah hoch in die Luft, doch das Einzige, was Sean Peters erkennen konnte, war ein einsamer Kolkrabe im Geäst einer Eiche, dessen lautes »Kroak« Maura zusammenzucken ließ.

»Komm, Maura, komm weg von hier.«

Sean Peters schob Maura die Böschung hinauf, half ihr über den Stacheldrahtzaun und dann den Weg hinunter ins Dorf. Eine nie gekannte Erleichterung überkam ihn, als sie den Mortlock Park hinter sich gelassen hatten.

Mit lautem Gebell schreckten die Schulhunde die Bewohner von Little Lixton auf, die beim Abendessen saßen oder den Sonntagabend-Nachrichten im Radio lauschten.

Man trug Maura ins kleine Zimmer hinter der Küche des *Black Fox* und schickte nach dem Dorfarzt und der Polizei.

»Vincent«, flüsterte Maura und ihr starrer Blick sah durch das Fenster in die rabenschwarze Nacht.

Akutes Schocksyndrom diagnostizierte der Dorfarzt, verordnete absolute Ruhe und bahnte sich seinen Weg durch die neugierige Menschenmenge, die sich inzwischen vor dem *Black Fox* versammelt hatte.

Später am Abend sah man einen Rolls-Royce vor dem *Black Fox* vorfahren und binnen weniger Minuten war das ganze Dorf wieder vor dem Pub versammelt. Das lag aber weniger am Rolls-Royce als vielmehr an der Tatsache, dass dem edlen Wagen samt Chauffeur der Earl of Doorley persönlich entstiegen war.

»Dass er seinen Jungen hierherschickt, habe ich sowieso nicht verstanden«, murmelte der alte Walter Jenkins und damit war klar, was viele schon vermutet hatten: Der junge Vincent, Sohn des Earls of Doorley, war Mortlock Park zum Opfer gefallen.

Noch in derselben Nacht durchstreifte ein vierzig Mann starker Suchtrupp aus dem Dorf den Wald, um nach dem Jungen zu suchen. Maura hatte etwas von einem Schatten nahe Mortlock Lake gestammelt, als der junge Earl vor ihren Augen verschwunden war. Wie vom Erdreich verschluckt.

Am nächsten Morgen sollten die erschöpften Suchtrupps mit schlechten Nachrichten ins Dorf zurückkehren. Nichts, keine Spur war von dem Jungen zu finden. Mortlock Park hatte Vincent of Doorley verschlungen und mit ihm sein Geheimnis.

Maura Roberts aber wurde krank, bekam binnen Stunden hohes Fieber. Noch in dieser Nacht riefen sie wieder den Dorfarzt, doch der schüttelte nur mit dem Kopf. »Gegen Kummer hilft nur die Zeit«, meinte er bedauernd.

So holte man die alte Mildred, die sich in Kräuterkunde, Handauflegen, Wahrsagerei und Gedankenlesen verstand. Niemand in Little Lixton wollte zugeben, dass er an ihre Heilkünste glaubte, und dennoch war sie so etwas wie der letzte Hoffnungsschimmer, wenn nichts anderes mehr half.

Mildred schickte sie alle fort und verbrachte eine ganze Stunde mit Maura in der kleinen Kammer hinter der Küche des *Black Fox.*

Als sie die Tür wieder öffnete, flüsterte sie mit bedeutungsschwerem Blick in die Runde: »Das verfluchte Ungeheuer ist wiedererwacht. Wie lange hat es in seiner Höhle gesessen und gewartet, bis das Vergessen uns gänzlich eingelullt hat?« Man bot ihr einen Stuhl vor dem Kamin an und reichte ihr einen Sherry.

Eine ganze Weile war nur das leise Knistern des Feuers zu hören. Irgendwo in der Ferne schrie ein Rabe, obwohl es Nacht war.

Mildred verlangte einen zweiten Sherry, dann sprach sie flüsternd: »Doch Maura ist nicht die, auf die er wartet.«

Die Gabe der Hellsichtigkeit zeigt sich zumeist schon in frühester Kindheit. Nicht selten haben wir ein aufgewecktes, lebhaftes Kind vor uns, welches von merkwürdigen Erlebnissen oder Erscheinungen berichtet, die wir Erwachsenen nicht einordnen können. Leider stoßen diese besonderen Kinder oft auf wenig Verständnis und sind mit ihrer Gabe auf sich allein gestellt. (Es ist zu beobachten, dass man heutzutage sogar dazu neigt, diese Kinder aus Unwissenheit mit Psychopharmaka zu behandeln.) Ein hellsichtiges Kind wird seine Gabe schon mit Eintritt in die Pubertät verloren haben, wenn es von keinem Seelenverwandten umgeben ist, der es fördernd an die Hand nimmt.

Der Förderer benötigt eine gehörige Portion Geduld und muss sich darüber hinaus im Klaren sein, dass ein hellsichtig begabtes Kind natürlichen Schwankungen unterliegt. Die noch ungeschulte, wilde Gabe ist eine ab- und zunehmende Fähigkeit, welche oftmals mit den Mondphasen einhergeht und von überschäumender Lebendigkeit auf der einen Seite sowie tranceähnlichen Traumzuständen auf der anderen gekennzeichnet ist.

aus: »Ich sehe was, was du nicht siehst!« – Handbuch für Eltern von hellsichtigen Kindern, 3. überarbeitete Auflage, Meister Jadoo

1.

Die Katze, die schon seit einer Viertelstunde vor *Alma's Bakery* in der Sonne döste, hob ihren Kopf und spitzte die Ohren. Dann sprang sie mit einem Satz auf die Ladefläche von Dads Pick-up, der vor unserem Schaufenster parkte, und starrte mich an. Ich starrte zurück, denn etwas Besseres fiel mir nicht ein. Nach all den Jahren hatte ich noch immer nicht verstanden, warum nur ich diese Katze sehen konnte.

Das erste Mal bemerkte ich sie an dem Tag, an dem Tante Phoebe zu uns kam. Damals (vor neun Jahren) stand Tante Phoebe bepackt mit zwei Koffern plötzlich vor unserer Ladentür. Sie war an jenem novembertrüben Tag in einen Zug in London Victoria Station gestiegen und zu uns hinaus in den kleinen Ort Little Lixton gefahren. Sie hatte ihren Meister und Guru verlassen, weil sie in kurzer Folge zwei Eingebungen gehabt hatte. In ihrer ersten Vision hatte sie gesehen, dass ihr einziger Bruder Hilfe benötigte. Hilfe war untertrieben, denn an dem Tag, an dem Tante Phoebe plötzlich vor unserem Buchladen stand, kamen Dad, meine kleine Schwester Maggie und ich gerade von Mums Beerdigung.

Ich war damals sieben Jahre alt und sie hatten Mum auf dem kleinen Dorffriedhof hinter der Kirche beigesetzt. Und genau in dem Moment hatte ich herausgefunden, dass ich mehr sehen konnte als andere.

Wir wollten gerade den Friedhof verlassen, als ich sie entdeckte. Eine kleine getigerte Katze, die hinter Maura Roberts Grab hervorgekommen war. Vielmehr war es der Geist einer Katze, der sich von einer Grabsteinfigur gelöst hatte und vor uns her die Dorfstraße hinablief. Immer wieder wartete die Katze auf uns und führte uns direkt zum Buchladen, als wüsste sie, wo wir wohnten. Dad hatte sich die verheulten Augen trocken gewischt und mir geschworen, dass er keine Katze sehen konnte. Maggie war damals noch keine drei Jahre alt gewesen und verstand nicht, dass Mum nie wiederkommen würde. Sie hatte laut »Twinkle, twinkle, little star« singend auf Dads Schultern gesessen. Dad hatte mich besorgt angesehen und gemeint, dass er mich zu Dr. Parker bringen würde. Menschen würden vor lauter Kummer manchmal etwas komisch. Ich hatte Angst gekriegt, dass ich verrückt wurde, und mir geschworen, die getigerte Katze nie wieder zu erwähnen.

Als wir um die Ecke bogen und Tante Phoebe vor unserem Buchladen auf ihren beiden Koffern sitzend vorfanden, hatte ich sie zunächst auch für einen Geist gehalten.

Doch zum Glück war Tante Phoebe keine Geistererscheinung, sondern Dads ältere Schwester aus Fleisch und Blut, die erklärte, dass sie bei uns bleiben und von nun an für uns sorgen würde.

Phoebe war eine zierliche Person mit wilden dunklen Locken, die immer ungekämmt aussahen, egal wie viel Mühe sie sich damit gab. Ihre Hochsteckfrisuren sahen immer so aus, als hätten Vögel darin genistet. Sie hatte warme bernsteinfarbene Augen und einen Hang zur Esoterik.

Bis zu diesem Tag hatten Maggie und ich Tante Phoebe noch nie gesehen. Phoebe war so etwas wie das schwarze Schaf in unserer Familie, das hatte Mum jedenfalls einmal behauptet. Dad hatte gar nicht über sie gesprochen und nirgends (nicht einmal in den staubigen Kisten auf dem Dachboden) gab es ein Foto von Tante Phoebe, obwohl sie in diesem Haus aufgewachsen war.

Maggie und ich liebten Phoebe und ihren schier endlosen Optimismus vom ersten Augenblick an und es machte uns überhaupt nichts aus, dass sie ständig das Essen anbrennen ließ oder dass die Batikkleider, die sie für uns nähte, noch grauenvoller aussahen als die Schuluniformen der Saint Gilberts High School, denn mit Tante Phoebe kam das Glück zurück in unser Leben. Sie war ein bisschen wie Mary Poppins. Sie brachte uns ständig zum Lachen. Sie feierte Feste mit uns und ganzen Horden von Kindern im Zimmer hinter dem Buchladen. Sie erzählte spannende Geschichten, zum Beispiel von ihrem Guru aus London (Geschichten, die so haarsträubend waren, dass sie nur erfunden sein konnten), und sie erinnerte Dad von Zeit zu Zeit daran, zum Friseur zu gehen. Sonntagmorgens scharte Phoebe uns vor dem Fernseher um sich und wir mussten andächtig ihrem Guru, ein Inder, der sich im AstroTV Meister Jadoo nannte, beim Kartenlegen und Weissagen zusehen.

Tante Phoebe schmiss sogar unseren Buchladen mit

links und sie hatte ständig neue und verrückte Einfälle. Ihre berühmten Orakelkekse zum Beispiel.

Tante Phoebe behauptete nämlich, dass sie eine Seherin sei. Ein hellfühliges Medium. Das hatte ihr bestimmt der Guru eingeredet und es glaubte ihr außer Maggie niemand.

Maggie hatte Tante Phoebe von Anfang an für eine Zauberin gehalten. »Eine, die Tränen und den Abwasch und Läuse aus Haaren wegzaubern kann.«

Regelmäßig schloss Tante Phoebe sich in unserer Küche ein und buk ihre geheimnisvollen Orakelkekse, die besonders bei den Touristen aus London sehr beliebt waren. *»Das verlorene Armband hängt im Ausguss-Sieb«* oder *»Nehmen Sie sich heute und in den kommenden drei Tagen vor Pilzen in Acht«*, stand auf den kleinen eingebackenen Zetteln in den Cookies. Ganz oft schrieb sie auch berühmte und weniger berühmte Buchzitate auf die winzigen Papierschnipsel, die sie in die Kekse einbuk. *»Auch eine schwere Tür hat nur einen kleinen Schlüssel nötig. – Mehr von Charles Dickens finden Sie hinten rechts bei den englischen Klassikern.«*

Dad meinte, dass mit den Orakelkeksen sei genauso wie mit den Horoskopen aus der Zeitung. Millionen Menschen würden daran glauben. Dabei könne sich jeder mit ein bisschen Fantasie solche Vorhersagen ausdenken. Und wenn dann einer in der Zeitung liest, dass irgendwo einer an einer Pilzvergiftung gestorben ist, dann würde er denken: »Herrschaftszeiten, die Botschaft aus Phoebe Adams Orakelkeks hat mir das Leben gerettet.«

Die Touristen, die an den Wochenenden aus London zu uns heraus aufs Land kamen, schworen auf Tante Phoebes Orakel und manch einer hatte ihr schon gedankt, weil ihre Botschaft genau zur richtigen Zeit das Richtige vorhergesagt hatte. Und nicht selten behauptete einer, dass er durch die Buchempfehlung in dem Orakelkeks eine neue Lieblingslektüre gefunden hatte.

Tante Phoebe jedenfalls nahm ihre Orakel sehr ernst. Immer wenn sie eine Botschaft aus dem Universum oder aus einem Buch von einer zufällig aufgeschlagenen Seite *empfing,* zuckte sie regelrecht zusammen, ließ alles stehen und liegen (oder anbrennen) und zog ihr kleines Notizbuch aus der Tasche. Als ein Artikel in der *London Times* über Tante Phoebe und ihre berühmten Orakelkekse erschienen war (und die Touristenströme nach Little Lixton daraufhin an manchen Tagen schon einer Wallfahrt glichen), hatte Dad es aufgegeben, mit Tante Phoebe zu diskutieren und gemeint: »Irgendwie ist es ja auch Werbung für unseren Buchladen.«

Und es war bei Weitem nicht nur Werbung für den Buchladen, sondern auch für Tante Phoebe selbst, denn plötzlich interessierten sich unglaublich viele Herren mittleren Alters für sie. Maggie und ich vermuteten in den vielen Briefen, die sie seit dem Zeitungsartikel erhielt, romantische Heiratsanträge. Leider schafften wir es nie, einen der Briefe zu lesen, denn Tante Phoebe ließ sie immer sofort in ihrem Zimmer verschwinden.

Noch nie hatte ich einen von Phoebes Orakelkeksen nach der Zukunft befragt und ich hatte mir geschworen, dass das auch für immer so bleiben würde.

Für immer endete an diesem letzten Abend im August, an dem ich stundenlang im Schaufenster unseres Buchladens gesessen und gewartet hatte.

Draußen flammten nacheinander die Straßenlaternen auf. Die Katze (die für einen Geist eine unglaublich schöne Zeichnung hatte) hüpfte von Dads Pick-up, auf dem *Tom Adams Tierpräparationen* stand, und lief die Straße hinab Richtung Dorffriedhof.

Ein zarter Duft von Anis stieg mir in die Nase, als ich den Keks in der Mitte durchbrach und den kleinen Zettel herauszog, der über die wichtigste Frage meines sechzehnjährigen Lebens entscheiden sollte. Mit den Fingerspitzen strich ich das Papier glatt. Phoebes Handschrift war schwer zu entziffern. Jede Wette, dass sie das absichtlich machte. Das sollte wohl zu ihrem Orakel dazugehören: eine Schrift, so geheimnisvoll wie die Inschriften auf verwitterten Grabsteinen englischer Friedhöfe.

Ist die Bestimmte für den letzten Kreis bereit,
erhebt sich der Rabe in der siebten Zeit,
doch geheim wird das Wissen um seinen Namen sein.

Augenblicklich wurde mir schlecht und für einen Moment hatte ich das Gefühl im Bauch, als hätte sich eine Klappe im Boden unter mir geöffnet und ich wäre im freien Fall, auf dem Weg neun Jahre zurück in meinem Leben.

»June.« Phoebe kam mit einem Stapel Bücher aus dem Hinterzimmer.

Ertappt stopfte ich den kleinen Zettel in die Rocktasche. Ich setzte eine Unschuldsmiene auf und schob schnell die Kekskrümel unter die Bestelllisten der Saint Gilberts High School, bevor Phoebe die Bücher daraufwuchtete.

»Dein Brief wird kommen. Heute Nacht, noch vor dem Morgengrauen. Darauf kannst du Gift nehmen.« Sie nahm das oberste Buch vom Stapel und pustete den Staub herunter. »Äh … wobei ich dir das mit dem Gift allerdings nicht raten würde, denn dann hättest du ja umsonst sechs Wochen lang auf die Stipendiumszusage gewartet.« Nachdenklich sah sie mich über den Rand ihrer goldenen, kreisrunden Brille an und schraubte den Deckel zurück auf das Glas. »Du kannst also aufhören, meine Orakelkekse zu befragen, und etwas Nützliches tun. Jemand müsste das Caramel Shortbread kosten, das ich heute gebacken habe. Und du solltest mich auch endlich deine Schuluniform zu Ende abstecken lassen.«

Während ich ins Hinterzimmer schlurfte, band ich mein dunkles Haar zu einem Pferdeschwanz zusammen. Phoebe hatte recht, aber dafür musste sie keine Hellseherin sein. Wie jeden Tag der vergangenen sechs Wochen hatte ich auf das Schreiben der Wise-Fellows-Stiftung mit meiner Eintrittskarte in die teuerste und nobelste Privatschule des Landes gewartet. Doch das Einzige, was sich in der letzten halben Stunde in unserer verschlafenen Dorfstraße bewegt hatte, waren die Federspiele, die an der Markise zu Walters Falknereibedarf hingen, und die Katze, die nur ich sehen konnte.

»Morgen ist schon Freitag. Wenn der Brief nicht bald kommt, muss ich ab Montag aufs McMillan College.« Eine Schule, die Maggie nun seit einem Jahr besuchte und über die sie sich noch nie beschwert hatte. Außer vielleicht über den langen Schulweg mit dem Bus nach London.

Doch ich wollte mich nicht umgewöhnen. Wie jedes Mal spürte ich einen Kloß im Hals bei dem Gedanken, Saint Gilberts verlassen zu müssen. Etwas, das Maggie überhaupt nicht verstand, denn Saint Gilberts war die wohl spießigste und zugleich strengste Schule des Königreichs. Ein altes, schlossähnliches Klostergebäude voller angestaubter Traditionen, mit Butlern, jeder Menge Etikette und Benimmregeln und einer langweiligen schwarzen Schuluniform. Sogar Nachkommen des britischen Königshauses sowie ranghohe Politiker und einige britische Premierminister gehörten zu den ehemaligen Schülern. Nicht einmal der Gedanke, dass ich mich dann nie wieder über Rachel Howards und Zooey Pearce ärgern müsste, konnte mich trösten. Nicht nach fünf Jahren und ausgerechnet jetzt, wo es um die Aufnahme in die zweijährige Oberstufe ging, an deren Ende mir mit den A-Levels an jeder Universität des Landes Tor und Tür offen stehen würden.

Vielleicht hatte ich die Stipendiatenprüfung nicht bestanden?

»Einen IQ-Test, Prüfungen in Geschichte, Mathematik und Englischer Literatur und ein mindestens zweitausend Wörter umfassender Aufsatz zu dem Thema: *Wie kamen die Raben in den Londoner Tower?* Wie willst du das denn alles schaffen?«, hatte meine beste Freundin Emma beim Anblick der Liste von der Wise-Fellows-Stiftung erschrocken gerufen und zur Beruhigung einen von Tante Phoebes Orakelkeksen befragt.

Für Tante Phoebe jedenfalls hatte ich das Stipendium schon in der Tasche und wir hatten heute Morgen bei *Nobles* die neuen Röcke zu meiner Schuluniform eingekauft.

Phoebe klemmte sich ein paar Stecknadeln zwischen die Lippen, während ich zurück auf den Hocker stieg. »Es ist ein Kreuz mit euch Unsehenden«, jammerte sie, ohne auch nur eine einzige Stecknadel dabei zu verlieren. »Wenn du mir doch nur ein Mal vertrauen könntest. Erst heute Morgen habe ich in meinem Teesatz einen Boten gesehen. Einen *Boten.*« Phoebe glaubte, aus fast allem die Zukunft lesen zu können: aus afrikanischen Wurzeln, aus Teeblättern und Hühnerknochen.

»Boten bringen auch schlechte Nachrichten«, flüsterte ich. Bislang hatte ich ihr verschwiegen, dass auch ich Dinge sehen konnte. Aber so begabt wie Tante Phoebe war ich wohl nicht, denn im Gegensatz zu ihr handelte es sich bei mir ausschließlich um den Geist der Katze vom Dorffriedhof. Im *Handbuch für Hellsichtige* hatte ich gelesen, dass Hellsichtigkeit genauso wie Hellfühligkeit und Hellhörigkeit vererbbar sein kann. Ein paarmal schon war ich kurz davor gewesen, Tante Phoebe einzuweihen. Aber aus Angst vor dem Theater, das sie veranstalten würde, hatte ich es dann doch nicht getan.

»Perfekt«, fand sie, als sie die letzte Nadel im Saum

des schwarzen Rocks versenkt hatte und mich mit ein paar Schritten Abstand voller Stolz betrachtete. »So bedeckt er gerade noch deine Knie, genauso wie Mrs Stirlings Kleiderordnung es verlangt. Und wir wollen es uns ja nicht gleich mit ihr verscherzen. Ich hoffe nur, du wächst nicht so schnell. Zieh jetzt mal die Jacke dazu an.«

Seufzend schlüpfte ich in den schwarzen Blazer mit dem Schulwappen über der linken Brusttasche.

»Hach, meine kleine June sieht plötzlich so erwachsen aus«, rief Phoebe und ihre Augen hatten auf einmal einen verdächtigen Glanz. »Na?«, fragte sie zufrieden und schob einen Stapel Bücherkisten zur Seite, die den Blick in den Spiegel versperrten.

Maggie, die seit einer Stunde ihre neuen Stifte ins Federmäppchen sortierte und Tante Phoebes Shortbread dabei vernaschte, kicherte.

Obwohl ich schlechte Laune hatte, musste ich auch grinsen. Zu dem hochgesteckten schwarzen Rock der Schuluniform sahen das weiße, ausgeleierte Top und die selbst gestrickten Socken von Tante Phoebe irgendwie wild aus.

»Wenn Mrs Stirling mich so sehen könnte, würde sie der Schlag treffen.« Mrs Stirling war auf Saint Gilberts Lehrerin für klassische Tänze und leitete die Theatergruppe, aber ihre eigentliche Berufung war die Aufsicht des guten Benehmens und der Dressetikette.

»Bin ich froh, dass es bei uns keine Mrs Stirling gibt«, meinte Maggie. »Am McMillan College sagt keiner was, wenn der Rock zu kurz ist. Nicht mal wenn man Kniestrümpfe statt Strumpfhosen anzieht. Oder gar nichts.«

»Gar nichts?«, rief Phoebe erschrocken.

Maggie lachte und zeigte ihre glänzende Zahnspange.

Phoebe zog noch einmal kräftig an den Ärmeln meiner Jacke. »Vielleicht kann ich noch was vom Saum rauslassen«, meinte sie und strich seufzend über die abgenutzten Stellen an den Ellbogen. »Wenn es dich beruhigt, können wir Tom bitten, dass er morgen früh im Sekretariat in den Schülerlisten nach deinem Namen sucht.« Sie klopfte mir aufmunternd auf die Wange. »Nur falls der Brief heute Nacht aus irgendeinem Grund nicht zugestellt wird.«

Nein, das beruhigte mich kein bisschen. Dad war leider oft etwas zerstreut, was vermutlich seine vielen Jobs mit sich brachten. Er leitete Exkursionen in den Wäldern rund um Little Lixton für das Royal Veterinary College London, hauptsächlich arbeitete er als Tierpräparator und hatte vor einigen Jahren zusätzlich die Stelle des Falkners und Wildhüters auf Saint Gilberts übernommen. Infolgedessen bekamen wir ihn nicht oft zu sehen, zumal ich einen großen Bogen um seine Werkstatt für Tierpräparationen im Hinterhof machte, wo er auch heute Abend schon wieder stundenlang über irgendeinem toten Vogel saß. Ganz im Gegensatz zu Maggie, die manchmal ganze Nachmittage in Dads Werkstatt verbrachte und dort die ausgestopften Tiere abzeichnete. Besonders liebte sie ihre funkelnden Augen. (Als kleines Mädchen hatte Maggie immer behauptet, dass die ausgestopften Tiere nicht tot, sondern verzaubert seien und dass Dad ihnen nur aus der verwünschten Hülle herausgeholfen hatte.) Maggie kam eindeutig eher nach unserem Vater als ich. Ich hatte viel von Mum geerbt. Das behauptete Dad jedenfalls immer. Nur nicht Mums rote Locken, die hatte Maggie abbekommen.

»Okay, Herzchen«, sagte Phoebe und deutete auf den abgesteckten Rock. »Ich hol mal fix die Nähmaschine, damit zur Opening Ceremony am Samstag alles fertig ist.« Sie klang so aufgeregt, als wäre es *ihr* erstes Jahr in der Oberstufe. Umständlich stieg sie über ein paar Kartons und wollte schon in ihrem Zimmer verschwinden, als ihr etwas einfiel. »Ach übrigens«, sagte sie und blieb auf der Türschwelle stehen. »Weißt du, was ich heute Morgen in *deinen* Teeblättern gesehen habe?« Ihre Stimme klang gedämpft, sicher befürchtete sie, dass Dad sie sonst durchs offene Fenster bis in die Werkstatt hören konnte.

»Einen Raben«, flüsterten Maggie und Tante Phoebe bedeutungsschwer und im Chor.

Und da war sie wieder. Die Sache mit Phoebes zweiter Vision von vor neun Jahren. Diese Eingebung war im Gegensatz zur ersten, in der sie gesehen hatte, dass Dad Hilfe brauchte, nicht sehr konkret und ich hatte sie damals nur durch Zufall erfahren.

Es war spät in jener Nacht gewesen, in der Phoebe zu uns gekommen war. Ich konnte aus Kummer und Neugierde nicht einschlafen und war heimlich die Treppe hinuntergeschlichen, als ich Phoebe und Dad im Buchladen streiten hörte.

»Tom, wenn ich es dir doch sage. Ich habe ein Mädchen gesehen. Nicht irgendeines. Deine Tochter. Sie ist auserkoren.« Phoebes Stimme hatte sich beinahe überschlagen.

»Schluss jetzt!«, hatte Dad gebrüllt. »Wenn du nur hierhergekommen bist, um mir von deinen Hirngespinsten zu erzählen, dann ist es besser, du nimmst deine Sachen und gehst wieder. Zurück zu diesem Scharlatan nach London.«

»Hirngespinste?« Phoebe hatte fassungslos geklungen. »Ich habe *gesehen,* in welcher Not du bist, Tom. Willst du behaupten, dass das auch Einbildung war?« Und weil Dad daraufhin schwieg, hatte Phoebe geflüstert: »Siehst du? Ich warne dich nur ein Mal. Lass uns von hier verschwinden. Weit, weit weggehen. Einen Buchladen, tote Tiere zum Ausstopfen, ein College, eine gute High School, eine Falknerei … das alles finden wir auch woanders. Tu es für deine Tochter. Für eure Tochter. Grace würde es so wollen …«

»Woher willst du wissen, was Grace gewollt hätte? Hast du sie jemals kennengelernt?«, hatte Dad gezischt.

»Nein. Leider nicht. Aber das lag nicht an mir. Sei wenigstens so fair, das zuzugeben. Und ja, ich weiß, was Grace gewollt hätte. Eine Mutter will ihre Kinder beschützen. Und euer Kind ist in großer Gefahr. Ich habe gesehen, dass June die Bestimmte ist, die Saint Gilberts und all die rastlosen Seelen, die hier umhergeistern, von einem uralten Fluch befreien soll. Hörst du mir zu, Tom? Ich habe einen Raben gesehen, den Boten des Todes. Und ich habe gesehen, dass sie ihre große Liebe opfern soll. Du kennst doch die alte Prophezeiung? Jeder hier in Little Lixton kennt sie.«

»Lass mich mit dem Unfug in Ruhe!« Eine Tür wurde geöffnet und ich hatte mich schnell in die Nische unter der Treppe gezwängt. Keine Sekunde zu früh. Tante Phoebe eilte hinter Dad her, ein paar Stufen die Treppe hinauf.

»*Ist die Bestimmte für den letzten Kreis bereit, erhebt sich der Rabe in der siebten Zeit.* So heißt es doch, nicht wahr? Ich weiß nicht, was das mit dem letzten Kreis auf sich hat, aber ich weiß, dass es jedes Mal ein Unglück gab, als das Ungeheuer aufstieg. Und ich fühle, dass früher oder später der Tag kommen wird, an dem deine Tochter ihre Bestimmung zu erfüllen hat. Ich bitte dich nicht für mich, Tom. Ich bitte dich für sie.«

In dieser Nacht, in der ich noch lange und vor Angst und Kälte bibbernd unter der Treppe gehockt hatte, hatte ich mir zwei Dinge geschworen und später mit meiner krakeligen Kinder-Handschrift an die Tapete in meinem Zimmer geschrieben (an die Stelle zwischen Bett und Vorhang, die nur ich sehen konnte).

Ich will mich nie verlieben.

Ich mag keine Raben.

Aus den Tagebüchern des Rabenlords
Freitag, 03. September (im 600. Jahr n.V.)

Die letzte Nacht war mondhell und ich saß stundenlang in der uralten Linde vor dem Schulportal. Wie schnell sie gewachsen ist!
Ich erinnere mich noch an den Tag, an dem der alte Blake (der Dummkopf!) sie im Jahr 1416 als dürres Stämmchen gepflanzt hat.
Die vielen, vielen Jahre.
Wie lange habe ich nun wieder in dieser Höhle gehockt? Tief in der feuchten Dunkelheit jeden Lichtstrahl gemieden, nur um meinen schwachen Körper zu schonen. Hinausgezogen nur des Nachts, um gräuliche Würmer aus dem Erdreich zu fressen.
Mir drehen sich die Eingeweide um.
Ich vermisse es, auf zwei Beinen zu gehen ohne der Federn Gewicht.
Es ist Spätsommer in Mortlock Park und ich fühle die Kraft zurück in den Federsäften und darin pocht noch immer der Hass.
Noch immer und täglich drängender.
Ich will hinaus.
Jetzt.

2.

Bis drei Uhr hatte ich wachgelegen und immer wieder auf die Straße hinuntergesehen. Noch nie in den vergangenen fünf Jahren hatte ich mitbekommen, wer den Brief von der Wise-Fellows-Stiftung mit meiner Stipendiumszusage gebracht hatte. Und genauso geheimnisvoll wie der Brief war das Stipendium an sich. Unter höchster Geheimhaltung wurde meinen Mitschülern verschwiegen, dass ich kostenlosen Unterricht erhielt. Ausgenommen von diesem Geheimnis waren nur Dad, Tante Phoebe, Maggie und meine beste Freundin Emma, vor der ich einfach nichts geheim halten konnte. Dass ich Emma eingeweiht hatte, hätte mich mein Stipendium kosten können, denn ich musste jedes Jahr zu Beginn des Schuljahres einen siebenseitigen Vertrag unterzeichnen, in dem ich mich zu allem Möglichen verpflichtete, besonders aber dazu, über mein Stipendium und meine Zensuren Stillschweigen zu bewahren.

Um kurz vor drei fing es an zu regnen. Es regnete immer am ersten Schultag nach den Sommerferien. Doch es war kein typisch englischer Regen, wie er manchmal tagelang in grauen Schleiern über London hing. Dicke Regentropfen platschten von Böen herangetrieben aufs Kopfsteinpflaster, auf dem sich das Licht der spärlich beleuchteten Schaufenster spiegelte. Regenwasser sammelte sich in den Rinnen vor den Bordsteinen und versickerte in kleinen Strömen in den Gullis. Ich wollte gerade das Fenster schließen, als ich den Raben auf dem Dachsims gegenüber entdeckte. Ganz still saß er da. Ich hatte ihn nur deshalb bemerkt, weil das Licht der Straßenlaternen auf seinen feuchten Federn bläulich schimmerte. Auf einmal kriegte ich Angst und ich spürte am Hinterkopf ein Kribbeln und einen eiskalten Luftzug im Nacken – ungefähr so wie damals, als ich mit Emma einen Horrorfilm ansehen wollte und wir uns die ganze Zeit vor lauter Grusel ein Kissen vors Gesicht pressen mussten.

Nach einer Weile kam ich zu der Überzeugung, dass der Rabe mich anstarrte. Und von einer plötzlichen Idee getrieben, schlich ich durchs Haus und sah nach, ob mein Brief hinter dem Türknauf steckte. Steckte er natürlich nicht.

Besorgt knallte ich das Fenster zu und zog die Gardinen vor. In Gedanken hatte ich Tante Phoebe verflucht, die mich schon ansteckte mit ihrer Hellseherei und wegen der ich beim Anblick eines harmlosen Rabens aufgeschreckt gewesen war.

Obwohl die Sommerhitze noch in meinem Zimmer unter dem Dach hockte, hatte ich die Bettdecke bis ans Kinn hochgezogen. Ich fiel in einen unruhigen Schlaf, in dem ich von den Sieben Raben träumte, dem Märchen, das Tante Phoebe Maggie und mir so oft an kalten Winterabenden im Hinterzimmer unseres Buchladens erzählt hatte. Tante Phoebe hatte wohl schon immer ein Faible für Raben.

In meinem Traum hatte Dad uns unsere sieben älteren Brüder verschwiegen, die er alle vor langer Zeit zu Raben verflucht hatte. Durch eine Botschaft aus einem von Tante Phoebes Orakelkeksen war ich dem Geheimnis auf die Spur gekommen und machte mich nun auf, meine verfluchten Brüder zu suchen. Gerade als ich am Glasberg ankam und feststellte, dass ich den Schlüssel dazu (das Hühnerbeinchen) verloren hatte, wachte ich auf, weil mein Handy klingelte.

Emmas Stimme holte mich geradewegs aus dem Glasberg zurück in mein Zimmer über unserem Buchladen in Little Lixton und damit zurück zu der drängendsten Frage meines Lebens.

»Hey, June! Ich bin wieder im Lande. Tut mir leid, dass ich gestern Abend nicht mehr kommen konnte, aber Mum hat mal wieder den allerletzten Flieger für mich gebucht. Und du kennst ja die Saint-Gilberts-Limousinen. Bis der Fahrer seine weißen Handschuhe ausgezogen hat, das Gepäck im Kofferraum verstaut war und er dann wieder hinterm Steuer saß, hätte ich auch zu Fuß vom Flughafen zum Internat laufen können. Aber weißt du was? Wir haben neue Schüler für die Oberstufe. Einer ist mit mir zusammen vom Flughafen abgeholt worden. Aber leider gibt's auch schlechte Nachrichten. Rachel ist immer noch da. Ich hatte echt gehofft, dass sie und Zooey für die Oberstufe zum Clifton College wechseln würden. Und nun rate mal, was das Beste an der Oberstufe wird? June? Bist du da? June? Du hast doch dein …« Emma verstummte. »Du weißt schon was!«, flüsterte sie ins Telefon, als hätte sie Angst, dass uns jemand abhörte.

Ich hatte Emma vor fünf Jahren an unserem ersten Schultag auf Saint Gilberts kennengelernt und bis heute waren wir beste Freundinnen. Emmas Eltern lebten in Deutschland und gehörten zu irgendeinem steinreichen Landadel. Von Zwiesl zu Birnböckl oder so. Und obwohl Emma, eigentlich Emma Margareta Theresia, mit Geld nur so überschüttet wurde, war sie kein bisschen eingebildet. Sie träumte genau wie ich von ganz normalen Sachen. Zum Beispiel davon, die ganzen Sommerferien in einem Wohnmobil die Küste entlangzufahren. Wir stellten es uns immer unglaublich romantisch vor, jeden Abend woanders unser Lagerfeuer anzuzünden und nachts durch das Fenster im Dach des Wohnmobils die Sternschnuppen zu zählen.

»Bleib kurz dran, Emma«, rief ich ins Telefon, bevor ich es in die Schlafanzugtasche gleiten ließ, aus dem Bett sprang und die Treppe hinuntersauste.

»So viel zu deinem Versprechen, dass du mich nur ein Mal warnen wirst.« Dad kam kopfschüttelnd mit einer Tasse Kaffee aus der Küche. »Ah, guten Morgen, June. Halte dich besser von deiner Tante fern. Sie ist heute wieder auf einem ihrer ›Ich hatte eine Eingebung und wir müssen hier weg‹-Trip.«

»Nenn es, wie du willst«, murmelte Phoebe. Sie trug eine Kanne dampfenden Tee und stellte sie auf dem Tisch im Hinterzimmer unseres Buchladens ab. Meistens mussten wir den Tisch erst freiräumen. Heute Morgen türmten sich dort stapelweise Schulbücher für die Saint Gilberts High School, die Dad mit einer geübten Bewegung zur Seite schob. Das Hinterzimmer war alles gleichzeitig für uns: Esszimmer, Büro, Nähzimmer, Wohnzimmer und vor allem ein Lager für die Bücherlieferungen. In diesem Raum spielte sich unser ganzes Familienleben ab, denn das Wohnzimmer mit dem gemütlichen Kachelofen nebenan war vor neun Jahren kurzerhand in Tante Phoebes Reich umgewandelt worden.

»Was wollte ich denn nur?« Phoebe, die über ihrem Blümchenpyjama einen weinroten, seidenen Kimono trug und in deren roten Locken eine schwarze Schlafmaske steckte, stand nachdenklich im Raum und sah sich um.

»Du bist doch die Wahrsagerin. Wenn du es nicht weißt?«, zog Dad sie auf.

Als Phoebes Blick an der Nähmaschine hängen blieb, fiel es ihr wieder ein. »Ach ja«, rief sie und schnappte sich die Zeitung.

»Ist mein Brief von der Stiftung angekommen?«, fragte ich besorgt, denn ich konnte ihn nirgendwo entdecken.

In den vergangenen Jahren hatten Phoebe oder Dad ihn immer auf meinen Platz am Frühstückstisch gelegt. Letztes Jahr hatte Dad ihn sogar unter meiner Zimmertür hindurchgeschoben und ich hatte ihn schon beim Aufwachen gesehen. Heute Morgen allerdings hatte ich vergeblich als Erstes zur Tür geblickt und eine seltsame Ahnung hatte mich beschlichen.

»Ist er!«, flüsterte Phoebe und zog zögernd einen butterweißen Briefumschlag aus der Tageszeitung. Unter dem Wappen der Wise-Fellows-Stiftung stand *An Miss Juniper Adams, Adams Bookstore, Little Lixton.*

Mit bebenden Fingern riss ich den Briefumschlag auf.

»... freuen wir uns, Ihnen mitzuteilen, dass Sie sich im Auswahlverfahren für das zweijährige Oberstufenstipendium an der Saint Gilberts High School erfolgreich durchgesetzt haben«, las ich vor und durchs Telefon hörten wir Emmas Freudenschrei.

»Emma«, rief ich erschrocken und zog mein Handy aus der Schlafanzugtasche. Nach drei weiteren Freudenjauchzern sagte ich schnell: »Ich ruf dich gleich zurück.«

»Aber beeil dich, wir müssen noch so viel besprechen«, drängelte Emma, bevor ich auflegte.

Dad freute sich mindestens genauso sehr wie Emma, doch brach er nicht in Jubelschreie aus, sondern stupste mir grinsend in die Seite. »Ich hab's gewusst.«

Nur Phoebe schien sich nicht zu freuen. Sie saß nachdenklich über ihrer Teetasse – vermutlich wartete sie darauf, dass die Teereste am Boden ihrer Tasse sich zu einer Botschaft formierten.

»Hör zu, June«, flüsterte sie mir zu. »Auch auf die Gefahr hin, dass es von euch keiner mehr hören will. Wir sollten fortgehen von hier.«

»Fortgehen?« Ich sah Tante Phoebe bestürzt an. »Ausgerechnet jetzt, wo ich ein zweijähriges Stipendium bekommen habe? Jetzt, wo feststeht, dass ich bis zum Ende meiner Schulzeit auf Saint Gilberts bleiben darf?«

Tante Phoebe schien mir gar nicht zuzuhören. »Wir könnten nach Schottland ziehen. Es gibt so schöne Dörfer an Schottlands Küste. Und ganz exzellente Schulen für dich und Maggie. Mindestens so gute Schulen wie Saint Gilberts. Oder wir gehen nach London. Die Stadt liebst du doch so.« Sie strahlte bei dieser Idee. Vielleicht aber auch, weil sie dabei an ihren Guru denken musste. »Inmitten der Großstadt wird uns niemand so leicht finden. Ich meine es ernst. Sicher, ich weiß, dass du dich über das Stipendium freust. Aber erst letzte Nacht hab ich wieder einen Raben gesehen, der …«

»Ich auch«, unterbrach ich sie und suchte in dem Umschlag nach dem üblichen Stipendiatenvertrag. »So gegen drei. Aber er hat mit dem Brief hier nichts zu tun. Ich hab nachgesehen. Das Schreiben muss später gekommen sein.«

Dad und Phoebe blickten mich einen Moment lang an, als wäre ich übergeschnappt.

»Zwei Seherinnen im Haus halte ich nicht aus«, murmelte Dad, faltete die Zeitung auseinander und hielt sie vor sein Gesicht.

»Das verstehe ich nicht«, sagte ich und schüttelte den Briefumschlag, doch das Einzige, was er zutage beförderte, war eine kleine Karte.

»… erwarten wir Sie heute Nachmittag um fünf Uhr zur Vertragsunterzeichnung in den Räumen der Wise-Fellows-Stiftung auf Lixton Hall«, las ich vor, was darauf stand.

Dad und Phoebe horchten auf.

»Zeig mal her«, forderte Dad und ich reichte ihm die Karte. »Das haben die ja noch nie gemacht«, sagte er stirnrunzelnd.

»Was denn, Tom?«, fragte Tante Phoebe aufgeregt und schnappte Dad die Karte aus der Hand. »... wird Sie um halb fünf unsere Limousine zu Hause abholen?« Tante Phoebe warf hektische Blicke auf die Wanduhr. Das machte sie immer, wenn sie in Stress geriet, als wollte sie die Zeit beschwören, langsamer zu verstreichen.

»Das wird nicht gehen«, sagte Dad und stürzte den Rest seines Kaffees hinunter. »Da muss ich in der Falknerei sein. Die meisten Schüler kehren heute schon zurück.«

»Das ist nicht schlimm, Dad«, beeilte ich mich zu sagen, bevor er es sich noch anders überlegte. Mit sechzehn brauchte man nun wirklich keinen Aufpasser mehr, besonders dann nicht, wenn man vor der Haustür von einer Stiftungs-Limousine abgeholt wurde.

»Und ob das schlimm ist«, rief Tante Phoebe. »Dann wird uns nichts anderes übrigbleiben, als den Buchladen eher zu schließen. Vielleicht wäre es sogar das Beste, wenn ich meine Bedenken vor dem Stiftungsausschuss persönlich vorbringe. Hier stoße ich ja nur auf taube Ohren. Wir kommen mit dir nach Lixton Hall, mein Kind.«

»Wir?«, fragte Maggie, die verschlafen die Treppe herabgestiegen kam.

»Wir begleiten deine Schwester heute Nachmittag zur Teestunde mit dem Earl of Gilligan.«

»Juhuu«, rief Maggie nun hellwach.

Ich versuchte ein dankbares Lächeln. Aber es gelang mir wohl nicht besonders, denn Dad klopfte mir aufmunternd auf die Schulter, bevor er in seiner Werkstatt verschwand.

Pünktlich um halb fünf hielt die Limousine vor der Ladentür. Der Fahrer, gekleidet in einem schwarzen Anzug und mit Mütze und polierten Schuhen, stieg aus, um zuerst Tante Phoebe und dann Maggie und mich hinten einsteigen zu lassen. Es war eines dieser noblen Autos, die eine Mittelglasscheibe haben und die der Fahrer sogleich schloss, als er selbst eingestiegen war.

»Ich hab dir ja gesagt, dass du dich schick anziehen sollst«, sagte Tante Phoebe, die beeindruckt über die cremeweißen Ledersitze strich und der Fensterscheibe dabei zusah, wie sie den hinteren Wagenteil vom vorderen abschloss. »Wenigstens die Schuluniform hättest du anziehen können«, sagte sie seufzend mit Blick auf meine Jeans und das T-Shirt mit der Lochstickerei, wozu ich eine lange Strickjacke und meinen Lieblingsschal trug. Maggie hatte ihr den Gefallen getan und ihre Schuluniform des McMillan College angezogen. Aber die war auch zehnmal besser als unsere von Saint Gilberts. Die karierten Röcke waren gerade sogar furchtbar in und so kurz, dass Mrs Stirling einen Herzanfall bei Maggies Anblick bekommen hätte.

Auch Tante Phoebe hatte sich herausgeputzt, als hätte sie den Termin mit dem Earl und nicht ich. »Und vergiss nicht, dich zu bedanken für die vergangenen Jahre, in denen die Stiftung dich schon unterstützt hat«, sagte sie bereits zum dritten Mal, als wir die lange Einfahrt nach Lixton Hall hinauffuhren. Der Fahrer war den langen Weg rund um den Mortlock Park herumgefahren, statt einfach hindurch, übers Schulgelände und an der Falknerei vorbei.

Tante Phoebe wurde immer stiller und weil das selten vorkam, wunderte ich mich darüber.

Der Wagen hielt knirschend auf dem Kiesweg an. Wir standen vor einem viktorianischen Gebäude, ein »Protzbau«, wie Maggie es nannte, und Tante Phoebe klopfte gegen die Mittelscheibe.

»Sir?«, fragte sie aufgebracht. »Das kann unmöglich richtig sein. Sehen Sie nicht, dass Sie uns zum Bediensteteneingang gefahren haben?« Sie sagte *Bediensteteneingang,* als wäre es der Eingang zu einer übelriechenden, öffentlichen Toilette in der Londoner Untergrundbahn.

»Verzeihung, Madam«, sagte der Fahrer, stieg aus und setzte seine Mütze wieder auf. »Der Eingang zum Büro der Stiftung liegt hinter dem Bediensteteneingang rechts um die Ecke.«

»So?« Tante Phoebe guckte zwar immer noch ungläubig, stieg aber dennoch aus. »Kommt, Kinder, wir sind spät dran.«

Wir liefen um das Gebäude herum und fanden tatsächlich eine kleine Eingangstür mit einem Raben-Türklopfer.

»Hier muss es sein«, sagte Tante Phoebe und ließ den Raben laut gegen die Tür knallen. Ich fragte mich einen Augenblick, wieso sie da so sicher war.

Auf einem silbern glänzenden Schild neben der Tür standen verschiedene Namen. Demnach waren in den

Büroräumen hinter dem Eingang der Verein zur Förderung und Erhaltung der alten Zünfte, die Guild of the Wise Fellows, die Wise-Fellows-Stiftung und die Vereinigung zum Schutz der Raben im Tower of London.

»Wow«, flüsterte Maggie beeindruckt und zupfte nervös an ihrem Rock.

Eine junge Frau in einem schwarzen Kostüm und mit strengem Haarknoten öffnete uns die Tür. Sie sah Tante Phoebe, Maggie und mich von oben bis unten und recht ratlos an, bis sie zögerlich fragte: »Miss Adams?«

»Ich hab dir doch gesagt, dass dein Aufzug nicht angemessen ist«, zischte Tante Phoebe vorwurfsvoll, als uns die Dame in ein Büro führte.

»Ich hoffe, Sie hatten eine angenehme Anreise«, sagte die junge Frau, vermutlich nur aus Höflichkeit. Tante Phoebe, Maggie und ich nickten eingeschüchtert.

»Bitte«, die Empfangsdame öffnete eine schwere Eingangstür und deutete nach links. »Sie können dort Ihre Garderobe ablegen. Ich sehe in der Zwischenzeit nach, ob der Earl of Gilligan bereit ist, Sie zu empfangen.«

Beinahe hätte ich laut losgelacht. Die Situation war aber auch wirklich zu komisch. Tante Phoebe, die sich mit weit aufgerissenen Augen umsah und ihre Handtasche umklammerte, als müsste sie sich irgendwo festhalten. Maggie, die nicht aufhören konnte, an ihrer Schuluniform herumzuziehen, und die Empfangsdame, die ein Brimborium veranstaltete, dass man annehmen konnte, die Königin von England wollte uns empfangen und nicht der Earl of Gilligan, dem ich auf Saint Gilberts fast jeden Tag über den Weg lief.

Eine doppelflüglige Tür wurde geöffnet und jemand rief: »Phoebe Adams? Ist es wahr?«

Nun verstand *ich* gar nichts mehr. Hallo? Wieso stand der Earl wie vom Donner gerührt in der Tür zu seinem Büro, nur weil Tante Phoebe mich begleitet hatte?

»Wie du siehst«, sagte Tante Phoebe und ich konnte es nicht fassen, aber sie war knallrot geworden. Wie ein Teenager. Was ging denn hier vor sich? Ich fing Maggies Blick auf und hätte beinahe laut gekichert.

»Wie lange ist es her, dass du geschworen hast, keinen Fuß mehr in dieses Haus zu setzen?«, fragte der Earl und kam näher. Er trug eine graue Anzughose mit passender Weste, aus dessen Tasche eine goldene Kette heraushing, die entweder zu einer Taschenuhr oder einem Astrolabium gehörte. Für sein Alter (ich schätzte ihn auf Tante Phoebes Alter) sah er wohl richtig gut aus.

»Fast zwanzig Jahre?«, fragte Tante Phoebe und sah mich und Maggie verlegen an. Wie sollten wir das denn wissen?

»Mrs Bradford, bitte lassen Sie für meine alte Freundin Mrs Adams und ihre reizende Nichte, äh …« Der Earl sah Maggie von Kopf bis Fuß an. Beim Anblick des kurzen Rocks hatten seine Augenbrauen gezuckt, ich hatte es genau gesehen. Anmerken ließ er sich aber nichts. Dafür hatte der Earl vermutlich viel zu viel Selbstbeherrschung und Anstand.

»Maggie.«

»Und für Miss Maggie Lemon Cupcakes von *Alma's* kommen. Die magst du doch immer noch so gerne,

Phoebe?« Der Earl nahm Tante Phoebes Hand und hauchte einen Kuss darauf.

Maggie und ich sahen fasziniert dabei zu. Das war besser als eine Folge *Downton Abbey* und *Meister Jadoos Schicksalsrunde* im AstroTV zusammen. Und vor allem romantischer.

»Und Sie, Miss Juniper«, fuhr der Earl fort und es dauerte einen Augenblick, bis bei mir ankam, dass er mit mir sprach. »Sie sind ja der Anlass für dieses, ähm, ja, Familientreffen …« Ich hätte schwören können, dass die Röte in Tante Phoebes Gesicht noch einen Ton dunkler geworden war. »Bitte, auf ein paar Worte«, sagte er und ging voran in sein Büro.

Zögernd folgte ich dem Earl in einen hellen Raum mit großen Bogenfenstern, in dessen Mitte unter einem riesigen Kronleuchter ein kostbarer Schreibtisch stand.

»Nein, Mrs, Sie können da leider nicht hinein. Die Unterredung findet ausschließlich mit Ihrer Nichte statt«, hörte ich Mrs Bradford rufen.

»Unter gar keinen Umständen werde ich June …«, protestierte Tante Phoebe und ich wäre am liebsten im Erdboden versunken.

»Madam? Kommen Sie. Es dauert nur wenige Minuten.« Mrs Bradford schloss die Tür hinter mir und ich war allein. Natürlich war ich nicht wirklich allein, der Earl war ja da, dennoch fühlte ich mich ohne Tante Phoebe plötzlich so verlassen.

Auszug aus den Statuten der
GUILD of the WISE FELLOWS
England, 1418

4. Der Lehrling

4.1 Kein Meister darf mehr als drei Lehrlinge in seinem Leben annehmen.

4.2 Ein Lehrling muss von ehrbaren Eltern sein, strebt er die Großmeisterwürde an, so muss er von Adel sein.

4.3 Ein Meister soll seinen Lehrling in Pflicht nehmen für sieben Jahre, und ein solcher Lehrling darf nicht eher zum Bruder und Gesellen gemacht werden, bevor seine Würdigkeit, Tüchtigkeit und Geschicklichkeit durch die zu diesem Zweck versammelten Großmeister festgestellt worden ist.

4.4 Ein jeder Lehrling soll eine angemessene Gebühr (mindestens aber 7 Pfund) im Jahr für seine Ausbildung bezahlen.

4.5 Es soll auch immer mindestens einer unter all den Lehrlingen sein, der seine Erziehung und Ausbildung kostenlos erhält. Die Versammlung der Großmeister wählt diesen Lehrling unter Berücksichtigung seiner Würdigkeit, Tüchtigkeit und Geschicklichkeit aus. Die Identität des Auserwählten ist streng geheim zu halten.

3.

Es war das größte Büro, das ich je gesehen hatte – so etwas nannte man woanders Tanzsaal. Man hatte einen herrlichen Ausblick in den Park und auf die Springbrunnen. An den Wänden hingen große Ölgemälde von irgendwelchen wichtigen Männern und Frauen, die ich allesamt nicht kannte.

»Kommen Sie, Miss Juniper«, rief der Earl, als mein Blick an den Fotografien einiger Raben hängen blieb.

»Gute alte Bekannte für Sie, Miss Juniper. Hugine, Munin, Branwen und Fleur«, sagte er. »Die Rabenladys im Tower of London. Und wie bei so vielen Traditionen Englands, sind auch hier noch die Gentlemen in der Überzahl.« Er deutete auf die Fotografien an der anderen Seite des Kamins. »Gwyllum, Thor, Baldrick, Bran, Gundulf und Colin. Es heißt ja, wenn die Raben den Tower verlassen, geht das Königreich und ganz England unter.«

»Glauben Sie das?«, fragte ich und betrachtete eine Uniform, die auf einem antiken Kleiderständer hing. Ein langer dunkelblauer Gehrock mit roten Absätzen und einer roten aufgestickten Krone vor der Brust. Darunter die Buchstaben E II R. Irgendwoher kam mir das bekannt vor.

»Das steht für Elisabeth die Zweite Regina, also Königin«, erklärte der Earl, der sich offensichtlich freute, dass er sein Wissen mal an jemanden weitergeben konnte. »Es handelt sich hierbei um die neuere Version der viktorianischen Tudor-Uniform des Rabenmeisters, die 1858 von *Mrs Batt and Son of Edmond Street* entworfen wurde.«

Also eine sehr neue Version, dachte ich grinsend. Aber an den Rabenmeister konnte ich mich tatsächlich erinnern. Tante Phoebe war mit Maggie und mir extra wegen der Legende der Tower-Raben nach London gefahren. Wir hatten sogar an der abendlichen Schlüsselzeremonie teilnehmen dürfen, bei der nach strengem Protokoll die Tore des Towers of London abgeschlossen werden und die exakt sieben Minuten dauert.

»Und um auf Ihre Frage zurückzukommen: Selbstverständlich ist es so, dass England untergeht, wenn wir nicht in der Lage sind, unsere alten Traditionen aufrechtzuerhalten, denn dann geben wir uns selbst auf.«

»Daher diese ganzen Stiftungen«, vermutete ich.

»Womit wir beim Thema wären«, erinnerte sich der Earl und winkte mich hinter sich her zu einer Tür am Ende des Raumes.

»Sir?«, fragte ich und sah den Earl überrascht an. »Sie wollen mich wegen der Tower-Raben sprechen?«

»Wie?« Der Earl drehte sich irritiert herum. »Ach so. Nein, nein. Über die Tower-Raben könnten wir Ihnen zwar auch so einiges erzählen, aber wir wollten Sie wegen Ihres Stipendiums sprechen.« Er schloss die Tür auf und folgte meinem Blick, der an einem aufgerollten Wandteppich über dem Türrahmen hängen geblieben war.

»Früher war diese Tür eine Geheimtür und man hat sie hinter einem Wandteppich versteckt. Inzwischen ist die Tür nicht mehr geheim und wir haben die Schlösser auswechseln lassen. Ach und passen Sie auf, wo Sie hintreten. Ihre Augen werden einen Moment benötigen, um sich an die Dunkelheit zu gewöhnen.«

Ich starrte ins Dunkel, in das der Earl verschwunden war, und erwartete, dass er ein Licht einschalten würde. Doch stattdessen rief er nach einer Weile: »Wo bleiben Sie denn, Miss Juniper?«

Die spärliche Beleuchtung der winzigen Wandlampen war tatsächlich gewöhnungsbedürftig. Ich erkannte, dass hinter der Tür eine steile Treppe hinabführte, die mit einem kostbaren, dunkelroten Teppich ausgelegt war. Wie ein Geheimgang in einem mittelalterlichen Schloss. Augenblicklich wollte ich umkehren und durch die Tür zurück ins Büro gehen, als ich unten einen hellen Lichtschein sah.

»Miss Juniper?«, hallte eine Stimme von den Wänden wider.

Während ich die Treppe hinabstieg, fragte ich mich, ob Tante Phoebe von den Geheimnissen hier auf Lixton Hall wusste. Hatte sie deshalb so ein Theater gemacht und wollte mich unbedingt begleiten?

»Kommen Sie, kommen Sie. Sie werden erwartet.« Der Earl stand am Fußende der Treppe im Türrahmen einer kleinen, zu einem Kellerraum führenden Tür, und als ich hindurchging, blieb mir die Luft weg.

Das war kein Kellerraum, das war eine Bibliothek. Und was für eine. Die Bibliothek von Saint Gilberts war ja schon für seine pompöse Ausstattung weltweit berühmt, doch diese Bibliothek hier unten übertraf alles. Kunstvoll verzierte Bücherregale schmiegten sich zwischen Säulen, die von in Stein gemeißelten Figuren getragen wurden. In einem Kamin, der mit unzähligen steinernen Raben verziert war, prasselte ein Feuer, obwohl es überhaupt nicht kalt war.

In der Mitte des Raumes und gegenüber vom Rabenkamin stand auf einem kostbaren Teppich ein großer Tisch, auf dem sich (ähnlich wie bei uns zu Hause) unzählige Bücher stapelten. Davor saßen zwei Männer und eine Frau und starrten mich neugierig an.

»Nun kommen Sie schon näher!« Der Earl setzte sich an den Tisch zwischen einen Mann mit einem altmodischen Zwirbelbart und einem anderen mit polierter Glatze und einer Hornbrille, die sein halbes Gesicht dahinter verschwinden ließ. Die Frau, die neben dem Zwirbelbart saß, musterte mich streng über den Rand ihrer Brille. Sie war eine dürre Gestalt mit ordentlichem Haarknoten, die meine Jeans ansah, als wäre es für sie kein ordnungsgemäßes Kleidungsstück.

»Also, ich möchte mich zuerst einmal bedanken für die letzten Jahre, in denen ich von Ihnen unterstützt worden bin«, wiederholte ich brav die Worte, die Tante Phoebe mir eingebläut hatte.

»Da müssen Sie sich in erster Linie selbst danken«, sagte der Zwirbelbart und stellte sich mir als Sir Alastair Russel vor.

»Mr Harris«, meinte der Glatzkopf und lächelte freundlich.

»Lady Reece!« Die ältere Dame reichte mir ihre langen, knochigen Finger zur Begrüßung, nicht ohne noch einen abfälligen Blick auf meine Kleidung zu werfen.

»Bitte«, der Earl deutete auf einen Stuhl. »Nehmen Sie Platz, Miss Juniper.«

Mr Harris nahm seine Brille ab. »Wir sind hier heute zum Stipendiatenausschuss zusammengekommen, da uns unser Lehrling Kummer bereitet, Miss Juniper.«

Ich verstand nur Bahnhof.

Stipendiatenausschuss? Lehrling?

»Die Wise-Fellows-Stiftung ist eng mit den alten Statuten der Guild of the Wise Fellows aus dem Jahre 1408 verbunden.« Der Earl unterbrach sich. »Nun schauen Sie doch nicht so überrascht.«

»Verzeihung, Sir«, sagte ich und versuchte Ordnung in meine rasenden Gedanken zu bringen.

»Was lernen die Schüler denn in Historie? Wird das überhaupt gelegentlich überprüft?«, fragte der Zwirbelbart in die Runde. »Jedenfalls sollten Sie sich mit den Statuten der Guild of the Wise Fellows schleunigst vertraut machen, falls das noch nicht geschehen ist«, forderte er. »Wir unterstützen Sie für sieben Jahre, so, wie es seit jeher in unserer Vereinigung Sitte war. Und Saint Gilberts ist ein ganz herrlicher Ort für die Ausbildung eines Lehrlings der Wise Fellows«, schwärmte er.

Sieben Jahre, Lehrling, Wise Fellows, echote es in meinem Kopf.

Lady Reece räusperte sich. »Da Sie nun in die Oberstufe eingetreten sind und diese bekanntlich zwei Jahre dauert, ist damit klar, dass Sie bis ans Ende Ihrer Schulausbildung mit unserer vollen Unterstützung rechnen dürfen. Für sieben Jahre.«

»Danke, Ma'am«, flüsterte ich, da mir nichts Besseres einfiel. »Aber warum ausgerechnet ich?«

»Kindchen, lesen Sie die Statuten. Umgehend. Dann ersparen Sie uns solch umständliches Geschwätz.« Mr Harris schüttelte abwertend den Kopf und beugte sich zum Earl of Gilligan. »Sind Sie sicher, dass es sich bei diesem Mädchen tatsächlich um die begabteste Schülerin von Saint Gilberts handelt und nicht etwa um ein Versehen?«

Ich horchte auf. Ja, diese Frage wollte ich auch gerade stellen. Zumindest den Teil mit dem Versehen.

Sir Russel blätterte in einem Ordner und zog eine Brille aus seiner Anzugtasche. »Miss Juniper hat mit …« Er stockte und sah auf. »Mit 98 Punkten bestanden«, sagte er beeindruckt. »Volle Punktzahl in Literatur, Mathematik und Historie. Einzig bei Ihrem Aufsatz haben Sie etwas enttäuscht. Ich habe ihn mir angesehen. Eine sehr gewagte These, dass die Legende um die Tower-Raben ebenso wie die berühmte Legende der verschwundenen Schüler und dem Ungeheuer im Mortlock Park nur aus Marketingzwecken erfunden wurden, finden Sie nicht auch, Miss Juniper?«

Ich öffnete meinen Mund, doch außer einem »Äh« brachte ich nichts heraus.

»Ich hatte an Aufbau, Gliederung und Argumentation überhaupt nichts auszusetzen«, wandte Lady Reece ein. »Allerdings habe ich Ihnen tatsächlich ein paar Punkte für Ihre gewagte These abziehen müssen.«

»Nun denn«, fuhr der Earl of Gilligan fort und drehte einen Kugelschreiber zwischen seinen Fingern. »Wir haben Sie nach Lixton Hall in die Räume der Stiftung eingeladen, da wir etwas mit Ihnen zu besprechen haben, das für keine anderen Ohren und Augen bestimmt ist. Bevor wir also mit der Unterredung beginnen, wird Ihnen Mrs Bradford eine Geheimverfügung zur Unterschrift vorlegen.«

Der Stiftungsausschuss musste mich für eine furchtbare Tratschtante halten, so oft, wie ich schon irgendwelche Geheimklauseln unterschrieben hatte.

Der Earl stand auf und drückte auf eine kleine Klingel neben der Tür, durch die wir gerade hereingekommen waren. Wenige Augenblicke später erschien Mrs Bradford und legte vor mir eine lederne Mappe und einen silbern schimmernden Füller ab.

»Sir?«, hörte ich sie leise flüstern, als sie neben dem Earl stand. »Diese Dame, die Tante von Miss Juniper, sie ist recht … nun ja, ungehalten.«

»Ich weiß«, sagte der Earl seufzend. »Richten Sie ihr aus, dass wir nicht mehr lange brauchen.«

Mr Harris räusperte sich und deutete auf die Ledermappe vor mir. »Bitte, Miss Juniper. Lesen Sie die Vereinbarung durch und unterzeichnen Sie unten rechts.«

In der Ledermappe lag ein vorbereitetes Schriftstück auf dem ein einziger Satz stand: *Ich, Juniper Adams, verpflichte mich, über das heute Besprochene und Gehörte absolutes Stillschweigen zu bewahren, und erkläre mich einverstanden, dass mir bei Regelbruch mit sofortiger Wirkung das Stipendium für die Saint Gilberts High School entzogen wird.*

Darunter war auf der linken Seite eine ausladende Unterschrift mit einem Rabenkopf-Siegel versehen. Auf der rechten Seite stand *Unterschrift Stipendiat.*

Ich sah in die erwartungsvollen Gesichter von Mrs Bradford, dem Earl of Gilligan, Mr Harris, Sir Russel und Lady Reece und nahm zögernd den silbernen Kugelschreiber und unterschrieb mit zittriger Hand.

»Ich hoffe, Sie sind sich über die Konsequenzen eines Vertragsbruchs im Klaren«, sagte Mr Harris, während Mrs Bradford die Ledermappe zuklappte und davontrug. »Und glauben Sie nicht, Miss Juniper, dass wir nicht in der Lage sind, die Einhaltung dieses Vertrags zu überprüfen.«

»In Ordnung, Sir«, flüsterte ich beklommen und erwiderte seinen Blick.

»Gut. Wir wollen nur sichergehen, dass niemand, wirklich niemand, also auch nicht Ihr Vater, Ihre Tante, Ihre Schwester oder Ihre beste Freundin Emma von dem erfahren, was wir nun mit Ihnen zu besprechen haben.«

Mir wurde ganz heiß bei dem Gedanken, dass der Stiftungsausschuss wusste, dass ich Emma von meinem Stipendium erzählt hatte.

»Nun, Miss Juniper, es ist so«, begann Sir Alastair Russel. »Wir, also die Wise-Fellows-Stiftung in Zusammenarbeit mit der Guild of the Wise Fellows, loben jedes Jahr ein ganzes Dutzend Stipendien aus. Die meisten Stipendiaten gehen nach Eton oder Clifton. Doch einer alten Tradition folgend geht auch immer ein Stipendiat zur Saint Gilberts High School. Und das ist nun unser Problem. Wir haben Grund zur Annahme, dass der Stipendiat von Saint Gilberts in Gefahr sein könnte ...«

»In Gefahr?«, krächzte ich und griff mir an den Hals, der sich plötzlich wie ausgedörrt anfühlte.

»Bitte lassen Sie Sir Russel aussprechen«, wies mich der Earl zurecht.

»Es ist uns nicht möglich, Sie über die genauen Umstände der Gefahr in Kenntnis zu setzen, aber wir werden Ihnen den bestmöglichen Schutz zukommen lassen.« Sir Russel blickte sich zu allen Seiten um, als vermutete er hinter den Buchrücken in den Regalen Spione.

»Wir wollen Ihnen daher mitteilen, dass Sie nicht unsere einzige Stipendiatin sind. Es wird nun auf unseren Wunsch hin ein Oberstufen-Stipendiat einer anderen High School nach Saint Gilberts wechseln, sodass Sie dort nicht mehr die einzige Stipendiatin sein werden. Und das ist der ganze Schutz, den Sie brauchen werden.«

Ich starrte Sir Russel fassungslos an. Wie konnte er denken, dass ein Junge mich beschützen konnte? Ich meine, ja sicher. Wer auch immer der Stipendiat war, ich konnte davon ausgehen, dass auch er in jeder Sportart gut trainiert war. Aber er war vielleicht so alt wie ich. Wenn ich ernsthaft in Gefahr sein sollte, dann würde ich doch wohl zumindest einen Rund-um-die-Uhr-Polizeischutz erwarten dürfen.

»Ich verstehe nicht, Sir«, stammelte ich stattdessen.

»Sie müssen auch nichts weiter verstehen als das,

was wir Ihnen nun mitteilen. Sie werden ab morgen die Oberstufe auf Saint Gilberts besuchen und Sie werden sich nicht als Stipendiatin zu erkennen geben. Wie immer. Aber darüber hinaus sollen Sie wissen, dass es einen weiteren Stipendiaten gibt, der den gleichen Auftrag hat. Und in diesem Schuljahr betrifft die Geheimhaltung sogar den Kreis der Eingeweihten. Es ist ausnahmsweise sogar den Lehrern von Saint Gilberts nicht bekannt, wer der Stipendiat ist. Und Sie, liebe Miss Juniper, Sie sind angehalten, sich auf Ihre Ausbildung zu konzentrieren und sich ansonsten an die üblichen Stipendiatenauflagen zu halten. Das ist schon alles.«

»Haben Sie das verstanden, Miss Juniper?«, fragte der Earl nach, weil ich Sir Russel sprachlos anstarrte. »Sie müssen über Ihr Stipendium und das des zweiten Schülers absolutes Stillschweigen bewahren. Absolutes. Ohne Ausnahme.«

»Natürlich, Sir«, sagte ich und nickte.

»Gut.« Der Earl schloss eine Mappe auf der »Intern. Vertraulich. Nur für Befugte« stand. »Möchten Sie dennoch und trotz dieser besonderen Umstände das Stipendium annehmen?«

»Ja, Sir«, hörte ich mich flüstern. Wie bitte? War ich denn völlig verrückt geworden? Sir Russel sprach von einer Gefahr und der einzige Schutz, den er mir bieten konnte, war ein Mitschüler aus der Oberstufe. Und trotzdem nickte ich und war wild entschlossen, mein geliebtes Saint Gilberts nicht so schnell zu verlassen.

»Dann können wir zu Mrs Bradford gehen und den üblichen Stipendiatenvertrag unterzeichnen.« Der Earl of Gilligan schob seinen Stuhl zurück und lächelte mich aufmunternd an.

Auch Sir Russel war aufgestanden, doch er würdigte mich keines weiteren Blickes, sondern stellte sich an den Rabenkamin und starrte ins Feuer.

»Alles Gute für Sie, Miss Juniper.« Lady Reeces kühle Finger umschlangen meine Hand und drückten eine Spur zu fest zu.

»Ich schätze, wir sollten Ihre Tante nicht länger warten lassen.« Mr Harris zog seine Brille auf die Nasenspitze herab, sodass er mich über den Rand hinweg anlächeln konnte.

»Ja, ja. Phoebe Adams«, sagte der Earl und schmunzelte.

»Dieser andere Stipendiat. Weiß er auch von mir?«

»Sicher«, der Earl nickte und ging langsam voraus nach oben in sein Büro, hinter dessen Tür Tante Phoebe vermutlich schon voller Ungeduld auf und ab ging. »Wir haben diesen Stipendiaten schon vor den Ferien von der Versetzung unterrichtet. Begeistert war er davon nicht. Aber er fügt sich. Und bei der Gelegenheit erzählten wir ihm von Ihnen, Miss Juniper. Also natürlich haben wir Ihre Identität nicht preisgegeben, aber er weiß, dass es einen weiteren Stipendiaten gibt. Das ist unser bester Schutz für Sie und für ihn. Glauben Sie mir.«

Der Earl schloss die Tür sorgsam ab und ich fragte mich, wie die anderen Komiteemitglieder die Bibliothek verlassen würden.

»Diese Gefahr, Sir …« Ich fragte mich, vor was mich

ein Junge beschützen sollte, der genauso wenig wusste wie ich. Doch der Earl schüttelte nur mit dem Kopf und schritt eilig durchs Büro. Er öffnete die Flügeltür und Tante Phoebe stolperte uns entgegen. Jede Wette, dass sie an der Tür gelauscht hatte. Der Earl hauchte einen weiteren Kuss auf Tante Phoebes Hand und zog sie mit sich zum Sofa in der Besucherecke. »Phoebe Adams. Nun musst du mir aber erzählen, wo es dich vor zwanzig Jahren hingetrieben hat. Ah, und Mrs Bradford: Sicher gibt's noch Tee und Lemon Cupcakes für Miss Juniper?«

»Die sind wirklich göttlich«, schwärmte Maggie mit vollem Mund und spuckte dabei Krümel durch den Raum.

Aus den Tagebüchern des Rabenlords
Samstag, 04. September (im 600. Jahr n. V.)

Der Morgen ist so hell. Das Licht. Das viele, viele Licht.
Wie lange habe ich kein Tageslicht mehr gesehen?
Fünfzig Jahre? Hundert?
Ich hatte schon vergessen, wie hell das Licht ist.
Meine Augen brennen. Tränen.
Sie vermischen sich mit Regen.
Es ist so kalt.
Der Regen ist so hart auf meiner Haut.
Kein Federkleid, das schützt.
Ich bin nackt. Ich friere.
Ich möchte schreien, möchte krächzen.
Ich weiß nicht, ob meine verdorrte Kehle überhaupt noch zu sprechen vermag.

4.

Und das ist für dich«, sagte Emma und überreichte Tante Phoebe ein Paket.

Emma saß glücklich strahlend in unserem Hinterzimmer und meinte, dass sie schon richtig Heimweh nach uns allen gehabt hatte. »Besonders nach Tante Phoebes selbst gebackenen Keksen. Bei uns zu Hause gab es wieder mal sechs Wochen lang nur Feinkost.« Und es hatte ganz den Anschein, als hätte sie diese nicht gegessen, sondern alles sorgfältig verpackt und mitgebracht. Unser Tisch bog sich fast unter all den Leckereien und Geschenken. Dad hatte einen bayrischen Hut mit einem riesigen Gamsbart bekommen (mit dem er sich unbemerkt bei den königlichen Wachen vor dem Buckingham Palast einreihen könnte), Maggie ein Armband mit kleinen silbernen Edelweiß-, Brezel-, Lebkuchenherz-, Lederhosen- und Dirndl-Anhängern, Tante Phoebe packte gerade eine Trachtenstrickjacke aus und ich hatte eine neue Handyhülle bekommen, auf der ein Foto von Emma und mir aufgedruckt war. Ich konnte mich noch genau an den Moment erinnern, an dem wir es gemacht hatten. Es war der letzte Tag vor den Sommerferien gewesen und wir hatten alle zusammen Emma zum Flughafen gefahren.

»Aber Emma, Kind«, sagte Tante Phoebe gerührt und zog die Strickjacke über. »Es ist doch nun wirklich nicht nötig, dass du uns so mit Geschenken überhäufst.« Doch sie sah nicht so aus, als würde sie die Jacke mit den aufgestickten Edelweiß wieder hergeben wollen.

»Du hast es so gut«, seufzte Emma eine Stunde später und ließ sich auf mein Bett fallen. Emma fand, dass ich ein Glückskind war, in einem so coolen alten Haus zu wohnen mit Buchladen, Tier-Ausstopf-Werkstatt, einem Dachboden voller Geheimnisse, die noch entdeckt werden mussten, und Tante Phoebe, während sie sich auf Saint Gilberts das Internatszimmer mit Hafercookie-Annie (ein liebes, schüchternes Mädchen mit einer Schwäche für Schokoladenhaferkekse, die man ihr leider ansah) teilen musste. Und da Emmas Eltern geschieden waren, pendelte sie in den Sommer- und Weihnachtsferien zwischen dem Landschloss ihres Vaters und der Luxusstadtwohnung ihrer Mutter in München hin und her. »Ohne Geschwister, ohne Hund, nicht mal ein Meerschweinchen erlauben sie mir. Und du? Eine ganze Werkstatt voller Tiere.« Dass es tote Tiere waren, ließ sie nicht gelten. Genauso wenig wie meine Beschwerde über die kleinen Zimmer in unserem Haus. »Das macht es ja gerade so gemütlich und geheimnisvoll, dass in eurem Haus alles bis unters Dach mit Büchern vollgestopft ist.« Ich hatte mich daran gewöhnt und fand es nicht halb so aufregend wie Emma. Höchstens die Sache mit Tante Phoebes Zimmer. Das war nämlich für uns streng verboten. »Es ist nicht leicht für sie, plötzlich in einer Familie zu leben, wo sie doch all die Jahre nur mit ihrem Guru zusammengewohnt hat. Sie braucht einen Rückzugsort, ein Zimmer, das nur ihr gehört«, hatte Dad gemeint und Maggie und mir eingeschärft, Tante Phoebes Zimmer nicht zu betreten. Unglücklicherweise vergaß Tante Phoebe nie, ihre Tür abzuschließen, sonst hätten wir uns schon längst dort umgesehen.

»Ich hab übrigens heute Morgen erst mal die neuen Schüler begutachtet«, verkündete Emma.

Ich horchte auf. »Und?«

»Laut Liste sollen es sogar drei sein. Aber heute Morgen waren erst zwei da. Der Dritte ist bestimmt im Lauf des Tages angereist.« Emma zog einen Zettel aus ihrer Hosentasche. »Im Sekretariat lag eine Notiz für Mrs Stirling, die in diesem Jahr den Schulrundgang für die Neuen macht. Diese drei Namen standen hinter Oberstufe.«

Neugierig schnappte ich mir den Zettel. »Liam Moose, Rodney Owen und Jacob Morris.«

»Drei Jungs«, schwärmte Emma. »Und zwei von denen sehen schon mal echt toll aus. Ehrlich, June. Ich wünschte, du wärst heute Morgen in der Cafeteria dabei gewesen. Rachel hat sich natürlich sofort auf die beiden Neuen gestürzt.«

Ich wusste nicht wieso, aber irgendwie versetzte mir das einen Stich. Rachel Howards war all das, was ich niemals sein würde: reich und ausgestattet mit einem bemerkenswerten Selbstvertrauen.

»Wer von denen fehlt denn noch?«, fragte ich, während ich meinen Laptop hochfuhr.

»Keine Ahnung. Wie gesagt: Rachel hat sich gleich auf die beiden gestürzt. Du kennst sie ja. Nur weil ihr

Vater zum Oberhaus gehört, meint sie, dass sie was Besseres ist. Völlig blasiert. Und das Schlimmste? Die beiden Jungs waren ziemlich hingerissen von ihr.«

»Dann kann es ja mit deren Intelligenz nicht weit her sein«, schloss ich und tippte den ersten Namen der Liste bei Google ein. Liam Moose.

»Und?«

»Hmm, nichts. Ein alter Mann mit Bart und Gitarre, ein Steuerberater … Ah, hier. Das könnte er sein. Liam Moose, Eton College.«

»Eton College?« Emma sprang auf und sah mir über die Schulter. »Klick das mal an …«

»Das ist ein Bericht über eine Forschungsmesse. Und hier ist ein Zeitungsartikel, der ist aber schon älter. Da hat ein Liam Moose ein solarbetriebenes Floß gebaut. Erkennst du den?«

Emma beugte sich tief zum Bildschirm herab und meinte: »Hmm, das könnte der Blonde sein. Kurze, blonde Haare, blaue Augen. Aber auf dem Bild sieht er eher wie ein Nerd aus.« Sie kicherte. »Den hättest du heute Morgen mal sehen müssen. Ein irre cooler Typ und eine Brille trägt er auch nicht mehr. Eton College. Warum der wohl nach Saint Gilberts wechselt? Vielleicht hat er was angestellt und ist von der Schule geflogen? Und was ist mit den anderen?«

Vielleicht hat er ja nicht ganz freiwillig gewechselt, schoss es mir durch den Kopf.

»Rodney Owen? Nichts. Die hier sind alle schon viel älter. Zahnarzt, Schriftsteller, Rugbymannschaft von 1996.«

»Und der dritte Name? Jacob Morris?«, fragte Emma.

Ich gab Jacobs Namen ein. »Auch nichts. Alle viel älter … Höchstens der hier.« Auf dem Foto im Internet stand ein Jacob Morris in Fechtmontur und mit einer Fechtmaske unter dem Arm.

»Ja. Das ist er.« Emma tippte auf Jacobs Foto.

»An den Bundesjugend-Wettkämpfen im Herrendegen nahmen insgesamt 29 Fechter aus 23 Schulen teil. Für das Eton College ging Jacob Morris an den Start und sicherte sich in den finalen Direktausscheidungskämpfen einen ehrenwerten zweiten Platz.«

»Der ist auch vom Eton College? Daher kannten die zwei sich also. Jede Wette, dass der Dritte auch von dort kommt. Die sind sicher zusammen von der Schule geflogen. Irgendwie voll romantisch.« Emma ließ sich zurück aufs Bett fallen und blickte verträumt aus dem Fenster.

»Also ich glaube auch, dass die nicht ganz freiwillig nach Saint Gilberts wechseln. Zumindest einer von denen«, sagte ich und beschloss, Emma einzuweihen. Ich brachte es einfach nicht übers Herz, ein Geheimnis vor ihr zu haben.

Nachdem ich mich vergewissert hatte, dass Maggie nicht etwa lauschend vor meiner Zimmertür stand, hatte ich Emma alles erzählt. Vom Treffen mit dem Stipendiatenausschuss, von der geheimen Bibliothek auf Lixton Hall, von der Gefahr für den Stipendiaten und vor allem von der Versetzung eines weiteren Stipendiaten nach Saint Gilberts.

»Das ist ja noch romantischer.« Emma starrte auf den

Bildschirm mit Jacob Morris' Foto. Er sah unglaublich gut aus. Braune, etwas längere, lockige Haare und einen umwerfenden Blick.

»Was ist romantisch?« Maggie war manchmal eine echte Nervensäge. Besonders wenn Emma zu Besuch war. Wie lange hatte sie jetzt vor meiner Zimmertür gestanden und gelauscht? »Ach egal. Emma, ich soll dir von Tante Phoebe ausrichten, dass die letzte Schullimousine gleich fährt.«

Dad hätte Emma auch später zurück zum Internat fahren können, aber das war streng verboten. Auf Saint Gilberts war vieles streng verboten, aber wenn es um den Weg durch Mortlock Park ging, dann war dieses Verbot schon fast krankhaft. Und überflüssig wie eine Laufmasche.

»Wir telefonieren nachher«, rief Emma beim Abschied und genau das taten wir noch die halbe Nacht. Irgendwann hatte Emma dann aber doch aufgelegt, denn Hafercookie-Annie hatte sich lautstark beschwert und damit gedroht, die Hausaufsicht zu holen.

Die Opening-Zeremonie am Samstag vor dem eigentlichen Beginn des Trimesters war beinahe so berühmt wie die tägliche Schlüsselzeremonie im Tower von London. Alle Schüler mussten in der Festtagsausführung ihrer Schuluniform erscheinen. Die neuen Erstklässler kamen in Begleitung ihrer vor Stolz platzenden Eltern und sogar ehemalige Schüler reisten Stunden vor der Zeremonie an, um sich einen Platz auf einem der Balkone in der großen Gebetshalle zu sichern.

Kaum einer, außer Dad und mir, würde an diesem Samstagmorgen zu Beginn des Herbsttrimesters, das auf Saint Gilberts »Michaelmas Trimester« genannt wurde, den einsamen Weg durch Mortlock Park hinauf zur Schule nehmen. Von London aus fuhr man durch die Mortlock Hills und dann auf einer prachtvollen Allee direkt zum großen Schultor, vor dem sich jedes Jahr in aller Herrgottsfrühe ein paar Journalisten aufbauten, denn der Zugang zum Schulgelände war ihnen streng verboten.

Das Licht unserer Scheinwerfer tastete sich durch den dichten Wald, durch den hindurch ein schmaler Weg hinauf zur Saint Gilberts High School führte. Die Bäume fingen den Regen ab und so stellte Dad die Scheibenwischer langsamer.

»Steht dir gut«, meinte er mit einem kurzen Seitenblick auf meine Schuluniform. Die Uniform war nichts Neues für ihn, aber mit Aufstieg in die Oberstufe war es den Mädchen erlaubt, anstatt der schwarzen Hosen Röcke zu tragen. Emma jedenfalls behauptete, dass sie sich nur deshalb so viel Mühe mit der Aufnahmeprüfung für die Oberstufe gegeben hatte.

»Hmm«, machte ich und starrte aus dem Fenster. Mortlock Park, der ringsum mit verrostetem Stacheldraht eingezäunt war und durch den nur diese einzige, ebenfalls zu beiden Seiten durch Stacheldraht abgesicherte Straße hinauf nach Saint Gilberts führte, war für uns Schüler streng verboten. Dad meinte, dass liege an der uralten Legende von dem Ungeheuer im Mortlock Park und wäre inzwischen einfach Tradition geworden, so wie fast alles an Saint Gilberts auf alten Traditionen beruhe. Er war der festen Überzeugung, dass Mortlock Park zwar der vielleicht berühmteste Wald Englands war (wenn man mal vom Sherwood Forest absah), aber gleichzeitig auch völlig harmlos: Dort gab es weder gefährliche Tiere noch sonstige Ungeheuer. Und Dad musste es schließlich wissen. Er leitete Exkursionen fürs Royal Veterinary College of London im Mortlock Park und ich hatte ihn schon ein paarmal dabei begleitet. Diese Exkursionen fanden wegen einiger seltener Tierarten, besonders den Wildkatzen, statt und nicht, weil es über diesen Wald genauso viele Geschichten und Sagen gab, wie er Bäume umfasste. Manchmal glaubte ich, dass die Studenten enttäuscht darüber waren. Ob sie der alten Legende glaubten, die besagte, dass mehrere Schüler von Saint Gilberts über die Jahrhunderte hinweg hier im Dickicht spurlos verschwunden waren und dass ein grässliches schwarz gefiedertes Ungeheuer schuld daran sein musste? Ein Aberglaube, der auch durch die vielen Warnschilder geschürt wurde.

Ich jedenfalls hatte keine Angst vor dem Wald, dem Waldsee und den Tieren, die hier lebten. Im Gegenteil. Ich liebte den verwunschenen Weg zu Saint Gilberts hinauf mit den vielen abgetretenen Stufen. Den kleinen Bach, der um Steine und Baumwurzeln herumplätscherte und in den Mortlock Lake mündete, den Waldsee, der schwarz und geheimnisvoll dalag, als hüte er ein jahrhundertealtes Geheimnis. Die Buschwindröschen, die im Frühjahr den Waldboden bedeckten, und das bunte Herbstlaub, durch das die emsigen Eichhörnchen sprangen.

»Ich habe gehört, dass es mehrere Neuzugänge für die Oberstufe gibt, von denen einige einen Falken …« Dad verstummte, denn ich drehte das Radio lauter.

»… unsere jährliche Liveschaltung nach Saint Gilberts. Doch vorher noch die Wetteraussichten für die kommenden Tage: Regen, Regen und kühle 17 Grad. Also macht das Beste aus dem letzten Ferienwochenende. Und nun, wie jedes Jahr an dieser Stelle, unser jährlicher Back-to-School-Gruß an die Schüler der Saint Gilberts High oben auf Mortlock Hills, die heute schon, und damit zwei Tage früher als alle anderen, zurück in der Schule sind. Es ist Opening-Tag auf Saint Gilberts und wie in jedem Jahr haben wir unseren Reporter am Schultor postiert. Er wird uns dann später live berichten, welche Promikinder auf Saint Gilberts gesichtet wurden. Wir bleiben für euch dran! Euer Lokalradio LOU.«

Von wegen heimlicher Reporter. Letztes Jahr hatte Rachel Howards einem Klatschreporter über den Schulzaun hinweg ein Interview gegeben und so viele Schulgeheimnisse ausgeplaudert, dass die Zeitungen wochenlang ihre Kolumnen damit füllen konnten.

Ich grinste und folgte mit meinem Zeigefinger einem Regentropfen, der an der Scheibe herablief, als meine Augen plötzlich eine Bewegung im Wald erfassten. Es war ungefähr auf Höhe des Friedhofs, auf dem die Mönche, die zu Klosterzeiten auf Saint Gilberts gelebt hatten, begraben waren. Vom Friedhof war aber außer der

Einzäunung und einigen verwitterten Grabsteinen nicht mehr viel zu sehen. Nur eine Statue neben dem schmiedeeisernen Eingangstor, die zwei Arm in Arm laufende Jungen darstellte, erinnerte noch daran. Wie Hänsel und Gretel, die sich im Wald verlaufen hatten. *Den Verlorenen Kindern,* stand in den Sockel gemeißelt und *1911.* Allein wegen dieser Statue pilgerten die Menschen zu Tausenden in den Sommermonaten nach Mortlock Park und fielen über unser Dorf her. Es geschah nämlich hin und wieder, dass an einigen Tagen Wasser aus den Augen der beiden steinernen Kinder lief, als ob sie weinten. Dad meinte, das wäre ein simpler Trick des Steinmetz, der die Statue hier aufgestellt hatte. Eine kleine Pumpe saugte das Wasser für die Tränen an, sobald das Grundwasser durch Regen genug angestiegen war. Aber es wirkte. Die Menschen waren fasziniert von der Statue, von der alten Legende und vor allem hoffte jeder, dass er das Ungeheuer von Mortlock Park vor die Linse kriegen würde. Doch es war wie beim Ungeheuer von Loch Ness. Niemand hatte je etwas gesehen, geschweige denn fotografiert.

Dennoch glaubten alle, dass ein Ungeheuer in Mortlock Park hauste, und deshalb war es für uns Schüler von der Saint Gilberts High School noch immer streng verboten, den Wald zu betreten.

Ich seufzte.

Viel mehr Kummer als das Ungeheuer vom Mortlock Park machte mir allerdings die Gefahr, von der der Stiftungsausschuss gesprochen hatte.

Für den Bruchteil einer Sekunde sah ich eine dunkle Gestalt zwischen den Bäumen laufen. Eine große, schlanke Gestalt. Ein Junge vielleicht. Zu wendig und fließend im Lauf durch den Wald, zu geübt, als dass er ein Schüler von Saint Gilberts sein könnte, der nicht an den Wald gewöhnt war.

Plötzlich spürte ich einen Druck auf meinem Kopf und in meinem Magen fühlte es sich für einen Moment so an, als stünde ich in einem Aufzug, der mit einem Ruck nach unten fuhr. Von irgendwo flüsterte eine Stimme. *Es ist so kalt. Und das Licht. Das viele Licht.*

»Was ist das jetzt?«, fragte ich, schüttelte meinen Kopf, um den Druck darin zu vertreiben, und verstellte den Radiosender.

»Was denn?«, fragte Dad zurück.

»Hörst du es nicht? Diese Stimme. Das Licht, das viele Licht«, das Rauschen im Radio ließ nach.

»Geht's dir gut, June?«, fragte Dad und warf mir einen merkwürdigen Blick zu. Plötzlich sah er an mir vorbei in den Wald hinein. »Hast du das auch gesehen?«

»Was?«, fragte ich harmlos.

»Da läuft jemand durch den Wald. Wenn das mal keinen Ärger gibt.« Dad grinste und stellte die Scheibenwischer wieder schneller.

Saint Gilberts, Englands raue Perle,
bring uns täglich was Neues bei.
Saint Gilberts, mach aus uns kluge Kerle.
So schnell ist die Schulzeit vorbei.
Flieg, flieg, du junger Rabe,
breite im Wind deine Flügel aus.
Flieg, flieg auf Rabenschwingen,
doch kehr einmal auch wieder nach Haus.

aus: »Saint Gilberts School Song«, 5. Strophe
Text: Sir Henley Blake, 1341–1419
gesungen auf die alte englische Volksweise »Greensleeves«

5.

Du hast *was?*«, rief Emma eine halbe Stunde später laut durch die Aula. Natürlich blickten uns alle neugierig an.

»Noch immer so kindisch«, seufzte Rachel, die mit ihren Freundinnen im Schlepptau naserümpfend an uns vorbeiging. Rachel warf ihr glänzendes blondes Haar mit einem Schwung nach hinten und sagte unüberhörbar: »Und so was lassen die hier in die Oberstufe.«

»Rachel«, sagte ich genervt, »dich ja offensichtlich auch.« *Leider* fügte ich in Gedanken hinzu, denn Rachel Howards war auf Saint Gilberts mein Dorn im Auge. Obwohl ich die beste Schülerin unseres Jahrgangs war (sonst hätte man ja nicht mir das Stipendium gegeben, sondern ihr), war Rachel in den vergangenen fünf Jahren immer bei der Opening-Zeremonie als Jahrgangsbeste des vergangenen Schuljahres ausgezeichnet worden. Diese Ungerechtigkeit zusammen mit Rachels eingebildetem Verhalten regte mich jedes Mal aufs Neue auf, doch sagen konnte ich dazu natürlich nichts. Ich hatte ja in meinem Stipendiatenvertrag unterschrieben, dass ich meine Schulleistungen geheim halte. Dieses war eindeutig der schwerste Teil des Vertrags.

Und scheinbar baute meine Intelligenz gerade dramatisch ab, denn ich hätte ahnen müssen, dass es ein

Fehler war, Emma das Orakel aus Tante Phoebes Keks zu zeigen. Emma wusste ganz genau, dass ich von Tante Phoebes Orakeln nichts hielt. Warum hatte ich nicht einfach meinen Mund halten können, als ich den Zettel in meiner Rocktasche fand? Ich bereute aus tiefstem Herzen, dass ich Emma meine Botschaft gezeigt hatte.

»Ich habe vorgestern einen von Tante Phoebes Orakelkeksen geöffnet«, wiederholte ich leise und sah mich besorgt um. Die ganze Zeit schon fühlte ich mich beobachtet. Vielleicht lag das aber auch nur an den vielen riesigen Porträts, die überall in der großen Aula an den Wänden hingen. Sämtliche Schulleiter, die jemals Saint Gilberts geleitet hatten, blickten aus glänzenden Ölgemälden auf uns herab. Irgendwie ein beklemmendes Gefühl.

»Hör zu, Emma. Ich war echt verzweifelt und hab gedacht, ich versuch's auch mal«, fügte ich entschuldigend hinzu. Im Gegensatz zu mir hatte Emma nämlich eine Schwäche für Tante Phoebes Orakelkekse. Und nicht nur das. Emma liebte alles, was mit Tante Phoebe zu tun hatte. »Und dann stand da diese merkwürdige Nachricht.« Ich strich das kleine Zettelchen glatt und gab es ihr. »Keiner dieser Sprüche wie *Seien Sie wachsam; wachsam wie der Hund, der nur mit einem Auge schläft!* oder so.«

»Ich habe noch nie gehört, dass in einem von Tante Phoebes Orakelkeksen eine Botschaft mit solch einer Prophezeiung steht«, flüsterte Emma noch leiser zurück, nachdem sie den winzigen Zettel gelesen hatte. Und Emma musste es wissen. Sie nahm die Botschaften daraus sehr ernst und sie klebte sie sogar in ein kleines Buch ein und schaute immer wieder nach, ob sich eine ihrer Prophezeiungen inzwischen erfüllt hatte. »Das passt gar nicht zu Tante Phoebe«, fand Emma und gab mir die Botschaft zurück. Emma hatte Tante Phoebe längst auch als ihre Tante adoptiert. »Das verstehe ich nicht.«

Ich auch nicht und das war mein Problem. Wieso hatte in meinem ersten und einzigen Orakelkeks gestern nicht einfach ein *Du wirst heute eine wichtige Nachricht erhalten!* gestanden? Worauf ich insgeheim gehofft hatte. In dem Fall hätte ich Tante Phoebe vielleicht geglaubt, dass sie seherische Kräfte hatte. Aber so?

Der Schulgong ertönte und wie nach einer Pause im Theater strömten wir in die große Gebetshalle. Diese stammte aus einer Zeit, in der auf Saint Gilberts noch Mönche lebten, und wurde schon lange nicht mehr für Gebete genutzt. (Wenn man mal von meinen heimlichen Stoßgebeten absah, mit denen ich jedes Jahr hoffte, dass Rachel Howards einmal nicht die Auszeichnung als Jahrgangsbeste erhielt oder wenigstens bei ihrem Weg zur Bühne stolpern möge. Doch nichts dergleichen war je geschehen.)

Die Opening-Zeremonie am Samstagmorgen vor dem eigentlichen Beginn des Schuljahres verlief nach einem genau festgelegten Prozedere (ich glaube, selbst bei der Krönung der Königin von England gab es nicht so ein strenges Protokoll). Die neuen Schüler aus der ersten Klasse, welche ja eigentlich schon ihre siebte Klasse war, trugen die traditionellen (und selten hässlichen) Erstklässler-Hüte aus Stroh mit einer langen Falkenfeder daran. Sie alle waren entweder blass oder puterrot vor Aufregung und saßen ganz hinten. Je länger man auf Saint Gilberts war, desto näher rückte man an die große Bühne vor, auf der unsere Lehrer und der Vorstand der Wise-Fellows-Stiftung gerade Platz nahmen.

Alle, außer Mrs Stirling. Die stand neben den vorderen Sitzreihen, an denen *Reserviert für die Oberstufe* stand, und inspizierte die Rocklänge der an ihr vorbeiziehenden Mädchen.

»Caroline, steck' die Bluse in den Rock.«

»Lucy, ich hoffe, dein Handy ist dieses Jahr ausgeschaltet. Du kennst ja die Regel: Handys, die klingeln oder sonst einen Ton von sich geben, werden im Sir Henley Brunnen versenkt.« (Woraufhin mindestens zehn von uns einen erschrockenen Blick auf ihre Handys warfen.)

»Ist das etwa Nagellack, Zooey?«

»Amanda, ab Montag trägst du schwarze Strümpfe, sonst versenke ich dein Handy gleich mit.«

»Rachel, schön dich zu sehen.« (Natürlich!)

Nervös zupfte ich an meinem Rock, doch Mrs Stirling hatte nichts daran auszusetzen.

Nach der Eröffnungsrede durch unseren Schulleiter Mr Richmond, der uns durch die kleinen runden Gläser seiner Brille gutmütig betrachtete und dessen Vollbart in den Sommerferien zwar noch voller, aber auch grauer geworden war, wurden die Erstklässler nach vorne geführt und bekamen in einer feierlichen Zeremonie die

Saint-Gilberts-Anstecknadeln ans Revers ihrer Schuluniform gesteckt und die Schulregeln in versiegelten Pergamentrollen überreicht. Die Mütter in den beiden Seitenschiffen wischten sich dabei verstohlen die Tränen weg, während die Väter wie wild fotografierten. Manchmal auch umgekehrt.

Nacheinander wurden dann die neuen Schüler der anderen Jahrgänge hinzugerufen.

»Siehste?«, flüsterte Emma, als Jacob Morris, Liam Moose und Rodney Owen als neue Schüler der Oberstufe für die A1-Levels vorgestellt wurden. Emma und ich wussten ja schon, wer wer war. Rodney Owen, über den Google sich ausgeschwiegen hatte, hatte schwarze Wuschelhaare und sehr blasse Haut. Er starrte stur geradeaus. So stur, dass ich mich umdrehte und herauszufinden versuchte, was er am Ende der Gebetshalle wohl taxierte. Vielleicht war er nervös? Liam Moose hatte kurzes blondes Haar und leuchtend blaue Augen. Ich musste Emma recht geben. Mit dem kleinen Erfinder-Nerd hatte dieser Liam dort auf der Bühne überhaupt nichts mehr gemeinsam. Jacob Morris hatte eine fast schlaksige Figur, dunkelbraunes, lockiges Haar, das mich an die Farbe von gerösteten Esskastanien erinnerte, und sein Gesicht wirkte jungenhaft. Mein Herz machte einen Sprung und ich wurde ganz nervös. Einer dieser Jungs (okay zugegeben: einer dieser verdammt gut aussehenden Jungs, die alle auch Chancen bei einem Casting für einen Kinofilm hätten) sollte nur wegen mir und zu meinem Schutz nach Saint Gilberts gewechselt sein?

Die drei neuen Oberstufenschüler sahen einander überhaupt nicht ähnlich und redeten nicht miteinander, dennoch wirkte es auf mich, als ob sie zusammengehörten. Ich fragte mich, ob sie wohl wirklich gemeinsam vom Eton College hierhergekommen waren und warum? Waren sie so eng miteinander befreundet, dass sie beschlossen hatten, wenn einer versetzt wird, gehen wir alle? Sie wirkten älter als unsere anderen Mitschüler, ernsthafter und vor allem wilder. Ja wilder. Und irgendwie verwegen. Das war es, was mich fesselte.

So sehr, dass Emma mir grinsend in die Seite stieß und flüsterte: »Na? Hab ich zu viel versprochen?«

Nein, hast du nicht, dachte ich. »Wie Rachel sie anstarrt. Woher kommt wohl der Dritte? Dieser Rodney Owen? Auch von Eton?«

»Wir werden es herausfinden«, wisperte Emma aufgeregt.

Doch zuerst wurde noch der neue Lehrer für Englische Literatur vorgestellt. Mr Winston war sehr jung, vermutlich gerade mit der Universität fertig. (Er reduzierte das Durchschnittsalter unserer Lehrer um mindestens fünf Jahre.)

Wieder ging ein Raunen und Seufzen durch die Reihen der Oberstufe und Mr Richmond sagte lächelnd zu Mr Winston: »Ich vermute, dass sich Ihr Unterricht großer Beliebtheit erfreuen wird.«

Mr Winston strich sich etwas verlegen wirkend die rötlichbraunen Haare aus dem Gesicht, und als er so neben den drei neuen Mitschülern stand, hätte man ihn glatt für einen von ihnen halten können.

Dann ergriff der Earl of Gilligan das Wort und er sprach über Benehmen, Fleiß und Ehre. Was mir Zeit gab, die Neuen eingehender zu betrachten und zu überlegen, wer von ihnen wohl der Stipendiat war. Etwas Geheimnisvolles umwehte sie alle drei, so viel stand fest.

In meine Gedanken hinein rief der Earl of Gilligan einen Schüler aus der zweiten Klasse nach vorne, um ihn für seine besonderen Leistungen im vergangenen Schuljahr auszuzeichnen. Jetzt kam also der spannende Teil, denn es wurden nun nacheinander die Schüler der jeweiligen Jahrgangsstufen nach vorne gerufen, die im letzten Jahr die Besten waren. Aus unserer Klasse wurde Rachel nach vorne gebeten. Wie auch immer sie es anstellte, sie war bislang fünfmal nacheinander als beste Jahrgangsschülerin ausgezeichnet worden. Als ihr Name gefallen war, schob sie mit einer überraschten Bewegung das Haar aus dem Gesicht, flüsterte »Oh«, als hätte sie nie damit gerechnet, ihren Namen zu hören, und stolzierte zur Bühne (leider wieder ohne zu stolpern). Ich sah mit beklemmendem Gefühl, wie die Jungs aus der Oberstufe Rachel-ich-bin-die-Größte Howards ansahen. Rachel, wunderschöne, schlaue, eingebildete Rachel. Wie ich sie verabscheute!

Während ich zusehen musste, wie der Earl of Gilligan Rachel Howards ihren fünften Stern (der eigentlich mein fünfter Stern sein sollte!) über das Schulwappen ans Revers der Schuluniform heftete, schnürte es mir die Kehle zu.

Bei der Schulhymne brachte ich keinen Laut heraus,

und als endlich die letzten Töne von »Saint Gilberts, Englands raue Perle« verklungen waren, rief Mr Richmond ins Mikrofon: »Für alle noch der Hinweis auf die Falkenparade am nächsten Wochenende und eine herzliche Einladung an alle Eltern und Freunde unserer Schule zum gleichzeitigen Open House Day. Und für die Oberstufenschüler auch noch die Erinnerung an den Michaelmas-Ball, der traditionsgemäß Ende September am St. Michael's Day stattfindet. Es bleibt euch also noch ein wenig Zeit, den richtigen Tanzpartner in Mrs Stirlings Tanzstunden aufzuspüren.« Mr Richmond kicherte wie ein verlegener Schuljunge. Dann deutete er auf die Flügeltüren, die sich nun scheinbar wie von Zauberhand alle gleichzeitig zur Aula hin öffneten. Tatsächlich gehörten die Hände aber nur den Butlern, die überall auf Saint Gilberts in schwarzen Anzügen, polierten Schuhen und weißen Handschuhen herumliefen. »Und nun: Fröhliche Fächerwahl!«

Ora·kel

Substantiv [das; lateinisch]

Oftmals nicht sehr deutliche Weissagung oder Enthüllung der Zukunft, des räumlich Entfernten oder eines höheren Willens in poetischen oder rätselhaften Worten.

6.

In der Aula herrschte ein Gedränge und Getöse und mit der feierlichen Stimmung war es vorbei. Schüler strömten in alle Richtungen aus, um sich bei den jeweiligen Lehrern in die Listen für die Wahlfächer einzutragen, die sie in diesem Schuljahr belegen wollten. Gleichzeitig wurden den Eltern der Neulinge aus der ersten Klasse von den Butlern und einigen freiwilligen Helfern (zu denen in diesem Jahr auch Tante Phoebe gehörte) Kaffee und Sandwiches serviert.

Während Emma und ich uns mit dem Schülerstrom durch die Hallen und Flure treiben ließen, um uns in die Listen einzutragen, hielt ich Ausschau nach den neuen Schülern oder Mr Winston. Emma offensichtlich auch, denn plötzlich zog sie mich nach links in einen offen stehenden Klassenraum.

Eine riesige Gruppe Schülerinnen aus der Oberstufe umringte das Schreibpult, auf dem ziemlich lässig Mr Winston in der Mitte saß und mit den Mädchen plauderte.

»Verzeihung, dürfen wir mal?«, fragte Emma und schob die Menge auseinander, die Mr Winston belagerte. »Es gibt Schüler, die sich hier eintragen möchten.« Mr Winston rutschte zur Seite und reichte Emma lächelnd einen Stift.

»Perfekt«, fand Emma, die sich ganz gegen ihre Gewohnheit in Englische Literatur eintrug.

Als sie meinen verwunderten Blick sah, meinte sie nur: »Ich hatte schon immer eine Schwäche für Shakespeare!« und schenkte Mr Winston ihr strahlendstes Lächeln.

»Großartig, das freut mich.« Mr Winston blickte mich auffordernd an. »Und was ist mit dir?«

»Ich auch«, sagte ich etwas verlegen unter Rachels spöttischem Blick und ärgerte mich über mich selbst. »Ehrlich jetzt.«

»Das können Sie ihr aufs Wort glauben«, posaunte Emma heraus. »Ihrer Familie gehört der einzige Buchladen weit und breit. In Junes Zuhause gibt's nur Bücher. Also fast. June ist sozusagen mit Onkel Shakespeare aufgewachsen.«

Mr Winston lachte.

»Verwunderlich nur, dass man mit einem Buchladen so viel verdient, dass das Schulgeld für Saint Gilberts davon abspringt«, meinte Rachel schnippisch und betrachtete mich mit kritischem Blick. »Oder verdient dein Vater das Schulgeld etwa mit der Falknerei?«

»Oh Mann, Rachel«, sagte ich genervt und verdrehte die Augen. Insgeheim ärgerte ich mich, dass mir keine schlagfertige Antwort einfiel.

»Tom Adams ist dein Vater?«, fragte Mr Winston interessiert.

»Jedenfalls«, riss Rachel das Gespräch wieder an sich und streckte stolz ihre Brust raus – wobei ich überlegte, ob sie das tat, um ihre in den Sommerferien beneidenswert gewachsene Oberweite oder ihre fünf Sterne über dem Schulwappen auf dem Revers ihrer Jacke zu präsentieren. Beides konnte sich sehen lassen. »… war ich fünfmal Klassenbeste mit einem A+ in …«

Rachels Blick blieb an der Tür hängen, sie verstummte und eine verdächtige Röte kroch ihr den Hals hinauf. Auch alle anderen Mädchen starrten wie versteinert zur Tür. Ich drehte mich herum, um den Grund für den allgemeinen Atemstillstand herauszufinden.

Die drei neuen Oberstufenschüler standen im Türrahmen und sahen sich suchend um.

Mr Winston hob seinen Arm und rief: »Schön, dass ihr da seid. Kommt doch näher.«

Die Jungs schienen sich überhaupt nicht für die Mädchen zu interessieren, die allesamt zu Stein erstarrt schienen.

»Verzeihung?« Jacob Morris, den ich ja schon vom Foto im Internet kannte (der aber in echt noch viel besser aussah), hielt mir seine ausgestreckte Hand entgegen. Darauf war ich nicht vorbereitet und starrte ihn verdutzt an. Er hatte die schönsten grünen Augen des ganzen Universums. Und dort, wo dieser Junge mit den schönen Augen herkam (also am Eton College), begrüßte man sich offenbar noch immer mit einem förmlichen Handschlag. Nur zögernd hob ich meine Hand. Es kam mir absolut lächerlich vor, einem Mitschüler zur Begrüßung die Hand zu schütteln.

Als Jacob sah, was ich vorhatte, deutete er schnell auf meine andere Hand und sagte: »Den Stift, bitte.«

Oh nein, wie peinlich! Nun schoss zur Abwechslung mir die Röte ins Gesicht.

Als ich Jacob den Stift überreichte, grinste er mich

äußerst amüsiert an. Dann zog er die Liste zu sich herüber. »Juniper Adams«, las er den zuletzt eingetragenen Namen vor und lachte leise.

»June«, verbesserte ich schnell, obwohl man mir auf Saint Gilberts nicht erlaubte, meinen Namen abzukürzen, jedenfalls nicht offiziell. Ich sah möglichst desinteressiert an ihm vorbei, als er sich in die Liste eintrug.

Dann trat er einen Schritt zurück und machte den anderen beiden Platz, doch Liam Moose, der ehemalige Brillen-Nerd, winkte ab. Er wollte Mr Winstons Englische Literatur wohl nicht belegen. »Nehmen Sie es mir nicht übel, ist nichts Persönliches. Ich hab's einfach mehr mit Sport und Technik«, erklärte er Mr Winston (was Emma und ich schon wussten) und gab den Stift weiter an den Jungen, über den wir bei Google nichts herausgefunden hatten. Als er zum Schreibpult ging, warf er mir einen kurzen Blick zu. Er hatte unglaublich dunkle Augen. Schwarze, unergründliche Augen, unter denen lange Schatten auf seinem blassen Gesicht lagen, doch seine schwarzen Haare glänzten, als würde er sie immerzu kämmen. Mir fiel auf, dass seine Schuluniform anscheinend gebraucht war, jedenfalls war sie recht abgenutzt an den Ellbogen. Ich beobachtete, wie er seinen Namen auf die Liste setzte. Vermutlich war er auch nervös. Das merkte man ihm zwar nicht an, aber die Buchstaben, die er aufs Papier kritzelte, waren kaum zu entziffern. Rodney Owen.

»O.k.«, rief Mr Winston und sprang auf. »Und jetzt alle Mann raus, damit sich auch noch andere zu mir hereintrauen.«

Ich belegte neben Englischer Literatur und Historie noch Klassische Tänze, Astronomie, Theater und Hockey. Emma hatte sich außerdem für Fechten, Bildhauerei und Fotografie entschieden. Es dauerte Stunden, bis wir uns überall eingetragen hatten. Die neuen Mitschüler sah ich nicht mehr. Dafür aber Tante Phoebe, die ein Tablett mit Sandwiches durch die Aula trug. Zu meinem Schreck hatte ich entdeckt, dass sie ihre Orakelkekse neben die Sandwiches aufs Tablett gelegt hatte.

Es war gegen ein Uhr mittags, als es passierte.

Emma und ich saßen an einem hinteren Tisch in der an die Aula angrenzenden Cafeteria. Für die Feierlichkeiten des Opening-Tages waren die Trennwände geöffnet worden. Wir hatten von Tante Phoebes Tablett zwei Sandwichs ergattert, die eigentlich nur für die Eltern gedacht waren. Für die Schüler gab es am Opening-Tag das traditionelle Saint-Gilberts-Pottage nach einem Originalrezept aus dem Jahr 1398 und genauso antik schmeckte es auch.

Plötzlich hörten wir in der Aula einen Schrei, dann einen scheppernden Knall und aufbrausenden Tumult. Ein paar Leute riefen durcheinander, andere reckten den Hals, um herauszufinden, was geschehen war.

Auch Emma und ich waren neugierig aufgesprungen, aber die Menschentraube, die sich dort versammelt hatte, versperrte die Sicht.

»Ich vermute ja, dass Rachel vor Wut geplatzt ist, als Mr Winston ihr gesagt hat, dass sie keinen Platz in seinem Kurs kriegen wird. Und das, nachdem sie sich so ins Zeug gelegt hat«, meinte Emma schulterzuckend, ließ sich wieder auf ihren Stuhl fallen und biss so kräftig in ihr Sandwich, dass auf ihrer Wange Butter kleben blieb.

»Wo gibt's denn solche tollen Sandwiches?«, fragte Jacob Morris, der wie aus dem Nichts an unserem Tisch auftauchte und ein Tablett in seinen Händen hielt, auf dem er eine randvolle Schüssel mit dem Saint-Gilberts-Pottage balancierte.

»Hier«, sagte ich aus einem Reflex heraus und schob ihm meine zweite Sandwichhälfte herüber.

»Oho, Juniper«, rief Zooey Pearce, die uns vom Nachbartisch beobachtet hatte. »Ganz plumpe Anmache.«

Jacob tat so, als hätte er es nicht gehört (was unmöglich war, jeder hatte es gehört), sah sich um und stellte dann sein Tablett neben mir ab. »Hier ist doch noch frei?«, fragte er, vermutlich weil Emma und ich ihn anstarrten, als wäre er Johnny Depp.

Ganz ruhig weiteratmen, der setzt sich nur hierher, weil nirgends sonst was frei ist, redete ich mir ein. »Sicher«, sagte ich so lässig wie möglich und machte Emma Zeichen, sich die Butter von der Wange zu wischen.

»Bist du allein unterwegs?«, fragte ich und sah mich nach den anderen beiden neuen Mitschülern um.

»Die kommen sicher auch gleich.« Jacob deutete mit seiner Sandwichhälfte Richtung Aula. »Da ist es gerade nicht so leicht durchzukommen.«

»Wieso?«, fragten Emma und ich wie aus einem Mund, wobei Emmas Mund noch immer mit Sandwich gefüllt war.

»Da ist eine von den Müttern verrückt geworden, so richtig ausgetickt, habt ihr das etwa nicht mitbekommen?« Jacob sah uns irritiert an.

»Doch schon«, sagte ich. »Wir hatten allerdings gedacht, es war eine unserer Mitschülerinnen und nicht eine Mutter.«

»Du hast wohl keine besonders hohe Meinung von deinen Mitschülern, Juniper Adams?«, fragte Jacob und biss in sein Sandwich. »Danke übrigens«, meinte er und sah mir tief in die Augen. Viel zu tief. Wie konnte ein Junge nur so unverschämt grüne Augen haben? Trug er Kontaktlinsen?

»Juniper Adams?«, klang es wie von fern in meinen Ohren nach. »Miss Juniper!« Die dunkle Stimme von einem der Butler holte mich aus meinen Träumen zurück in den Speisesaal der Saint Gilberts High.

»Miss Juniper, bitte kommen Sie. Ihre Tante …«

Emma hörte auf zu kauen und Jacob sah mich irritiert an, als ich so hastig aufsprang, dass mein Stuhl umflog.

Wie in einem Tunnel flog alles an mir vorbei, als ich hinter Edward herlief. (Oder war es August? Irgendwie sahen sie alle gleich aus, diese Butler in ihren schwarzen Anzügen und weißen Handschuhen.) Er führte mich zum Erste-Hilfe-Raum und alle möglichen Dinge schossen mir durch den Kopf. Tante Phoebe war doch wohl nicht krank?

»Hier hinein, bitte«, sagte die Schulkrankenschwester, die in der offenen Tür auf mich gewartet hatte.

Tante Phoebe lag auf der Notfallliege und starrte reglos an die Zimmerdecke. War sie …?

»Tante Phoebe?«, flüsterte ich beklommen.

»June!« Tante Phoebe setzte sich mit einem Ruck auf. »June, June, June …«, flüsterte sie immer wieder und strich mir übers Haar.

»Was ist denn passiert?«, fragte ich noch immer erschrocken.

»Später«, murmelte Tante Phoebe und raffte ihre Sachen zusammen.

»So warten Sie doch bitte wenigstens, bis Mr Adams hier eintrifft«, rief Schwester Rose aufgebracht, als sie sah, dass ihre Patientin sich aus dem Staub machen wollte.

»Das könnte Ihnen so passen«, fauchte Tante Phoebe die Krankenschwester an und bahnte sich ihren Weg nach draußen.

»Es tut mir leid«, flüsterte ich Schwester Rose zu und hechtete dann hinter Tante Phoebe her, die zum Glück Dad geradewegs in die Arme lief.

Als Tante Phoebe endlich im Wagen saß, zischte sie: »Hör zu, June. Ich hatte eine Vision. Gerade eben in der Aula. Ich habe Dinge gesehen. Schlimme Dinge. Jemand hier ist hinter dir her und will dich …«, sie sah sich panisch nach allen Seiten um, als würden wir verfolgt, bevor sie »töten« hauchte.

Ich schluckte. Was, wenn an den Warnungen von Tante Phoebe und denen des Stiftungsausschusses etwas dran war? Mir wurde schlagartig mulmig und das Herz schlug mir bis zum Hals.

Aus den Tagebüchern des Rabenlords
Sonntag, 05. September (im 600. Jahr n.V.)

Wie hat sich das Leben mit den Zeiten verändert. War es nicht erst gestern, dass Mädchen keinen Zutritt zu Saint Gilberts hatten? Ich könnte schwören, dass sie heute in der Überzahl waren. Der Tag war anstrengend und ich habe wie nie die Dämmerstunde herbeigesehnt.
Es war so laut, so bunt, so voll, so voller Leben.
Alles war so viel, so berauschend viel.
Das einzig Gleichbleibende im Strom der Zeit ist das abscheuliche Saint-Gilberts-Pottage.

7.

Und dann?«, fragte Emma und es knackte kurz in der Telefonleitung. »Warte, ich hole mir schnell ein paar von Annies Keksen, dann musst du mir alles haarklein erzählen.«

»Tante Phoebe hat sich übergeben. Drei Mal. Dann hat sie gesagt, dass sie Kopfschmerzen hat und sich hingelegt. Dad und ich haben uns furchtbare Sorgen gemacht. Dad hat sogar die Notrufnummern von Dr. Parker und einer psychiatrischen Klinik in London herausgesucht.«

»Echt?«, flüsterte Emma betroffen.

»Ja, echt. Aber dann stand Tante Phoebe plötzlich wieder im Laden, hat uns angelächelt, sich für ihr Benehmen entschuldigt und angefangen, die Schulbücher für morgen zu sortieren.« Am Sonntag vor dem offiziellen Start des neuen Schuljahres war in Little Lixton immer verkaufsoffener Back-to-School-Sonntag, sodass sich die zurückgekehrten Schüler mit den nötigen Büchern, Klamotten und Süßkram eindecken konnten.

»Und dann?«, fragte Emma gebannt.

»Dann hat Dad Maggie und mich in unsere Zimmer geschickt, weil er etwas mit Tante Phoebe unter vier Augen besprechen wollte.«

»Was denn?«

Ich grinste. Emma kannte mich gut genug, um zu

wissen, dass ich auf der Treppe gesessen und jedes Wort mitangehört hatte.

»Dad hat gemeint, dass es ihm zu viel wird mit ihrer Hellseherei und all dem. Woraufhin Tante Phoebe gesagt hat, na ja, eigentlich hat sie geschrien, dass er ihre Gabe der Seherei überhaupt nicht respektiere, geschweige denn zu schätzen wisse. Schon als Kind hätte er sie deswegen immer aufgezogen. Sie würde sich das alles nicht ausdenken und sie hätte auch ohne seine ständige Kritik schon genug Schiss vor der nächsten Eingebung. Hellfühlig zu sein wäre nämlich nicht lustig.«

»Das glaub ich sofort. Die Arme!«, seufzte Emma.

»Jedenfalls hat Tante Phoebe gejammert, wie schwer es sei, mit der Bürde zu leben, eine Seherin zu sein. Sie wisse manche Dinge einfach schon vorher und dennoch würde niemand auf ihre Warnungen hören wollen und sie stattdessen auf Ignoranz, Verachtung, zumindest aber Belustigung stoßen.«

Ich schloss leise meine Zimmertür, denn Dad kam die Treppe heraufgepoltert. Es war spät geworden. Sicher war er müde. Er hatte sich lange mit Tante Phoebe gestritten und dann hatte er sich irgendwann in die Werkstatt verzogen. Durchs Badezimmerfenster konnte ich beobachten, wie er in seiner Hinterhofwerkstatt über alten Papieren gebeugt gesessen und sich immer wieder mit der Hand übers Gesicht gestrichen hatte. Armer Dad. Manchmal wünschte ich, ich könnte ihn besser trösten, und manchmal wünschte ich auch, dass er eines Tages eine neue Frau kennenlernen würde. (Es wäre mir allerdings lieb, wenn er damit noch ein bisschen warten würde. Und genauso lieb wäre es mir, wenn Maggie und ich mit aussuchen dürften, denn schließlich musste sie ja zu uns allen passen. Spätestens bei dem Gedanken wusste ich, dass Dad nie eine neue Frau hierher bringen würde, denn ich konnte mir nicht vorstellen, dass sich irgendjemand gegen Tante Phoebe behaupten und sie davon überzeugen konnte, die Rechte an meinem Vater zu teilen.)

»June«, drängelte Emma.

»Dad hat gemeint, dass sie sich dringend ärztliche Hilfe holen soll. Solche Wahnvorstellungen seien ein ernstzunehmendes Krankheitsbild.«

Emma kicherte.

»Lustig war das jedenfalls nicht. Tante Phoebe hat Dad von ihrer Vision erzählt. Sie meint, sie hätte einen Mann gesehen, der hinter mir her gewesen sei und der mich umbringen wollte. Sie hätte sogar gesehen, womit er mich töten würde …«

»Und?«, hauchte Emma.

»Das wollte sie für sich behalten, zumal Dad ihr ja sowieso nicht glaubt.«

»Oh mein Gott, June!« Emmas Stimme klang bleischwer, als wäre ich schon gar nicht mehr unter den Lebenden und läge aufgebahrt in der Saint Gilberts Hall oder zumindest, als würde sie Tante Phoebes Vision ernsthaft Glauben schenken.

»Emma!«, flüsterte ich, denn ich hörte erneut Schritte auf der Treppe. »Ich bin putzmunter, niemand ist hinter mir her oder verfolgt mich.« Ich wollte mit einem Schwung die Gardine zuziehen, als ich im Augenwinkel den Raben wiedersah. Wie letzte Nacht saß er auf *Nobles'* Dachsims und starrte zu mir herüber. Und genau wie gestern fühlte ich bei seinem Anblick den Druck auf meinem Kopf wieder. Ein Licht blitzte auf. Nur für einen kurzen Moment, aber doch zu lange, um es zu ignorieren. »Was bedeutet es eigentlich, wenn einen ständig ein Rabe belauert?«, fragte ich abwesend ins Telefon.

»Ein Rabe? Der Vogel des Todes? Der Vogel aus der Prophezeiung?« Emma kriegte sich überhaupt nicht mehr ein. »Ich habe wegen deiner Prophezeiung aus dem Orakelkeks im Internet recherchiert und da stand, dass Rabenvögel sogenannte Seelenträger sind. Sie transportieren die Seelen der Verstorbenen. Vielleicht ist der Rabe ja gekommen, weil bald jemand stirbt und er die Seele abholen muss.«

Zugegeben. Emma konnte einem ganz schön Angst einjagen. »Vielleicht wartet er aber auch nur darauf, dass bei *Alma's* die Brotkrümel herausgefegt werden. Könnte doch sein«, wehrte ich Emmas Schwarzmalerei ab und zog die Gardinen resolut zu.

»Könnte …«, gab Emma kleinlaut zu.

»Siehste?« Ich sah neugierig durch den Gardinenspalt hindurch, doch der Rabe saß noch immer da. »Gute Nacht, Emma, und sei pünktlich morgen früh.« Von mir aus konnten sich tausend Raben vor meinem Fenster versammeln und mich beobachten. Ich würde jetzt versuchen zu schlafen.

Natürlich schlief ich nicht. Wie auch? Immer wieder schlich ich zum Fenster und linste durch eine kleine

Lücke zwischen den Gardinen hindurch. Der Vogel saß wie versteinert da und starrte zu mir herüber. Vielleicht lag es daran, dass es inzwischen Nacht geworden war, aber eine seltsame Angst beschlich mich. Raben sind keine Ungeheuer, redete ich mir ein und schloss sorgfältig den Spalt zwischen den Gardinen, kroch ins Bett, zog die Bettdecke bis zur Nasenspitze und nahm das Buch vom Nachttisch, das ich vorhin aus dem Laden mitgenommen hatte. *Hellsehen für die Katz* von Meister Jadoo, Tante Phoebes Guru aus London. Unser Buchladen hatte alle Bücher von Meister Jadoo vorrätig, die vollkommen verrückte Titel hatten wie *Das beseelte Ohr hört mit, Traumbilder eines berührten Auges* oder *Melodie einer schwärmenden Seele.*

»Eine Vision, meine lieben Leser, eine übersinnliche Eingebung ist das, was den meisten Menschen für immer verborgen bleibt. Und da der Mensch besonders vor dem Angst hat, was er nicht kennt, wird die Gabe der Hellseherei im Großen und Ganzen als Scharlatanerie abgetan. Mit diesem Buch möchte ich eine Brücke bauen. Eine Brücke zwischen den Realisten, denjenigen, die nur an das glauben, was ihre Sinnesorgane ihnen verlässlich mitteilen, und denjenigen unter uns, die ein besonders sensitives Geistwesen sind, ausgestattet mit dem beseelten Ohr, dem berührten Auge und der schwärmenden Seele.«

Genug war genug. Ich warf das Buch zurück auf den Nachttisch und sprang aus dem Bett.

Die Dielenbretter knarrten, als ich durch den Flur zur Treppe lief. In Tante Phoebes Zimmer brannte noch

Licht. Ich huschte hinunter und lauschte eine ganze Weile an ihrer Tür. Sie redete leise. Vielleicht telefonierte sie. Aber mit wem? Bestimmt mit ihrem Guru in London.

Gerade, als ich mein Ohr an das Holz presste, um sie besser verstehen zu können, riss sie die Tür auf.

»June! Hast du mich erschreckt!«, rief Tante Phoebe, als ich ihr entgegenstolperte. Sie trug schon ihren geblümten Pyjama und in der rechten Hand hielt sie den Fuß ihrer Nachttischlampe. Wollte sie damit etwa einen Einbrecher in die Flucht schlagen? »Was schleichst du denn mitten in der Nacht durchs Haus? Fehlt dir was?«

»Ich … ich …« Während ich nach einer Antwort suchte, warf ich einen neugierigen Blick an ihr vorbei ins Zimmer. Auf dem Bett, das mit einer von Tante Phoebe selbst gehäkelten Decke bezogen war, lag ein aufgeschlagenes Buch. Aber sie hatte offenbar nicht darin gelesen, sondern an ihrem Schreibtisch gesessen und neue Zettel-Botschaften für ihre Orakelkekse aufgeschrieben. In dem alten Sessel am Fenster türmte sich Wäsche und obendrauf thronte eine getigerte Katze. Eine Katze? Ich versuchte, an Tante Phoebe vorbeizusehen, aber sie hatte offensichtlich meinen neugierigen Blick bemerkt und verstellte mir die Sicht.

»Ich dachte, ich hätte eine Stimme gehört«, flüsterte ich zurück, um Dad und Maggie nicht aufzuwecken.

»Eine Stimme?«, fragte Tante Phoebe und schob mich hinaus ins dunkle Hinterzimmer. »Du hast geträumt, Schätzchen«, meinte sie bestimmt.

»Ich habe ja noch gar nicht geschlafen«, gab ich zu bedenken.

»Dann wird's aber höchste Zeit!« Sie küsste mich auf die Stirn, verschwand in ihrem Zimmer und schloss die Tür vor meiner Nase.

Ich zögerte einen Moment, dann hob ich meine vor Kälte zitternde Hand und klopfte leise an.

»June?«, flüsterte Tante Phoebe besorgt, als sie die Tür erneut einen Spaltbreit geöffnet hatte, und legte mir eine Hand auf die Wange.

»Phoebe? Willst du dir mal den Raben ansehen, der zurzeit nachts auf *Nobles'* Dach sitzt und zu mir herüberstarrt?«

Ich hatte gewusst, dass Tante Phoebe sich das nicht zweimal sagen lassen würde. In ihren dicken Wollsocken huschte sie die Treppe hinauf und durch den Flur in mein Zimmer und riss die Gardinen auseinander.

»Da ist kein Rabe, June«, meinte sie ein wenig enttäuscht und winkte mich heran.

Tatsächlich war der Rabe weg. Ich stützte mich auf die Fensterbank und sah die Straße hinunter. »Der hat da gesessen, ehrlich, Tante Phoebe. Stundenlang.«

»Ich hab ihn auch gesehen«, flüsterte Maggie, die plötzlich mit zerzausten Haaren, blassem Gesicht und in ihrem weißen Nachthemd (wie ein kleines Gespenst) im Türrahmen stand.

»Oooh, ooh. Ich weiß, ich weiß.« Tante Phoebe zog die Gardinen zu.

»Phoebe?«, flüsterte ich, als diese Maggies Hand nahm, um sie zurück ins Bett zu bringen, so, wie sie es früher immer getan hatte. »Wer ist es, vor dem du Angst hast? Wen hast du gesehen? Wer ist es, der hinter mir her ist?«

Ich sah das Zucken in ihrem Gesicht. Tante Phoebe machte mir nichts vor. Aber sie schüttelte nur mit dem Kopf, flüsterte noch einmal: »Ich weiß, dass dort ein Rabe saß, ich weiß«, und schob Maggie aus meinem Zimmer.

Es ist den Schülern untersagt, in der Nachtzeit zu Fuß, mit dem Fahrrad oder mit sonst einem unerlaubten Gefährt (unerlaubte Gefährte der Kategorie B und C) das Schulgelände zu verlassen.

Die Nachtzeit beginnt eine Stunde vor Sonnenuntergang am Abend und endet eine Stunde nach Sonnenaufgang am Morgen. Es ist für jeden Schüler daher verpflichtend, ein Astrolabium zu besitzen, um Kenntnis über die exakten Sonnenauf- und -untergangszeiten zu haben.

Ist es notwendig, das Schulgelände während der Nachtzeit zu verlassen, so ist ein Gefährt der Kategorie A (Schullimousine) zu nutzen. Fahrpläne bitte den Aushängen entnehmen. Extrafahrten werden gesondert organisiert. Sonderfahrten bitte im Sekretariat anmelden.

aus: »Schulordnung Saint Gilberts«, Regel 78a

8.

Tante Phoebe schwieg Dad am nächsten Morgen demonstrativ an. Während Dad mehrere Kisten durch den Buchladen in seine Werkstatt im Hinterhof schleppte, verschanzte Tante Phoebe sich hinter dem Verkaufstisch und tat so, als würde sie die Schulbuchlisten durchsehen. Doch der Schein trog. Phoebe war noch immer eingeschnappt und sie beäugte Dad wie ein Adler.

»Soll das jetzt etwa den ganzen Tag so weitergehen?«, fragte Emma besorgt, die sich schon die ganzen Ferien auf den Back-to-School-Sonntag gefreut hatte. Emma war in aller Herrgottsfrühe in einer der schwarz glänzenden Saint-Gilberts-Limousinen vor unserem Buchladen vorgefahren worden.

Auf Saint Gilberts gab es jede Menge schräge Regeln. Wie Regel Nummer 78 zum Beispiel, die Emma verbot, so früh am Morgen mit dem Fahrrad hinunter nach Little Lixton zu fahren. Und das alles nur wegen der uralten Legende von dem Ungeheuer in Mortlock Park.

»Okay, June. Ich bin dann jetzt gleich in der Werkstatt«, sagte Dad. »Ein großer Auftrag für die Universität. Und die Tiere werden nicht besser, wenn ich sie stehen lasse.« Das brauchte er nun wirklich nicht zu betonen, denn aus der Kiste, die er in den Händen hielt, roch es schon ein wenig streng. »Bitte helft Phoebe im Laden.« Und da diese uns mit Argusaugen über den

Rand ihrer goldenen Brille beobachtete, beugte Dad sich zu mir herab, als wolle er mir einen Kuss auf die Wange drücken. »Lasst euch nicht von ihrem Wahrsagequatsch verrückt machen«, flüsterte er stattdessen mit verschwörerischem Blick zu Tante Phoebe.

Doch der Adler hatte gute Ohren. Viel zu gute Ohren. »Wahrsagequatsch? Hast du gerade Wahrsagequatsch gesagt, Tom?«, fragte Tante Phoebe betont ruhig und beherrscht, aber ihre Stimme zitterte vor Wut, als sie die Bestelllisten auf den Ladentisch warf und hinter Dad hereilte.

Na endlich, dachte ich und auch Emma und Maggie machten erleichtert »Puh!«.

Dad und Phoebe würden sich nun hoffentlich endlich aussprechen. Und Gewitter reinigten ja bekanntlich die Luft.

Ich drehte das Schild in unserer Ladentür auf *geöffnet,* schob den Aufsteller mit den Sonderangeboten hinaus und trug mit Emma zusammen die leuchtend blaue Sitzbank nach draußen, auf der wir es uns mit einem Bagel aus *Alma's Bakery* gemütlich machten und die Ruhe genossen, die bald in Trubel umschlagen würde.

Doch noch lag über unserem kleinen Dorf eine seltsame, schläfrige Stille. Blechschilder schaukelten vor den Shops in den weiß getünchten Häusern träge im Wind. Hinter den Schaufensterscheiben lagen die Geschäfte noch wie im Dämmerschlaf. Sonnenhüte und Strandkleider für die Touristen waren gegen die Saint-Gilberts-Schuluniform ausgetauscht worden. Gegenüber kroch Mrs Andrews durch die Auslagen im Schaufenster von *Nobles* und rückte an den schwarzen Jacken der Schuluniformen die Saint-Gilberts-Anstecknadeln zurecht.

Es war sieben Minuten nach zehn, als die erste Saint-Gilberts-Limousine an der Haltestelle auf Höhe des *Black Fox* anhielt und ein paar aufgeregte Erstklässler ausstiegen. Sie stürmten alle fünf in *Walters Tier- & Falknereibedarf.* Gegen Falken und Eulen in einer riesigen Wildvogel-Voliere im Hinterhof und jeder Menge Kleintiere wie süße Kaninchen, kleine Mäuse und zahme Ratten konnte es unser Buchladen natürlich nicht aufnehmen.

Maggie und ich mochten *Walters* nicht – schon allein, weil wir nicht genügend Taschengeld und Platz hatten, um all die kleinen süßen Tierchen aufzukaufen, die Dads Meinung nach als Futter für die Raubvögel über den Ladentisch gingen.

Mr Walter war ein miesepetriger Kerl, der sich regelmäßig mit Tante Phoebe anlegte. Er war ihr nämlich auf die Schliche gekommen, dass sie die Abteilung des zuständigen Veterinäramts für artgerechte Zucht und Pflege von Wildvögeln über seinen unerlaubten Handel mit Lebendfutter informiert hatte. In seinem Zorn hatte er uns eine tote Ratte an den Türknauf des Buchshops gehängt. (Tante Phoebes Schrei an jenem Sonntagmorgen, als sie die Zeitung hereinholen wollte und dabei die Ratte entdeckte, hatte sogar das Läuten der Kirchenglocken übertönt.)

In immer kürzeren Abständen kamen die dunklen

Limousinen hinunter ins Dorf gefahren, um die Schüler herzubringen, die ihre Einkäufe erledigen wollten. Manche fuhren auch mit dem Fahrrad oder liefen den etwa drei Kilometer langen Weg. Unter die Schüler von Saint Gilberts mischten sich auch mehr und mehr neugierige Touristen, die vermutlich auf Schnappschüsse von Saint-Gilberts-Promikindern hofften.

Tatsächlich hatten Dad und Tante Phoebe offensichtlich Frieden geschlossen. Jedenfalls kam Tante Phoebe ausgesprochen gut gelaunt zurück in den Laden. Vielleicht lag es aber auch daran, dass sie Rummel jeder Art liebte. Und Rummel war die beste Bezeichnung für all die Schüler, die sich mittlerweile zwischen unseren Buchregalen drängten.

»So, wem kann ich denn noch helfen?«, fragte Tante Phoebe in die Menge und schätzungsweise zwanzig Hände hielten ihr gleichzeitig eine Schulbuchliste entgegen. »Hach«, seufzte sie glücklich und stürzte sich ins Getümmel.

Auch Emma und ich waren in den kommenden Stunden damit beschäftigt, Bücher zusammenzusuchen, einzupacken und jede Menge Erstklässlerfragen zu beantworten. Und selbst Maggie, die die Gepflogenheiten auf Saint Gilberts nur von Emmas und meinen Erzählungen kannte und die unsere Schule lediglich zum Picknick am Open-House-Day und zur Theateraufführung betreten hatte, gab ihr Bestes.

»Nein«, beruhigte ich gerade zwei schüchtern wirkende blonde Mädchen. »Mrs Stirling ist kein bisschen streng. Sie tut nur so, um sich Respekt zu verschaffen. Aber mal ehrlich: Könnt ihr euch einen tanzenden Hausdrachen vorstellen?«

»Tanzender Hausdrachen, soso!«, meinte jemand neben mir und mir schoss augenblicklich die Hitze ins Gesicht. Die beiden Mädchen sahen mich grinsend an (*die* hatte ich für schüchtern gehalten?).

»Ah, Jacob. Hallo!«, sagte ich so belanglos wie möglich. »Hallo, Liam. Rodney?« Sie stellten sich alle drei hinter die beiden Mädchen aus der Ersten und ihrem Grinsen nach zu urteilen, hatten sie den »tanzenden Hausdrachen« aufgeschnappt.

»Kann ich etwas für euch tun?«, fragte ich, um abzulenken.

»Erzähl uns mehr von dem tanzenden Hausdrachen«, meinte Liam schmunzelnd und fuhr sich durch sein blondes Haar.

Mit Genugtuung musste ich feststellen, dass die beiden Mädchen aus der Ersten Liam mit offenem Mund anstarrten.

»Sonst noch was?«, fragte ich.

»Wie ist deine Frage zu verstehen?« Liam musterte mich von oben bis unten.

Ich schnappte noch nach Luft, als Tante Phoebe mir zur Seite sprang. »Euch kenne ich ja noch gar nicht«, stellte sie fest, indem sie ihre kreisrunde goldene Brille auf die Nasenspitze herabzog und meine neuen Mitschüler ungeniert musterte. »Ihr müsst neu auf Saint Gilberts sein. Ich kann mir Gesichter gut merken und eure sind mir noch nie begegnet.«

»Stimmt. Ich bin Liam, eigentlich William Moose

und wir sind tatsächlich erst vorgestern hierhergezogen«, sagte Liam und schüttelte Tante Phoebe die Hand (nicht, ohne mir zuvor noch einen amüsierten Blick zuzuwerfen, der ungefähr sagte: »Sag bloß, die Verrückte aus der Cafeteria ist deine Mutter!«). Laut fragte er aber nur: »Deine Mutter?«

»Tante«, verbesserte ich und sah ihn herausfordernd an.

»Jacob, Jacob Morris, und ich hab Sie gestern schon gesehen.«

Mein Gesicht brannte vor Hitze, als mir klar wurde, dass nun alle wussten, dass Phoebe mit mir verwandt war.

Jacob strich sich das Haar aus der Stirn, reichte Tante Phoebe eine Schulbuchliste und lächelte sie freundlich an. Und Rodney deutete sogar eine leichte Verbeugung an.

Ich konnte mich gar nicht entscheiden, ob ich Jungs mit eisblauen Augen oder doch eher Jungs mit meergrünen oder wild funkelnden dunklen Augen besser fand. Eines hatten sie jedenfalls gemeinsam: Sie konnten sich unglaublich gut zusammenreißen.

Nachdem Tante Phoebe meine drei neuen Mitschüler ausgefragt und kennengelernt hatte, eilte sie zum Ladentisch und holte das Glas mit den Orakelkeksen. »Bitte, Jungs, greift zu. Jeder neue Schüler auf Saint Gilberts bekommt von mir ein Orakel gratis.«

Wo war das Loch im Boden, in das ich versinken konnte? Breit grinsend sahen sich die drei Jungs an und erst nachdem Tante Phoebe sie fast genötigt hatte, ließen sie sich breitschlagen und griffen zu.

»Und nun aufmachen!«, drängte Phoebe und sah die drei Neulinge erwartungsvoll an.

Ich musste zugeben, dass sie sich gut beherrschten. Mit ernster Miene taten sie meiner Tante den Gefallen und packten ihre Orakelkekse aus. Phoebe fasste sich an den Hals vor Aufregung, als die Jungs ihre Kekse durchbrachen und die von ihr handbeschriebenen Zettel herausholten.

»Nun lasst schon hören!«, drängelte sie.

»Also bei mir steht: *Folge nicht dem Ruf des falschen Sterns*«, las Liam vor.

»Aha, das war also für *dich!*« Tante Phoebe nickte nachdenklich. »Ja, ich hab gesehen, dass du dich leicht täuschen lässt. Nicht alles ist so, wie es scheint. Besonders nicht, wenn es scheint. Ja, besonders dann nicht. Halte dein Herz fest, Junge! Und ihr?«, fragte sie die anderen schnell, weil Rodney seinen Zettel gerade in die Hosentasche stopfte.

»Ach, das war nichts«, murmelte er nur und sah sich neugierig um.

»Das lass mal mich entscheiden.« Tante Phoebe hielt ihm die ausgestreckte Hand entgegen.

»Nee, ehrlich. Das war nur so was mit Geheimnissen«, wand Rodney sich.

»Jetzt stell dich nicht so an.« Tante Phoebe wurde forsch.

Rodney gab sich geschlagen, zog den kleinen Zettel aus seiner Jeans und reichte ihn ihr.

Phoebe lächelte zufrieden, schob die kreisrunde Brille zurück und las: *»Des Raben Geheimnis verschmilzt mit* *der Dunkelheit.«* Augenblicklich verschwand das Lächeln aus ihrem Gesicht. »Das war für dich? Wo kommst du her, Junge? Hast du schon einmal von der Legende der verschwundenen Kinder gehört? Wenn nicht, dann lass dich von mir warnen. Diese Botschaft hat dich nicht zufällig getroffen. Es ist als Warnung zu verstehen. Halte dich vom Mortlock Park fern.«

Rodney sah Tante Phoebe an, als wäre sie geistesgestört.

»Was ist denn hier los?«, hörte ich in diesem Augenblick Rachel Howards Stimme von irgendwo hinter mir. Auch das noch! »Oh, Mrs Adams orakelt wieder. Wie in der Aula gestern, was?« Sie lachte ihr albernes, eingebildetes Lachen. »Wollen Sie mir nicht auch mal die Zukunft vorhersagen?«, fragte sie fordernd, schob mich zur Seite und hielt Tante Phoebe ihre linke Hand ausgestreckt entgegen.

Keiner von Saint Gilberts würde sonntags die Schuluniform tragen. Außer Rachel, die zu einer knallengen weißen Jeans und einem weißen Spitzentop ihren Saint-Gilberts-Blazer angezogen hatte. Aus welchem Grund war ja klar, besonders, als sie sich vor den Jungs aufbaute und sich so drehte, dass diese eine gute Aussicht auf ihre fünf Sterne über der Oberweite hatten.

Tante Phoebe trat einen Schritt zurück. »Es tut mir sehr leid, Rachel. Aber ich fürchte einfach, dass du mit dem, was ich in deiner Hand über dich erfahre, nicht umgehen könntest.«

»Ach, aber sicher. Wissen Sie, ich glaube ganz einfach nicht an diesen ganzen Quatsch. Für mich ist das ein Spiel. Spaß, Abenteuer. Nur zu. Bitte, machen Sie schon«, drängelte Rachel mit ihrem typischen Ich-krieg-alles-wenn-ich-nur-so-gucke-Augenaufschlag.

»Also schön«, seufzte Tante Phoebe, die sich nach ihren eigenen Angaben ganz ausgezeichnet im Handlesen verstand. Sie hatte es von ihrem Guru gelernt, und dieser hatte die Fertigkeit des Handlesens direkt von seinen indischen Vorfahren sozusagen in die Wiege gelegt bekommen.

»Du hast hübsche, langgliedrige Finger, ein Zeichen für Schönheit«, begann Tante Phoebe und ich hätte sie dafür verfluchen können. Musste sie Rachel auch noch schmeicheln?

Rachel sah daraufhin natürlich triumphierend in die Runde.

»Aber du bist eine sehr egozentrische Person, Rachel. So einen stark ausgeprägten Jupiterhügel hab ich noch nie gesehen. Du hast eine zu spitze Zunge, meine Liebe, und der flache Saturnhügel hier deutet auf eine oberflächliche Persönlichkeit hin.«

Rachels Lachen fror ein und ich feierte Tante Phoebe innerlich.

Auch Emma, die noch immer mit fünf Jungs aus der Dritten diskutierte, horchte auf und kam näher. Überhaupt wurde es sehr still im Laden.

»Außerdem bist du zu verschwenderisch und musst immer das Sagen haben. Am liebsten wärst du nicht nur die Jahrgangsbeste, sondern auch Schülersprecherin und Ballkönigin. Aber eines ist gewiss, meine Liebe. Es wird immer jemanden geben, der besser ist als du.

Und dein Herz? Das verschenkst du zu oft, aber dennoch liebst du wohl in erster Linie nur dich selbst. Und wenn du dich tatsächlich einmal verliebst, zeigt dieser kleine Kreis hier auf deiner Herzlinie einen baldigen Bruch ...«

Rachel zog schnell ihre Hand weg und sah Tante Phoebe zornig an. »Pah«, meinte sie und lachte abfällig. »Das haben Sie sich doch gerade alles ausgedacht.« Sie steckte ihre Hände in die Hosentaschen, als wolle sie verhindern, dass Tante Phoebe einen weiteren Blick darauf riskieren könnte. »Komm«, sagte sie zu Zooey, die Tante Phoebe mit der gleichen Verachtung ansah. »Wir gehen zu *Alma's,* solange dort noch Platz ist und die ganzen Kinder hier beschäftigt sind.« Bei *Kinder* hatte sie zuerst mich und dann Jacob, Liam und Rodney angesehen.

»Ausgedacht. Ganz wie du meinst, Rachel Howards«, flüsterte Tante Phoebe geheimnisvoll lächelnd und sah Rachel hinterher, bis sie verschwunden war.

»Wow«, meinte Jacob, der als Erster von uns allen die Sprache wiederfand.

Doch Tante Phoebe lächelte nur wissend und hielt Jacob ihre Hand hin. »Dein Orakel, Junge?«

Aus den Tagebüchern des Rabenlords
Sonntag, 05. September (im 600. Jahr n.V.)

Ich habe sie gesehen. Sie ist wunderschön.
Und sie ist so begabt.
Irgendetwas ist an ihr.
Etwas Geheimnisvolles, Unergründliches.
Ich kann es nicht beschreiben.
Ich möchte hinaus und sie ansehen.
Die ganze Nacht.
Sie ansehen bis zum Morgengrauen.

9.

Am Abend hatte ich noch immer so lautes Herzklopfen, dass es mir in den Ohren rauschte und ich die ganze Zeit das Gefühl hatte, jemand würde neben mir stehen und schwer atmen. Immer wieder lief ich zum Fenster, um nachzusehen, ob ich beobachtet wurde.

Und das war alles nur Tante Phoebes Schuld.

»*Wenn der Rabe erwacht, wird eine Sehnsucht gestillt, ein Geheimnis gelüftet und ein alter Fluch erfüllt.*« Tante Phoebe war völlig aufgelöst gewesen, als sie die Prophezeiung auf Jacobs kleinem Zettel gelesen hatte.

»Hören Sie«, hatte Jacob gesagt, der mir richtig leidgetan hatte, »*ich* hab mir das ja nicht ausgedacht, das stand da.«

»Das hat sich keiner ausgedacht, mein Junge. Das ist ein Orakel, es hat seinen Weg durchs Universum und zugegeben auch ein wenig mit meiner Unterstützung zu dir gefunden. Diese Botschaft ist für dich. Und ich fürchte, das hier sind keine allzu guten Nachrichten.« Tante Phoebe hatte Jacob genauso angesehen wie mich zwei Tage zuvor.

»Für mich?«, Jacob hatte Tante Phoebe angestarrt, als wäre sie verrückt geworden. »Da steht nichts von Jacob Morris, sehen Sie? Da steht was von einem Raben und einem Fluch. Und ich hab keine Ahnung, wie diese Orakel in die Kekse kommen.«

»Ich aber«, flüsterte Emma kichernd.

»Hör zu, mein Junge. Das mit dem Raben ist vermutlich symbolisch gemeint. Der Rabe als der Bote des Todes. Na?« Tante Phoebe hatte Jacob sonderbar angesehen, eine Mischung aus Panik und Verzweiflung. Verzweiflung, weil der Groschen nur so langsam bei ihm fiel, und Panik aufgrund der Botschaft. »Dieses Orakel redet von der alten Legende, von dem schwarz gefiederten Ungeheuer und den verschwundenen Kindern im Mortlock Park. Hat dir denn noch niemand erzählt, in welch berühmter Schule du bist?«

Es war nicht zu fassen, aber weder Jacob, noch Liam oder Rodney hatten je zuvor von den verschwundenen Schülern vom Mortlock Park gehört, und so hatte Tante Phoebe angefangen zu erzählen. Es war so still geworden, dass man das Gefühl hatte, eine Märchenerzählerin hätte in unserem Buchladen ihre Zelte aufgeschlagen.

»Den alten Geschichten zufolge soll schon im frühen 15. Jahrhundert der erste Schüler im Mortlock Park verschwunden sein. Später gab es dann Schriften, die die exakten Daten festhielten. Immer waren es Jungen ...«

»Kein Wunder, wenn Saint Gilberts bis 1980 eine Jungenschule gewesen ist«, warf Maggie ein, die sich mit einem Jungen aus der Ersten unterhalten hatte.

»... richtig, so erklärt man es sich, dass es sich bis dato ausschließlich um verschwundene Jungen handelt. Der letzte soll 1911 im Mortlock Park nahe des Waldsees verschwunden sein. Seine Familie hat das Denkmal der verschwundenen Kinder gestiftet. Sein Name war Vincent, doch seine Leiche wurde nie gefunden. Seine nicht und keine andere. Nur des Nachts, so heißt es, des Nachts kann man die rastlosen Seelen der verschwundenen Kinder durch Mortlock Park herumgeistern sehen.«

»Und was hat das mit einem Raben zu tun?«, fragte Liam.

»Es heißt, dass man an der Stelle, genau an der Stelle, an der die Jungs verschwunden sind, jedes Mal eine Handvoll schwarzer Federn gefunden hat. Und mehr noch. Maura Roberts – sie war die Tochter von den Pub-Besitzern ein paar Meter die Straße hinunter. Diese Maura war dabei, als Vincent verschwand. Sie soll zeitlebens von einem Raben gesprochen und sogar eine Rabenfeder in ihrer Hand gehalten haben, als sie sich aus Verzweiflung das Leben nahm.«

»Aber das sind doch alles nur alte Geschichten, Märchen, nichts weiter«, hatte Rodney lässig eingeworfen.

»Das glaube ich nicht, mein Junge. Denn wenn du mit deiner These recht hättest, wie würdest du dir dann den Umstand erklären, dass gerade jetzt die Prophezeiungen von dem Ungeheuer wiederkehren?«

»*Sie* schreiben diese Prophezeiungen. Es ist wie mit allem, was sich gut vermarkten lässt. Nichts weiter. Die Leute stehen auf so was«, rief ein Erstklässler (einer mit dicker Hornbrille und der – genauso, wie Rachel Howards – auch sonntags seine Schuluniform trug).

Tante Phoebe hatte sich einen Weg durch die Menge gebahnt, den Jungen an der Krawatte gefasst und gezischt: »Und wie erklärst du dir den Umstand, dass diese Prophezeiungen gerade jetzt wieder auftauchen? Gerade jetzt, wo das Ungeheuer von Mortlock Park wiedererwacht ist und unsere Nähe sucht?«

Meine Angst um den Erstklässler hielt sich zugegebenermaßen in Grenzen, denn Phoebe war die Gutmütigkeit in Person. In Sorge war ich mehr um meine Tante, denn spätestens nach diesem Auftritt glaubte wohl jeder, dass sie verrückt sei.

Doch es kam noch viel schlimmer.

Der Menschenauflauf hatte sich wieder verteilt, Emma, Maggie und ich suchten Bücher zusammen und einige Schüler warteten geduldig darauf, dass sie an der Reihe sein würden, als Tante Phoebe plötzlich laut schreiend zu Boden sank.

»June«, jammerte sie. Immer wieder: »June!«

Ich wusste sofort, was geschehen war. Tante Phoebe hatte wieder einmal eine ihrer Eingebungen, sie hatte etwas wahrgenommen, gefühlt, was sonst keiner bemerkte.

Ihr Körper zuckte und schüttelte sich. »June!«, schrie sie markerschütternd, dann war alles still. Viel zu still.

»Tante Phoebe? Alles o. k.?«, fragte ich und kauerte mich zu ihr hinter den Verkaufstisch.

»June, June«, flüsterte sie mir zu und ihre Augen waren vor Schreck weit aufgerissen. »Es ist hier!«

»Was ist hier?«, fragte ich und überlegte einen Moment, ob ich vielleicht einfach für den Rest des Tages (oder besser noch Schuljahres) hier hinter dem Verkaufstisch hocken bleiben sollte. Schon allein wegen Tante Phoebes peinlichem Auftritt.

»Das Ungeheuer vom Mortlock Park«, wisperte Phoebe mir leise ins Ohr. »Ich spüre seine Aura. Es kommt immer näher.«

Vielleicht hatte Dad recht und wir sollten Tante Phoebe wirklich mal nach London zur Untersuchung bringen.

Erst nach einer ganzen Weile hatte Tante Phoebe sich wieder beruhigen lassen. Maggie hatte Dad aus der Werkstatt geholt, und während Dad mit Tante Phoebe im Hinterzimmer saß und leise auf sie einredete, schmissen Emma, Maggie und ich den Laden. Es war noch voller geworden. Ich hatte einige unserer Lehrer im Buchladen entdeckt und sogar den Earl of Gilligan.

»Juniper Adams?«, hatte er mit seiner vornehmen Stimme gesagt. »Auf ein Wort.«

Wie ein kleines Kind, das beim heimlichen Naschen erwischt worden war, folgte ich unter den neugierigen Blicken der Anwesenden dem Earl nach draußen. Der Earl of Gilligan trug einen dunklen Anzug, darüber einen Trenchcoat und an dem Ringfinger seiner linken Hand funkelte ein goldener Siegelring mit einem eingravierten Rabenkopf. Er setzte seinen schwarzen Hut wieder auf, sah sich zu allen Seiten um und sagte: »Miss Juniper, ich mache es kurz. Wir haben ein Problem miteinander, wenn Sie sich nicht an die Regeln halten.«

»Sir?«, unterbrach ich ihn erschrocken. »Aber ich bin sozusagen das wandelnde Regelbuch Saint Gilberts.«

»Zweitens: Werden Sie nicht frech. Und drittens:

Was um Gottes Willen ist mit Ihrer Tante nicht in Ordnung?«

»Was meinen Sie damit?«, fragte ich und tat so, als wüsste ich nicht im Geringsten, wovon der Earl sprach.

»Tun Sie doch nicht so, als wäre Ihnen entgangen, dass Ihre Tante diese … diese …«, der Earl rang nach Worten, »diese Aussetzer hat. Aussetzer. Genau. Und in letzter Zeit häufen sich diese leider. Erst gestern in der Aula und heute hier. Sie sollte dringend einem Arzt vorgestellt werden.«

»In Ordnung, Sir«, sagte ich kleinlaut und wollte mich an ihm vorbei zurück in den Buchladen schlängeln, als er mich unsanft am Oberarm zurückzog.

»Miss Juniper, ich glaube, Sie haben mich nicht verstanden. Auch Sie haben ein Geheimnis. Wenn Sie möchten, dass es so bleibt, dann sorgen sie gefälligst dafür, dass dieser alberne Wahrsagequatsch aufhört. Wo hat sie das nur her?« Der Earl of Gilligan ließ mich los, klopfte mir auf die Wange und ging die Straße hinunter in den *Black Fox*.

Erst ein lautes Pochen hatte mich aus der Ferne meiner Gedanken zurück auf den Gehweg vor unserem Buchladen geholt. Emma hatte inmitten von lauter Schaulustigen, die meine Szene mit dem Earl of Gilligan beobachtet hatten, im Schaufenster gestanden und mir verzweifelt Zeichen gegeben, zurückzukommen. In unserem Buchladen war es inzwischen so voll, dass die Leute in einer Schlange bis auf den Gehweg hinaus gestanden hatten.

Bevor ich endlich einschlafen konnte, strich ich mir noch einmal über die Wange. Der Earl hatte ein bisschen zu fest geklopft, als dass es freundschaftlich gedacht gewesen wäre. Das war eine Warnung und ich musste sofort mit Emma sprechen.

Wer die Totenruhe
der hier beigesetzten Mönche stört,
der soll sich in eine behaarte
Gräberspinne verwandeln.
Durchs Erdreich soll er sich winden,
bis ans Ende aller Tage.
Er soll im Höllenfeuer schmoren
und um Vergebung winseln.

Inschrift auf der Tür zur alten Schreibstube
in der Saint Gilberts High School

10.

Doppelstunde Mathe am Montagmorgen«, stöhnte Emma mit Blick auf den neuen Stundenplan, als wir zum Unterricht bei Mr Leroy eilten. Weil ich für Emma das ganze Gespräch mit dem Earl of Gilligan wiederholen musste, waren wir die letzten, die in den Klassenraum huschten. Mr Leroy war zum Glück gutmütig, aber leider auch langweilig. So wie alle Mathelehrer. Nur wenn er über Algebra sprach, wurden seine sonst aschfahlen Wangen rosig und seine Augen fingen an zu leuchten. Und er verschwendete nie eine Minute seiner kostbaren Unterrichtszeit mit Nebensächlichkeiten (darum gab es bei ihm auch keine Vorstellungsrunde für die neuen Schüler).

Natürlich waren keine Plätze mehr nebeneinander frei. So schnappte Emma sich den Stuhl neben Hafercookie-Annie und ich musste neben Zooey sitzen.

»Pass gefälligst auf, wo du hintrittst«, maulte diese genervt, als ich gegen ihre Tasche stieß.

Das Schuljahr ging ja prima los.

Als Mr Leroy mit dem Unterricht anfing, sah ich mich unauffällig um. Ich entdeckte Liam und Rodney zwei Reihen hinter mir, einen Tisch weiter Jacob und neben ihm – Rachel Howards.

Ich schnappte nach Luft und musste mich zusammenreißen, um nicht laut loszuschnaufen. Rachel, die meinen Blick aufgefangen hatte, grinste mich schadenfroh an, warf ihr Haar nach rechts und beugte sich über Jacobs Arm, um lesen zu können, was er mitgeschrieben hatte. Sie musste etwas sehr Witziges gesagt haben, denn Jacob fing an zu lächeln. Als er aufsah, begegneten sich unsere Blicke, für den Bruchteil einer Sekunde, dann sah ich schnell weg.

»Hast du gesehen, wer sich neben Jacob gesetzt hat?«, fragte ich Emma nach der Doppelstunde Mathe, die sich wie Kaugummi in die Länge gezogen hatte.

»Logo«, meinte Emma heftig nickend.

»Rachel hat doch noch nie woanders als neben Zooey gesessen.« Ich sprang geistesgegenwärtig zur Seite, als eine Klassenraumtür aufflog und zwei Dutzend Schüler in den Flur stürmten.

»Diese Kinder«, meinte Emma genervt beim Anblick der durcheinander rennenden Erstklässler. »Wir sollten uns besser beeilen, sonst sitzt Rachel auch in Englischer Literatur neben einem der neuen Jungs. Glaubt die wirklich, dass die auf sie stehen? Nach *dem* Orakel von Tante Phoebe?«

»Also so wie Jacob sie angesehen hat, steht er voll auf sie«, grummelte ich.

»Vielleicht, vielleicht auch nicht«, flüsterte jemand und zu meinem Entsetzen liefen Jacob und Rodney hinter uns. »Vielleicht findet Jacob aber auch hübsche Dunkelhaarige mit verrückten Tanten süß. Wer weiß?«

»Du bist rot wie 'ne Tomate«, stellte Emma schonungslos und überflüssigerweise fest, als wir uns auf eine leere Bank ganz hinten im Klassenraum setzten.

Jacob und Rodney lehnten am Fenster und unterhielten sich. Selbst die langweilige Schulkleidung sah an ihnen irgendwie aufregend aus.

Doch zu unserem Erstaunen setzte Rachel sich mit Zooey dieses Mal ganz nach vorne in die erste Reihe.

»Oho«, meinte Emma. »Der neue Lehrer hat es also auf ihrer Liste noch vor Jacob Morris geschafft.«

Und Mr Winston kam auch noch unpünktlich. Gleich zur ersten Stunde mit seiner neuen Klasse.

»Verzeiht die Verspätung«, rief Mr Winston, als er zehn Minuten nach dem Klingeln auftauchte. Er atmete etwas schwer, so, als habe er in der großen Pause einen Dauerlauf hingelegt. »Packt alles zusammen, wir ziehen um.«

»Wir ziehen um?«, echote Rachel entsetzt, denn sie hatte sich bereits auf ihrem Platz vor dem Lehrerpult eingerichtet. Jede Menge Shakespeare-Lektüre, mit Tausenden kleinen Lesezeichen versehen, stapelte sich auf ihrem Tisch.

»Ihr werdet es lieben«, meinte Mr Winston und strahlte in die Runde.

»Wir werden alles lieben, was er uns vorsetzt. Vermutlich sogar den angestaubten Shakespeare«, meinte Emma schmunzelnd.

»Wir gehen in die alte Schreibstube im Keller«, verkündete Mr Winston stolz und wir folgten ihm. Alle, außer Rachel, die noch mit Einpacken beschäftigt war und Zooey anherrschte, gefälligst auf sie zu warten.

Mr Winston hatte schon jetzt einen Stein bei mir im Brett.

»Dieser zweiundvierzig Meter lange Saal nimmt den größten Teil des Untergeschosses von Saint Gilberts ein.« Mr Winstons Stimme hallte vom Kellergewölbe wider. »Der über drei Meter hohe Raum wird von einem sogenannten Kreuzrippengewölbe überspannt. Nur der obere Teil, an dem die Fenster für den Tageslichteinfall eingelassen sind, befindet sich über dem Geländeniveau. Es handelt sich hier um eine frühgotische Architektur, die ca. 1250 errichtet worden ist. Ursprünglich war dies ein langer Arbeitsraum, die Schreibstube der Mönche. Noch heute sind die Schreibpulte erhalten und ich habe die Erlaubnis, diese Halle wieder zum Leben zu erwecken und eine Schreibstube einzurichten. Denn schließlich wollen wir nicht nur trockene, angestaubte Lektüre aus vergangenen Jahrhunderten lesen, sondern ein Gefühl für die Zeit entwickeln, in der diese entstanden ist. Glaubt mir, wenn euch das Fieber für die Historie packt, dann werdet ihr auch alte Schinken mit Herzklopfen lesen.«

Mr Winston strahlte, als er in unsere überraschten Gesichter blickte. Wir waren alle hin und weg von seiner Idee und niemals hätte ich mir so eine tolle Überraschung vorstellen können.

»Also legt eure Taschen ab und helft mir, die Schreibpulte heranzuschaffen. Aber tut mir einen Gefallen und haltet euch von den kleinen Seitenkammern fern. Ich musste es Mr Richmond versprechen. Nach der Erfindung des Buchdrucks wurde die Schreibstube mehr und mehr überflüssig und man hat hier unten die toten Mönche beigesetzt. Hinter diesen Türen dort.«

Ich schauderte. Deshalb hatte man uns also bislang die Schreibstube verschwiegen. Doch als ich Rachels erschrockenen Blick aufschnappte, hätte ich Mr Winston umarmen können.

»Die toten Mönche kauf ich ihm nicht ab. Der will doch nur Stimmung erzeugen«, meinte Emma und der Gedanke gefiel mir außerordentlich gut.

Kurz vor Ende der Doppelstunde Englische Literatur hatten wir dreißig alte, schwere Schreibpulte in Dreierreihen aufgestellt. Ich saß in der vorletzten Reihe zwischen Emma und John, einem netten redseligen Jungen, in den ich mal verliebt war, der aber den neuen Mitschülern oder Mr Winston bei Weitem nicht das Wasser reichen konnte.

»Wunderbar«, fand Mr Winston, wanderte durch die Halle und deutete auf die Oberlichter. »Nun dämmert es euch natürlich auch, warum ihr immer im zweiten Block Englische Literatur auf dem Stundenplan habt.«

»Also ich würde ja einen vernünftigen Klassenraum ohne tote Mönche vorziehen«, meinte Rachel.

»Meine liebe Rachel. Gerade das zeichnet einen guten Schüler aus, dass er neue Themen schnell für sich erschließt. Daher darf ich doch auf deine volle Mitarbeit zählen?«

»Woho«, machte Emma leise neben mir. »Winston, wir lieben dich.«

Mr Winston war auch in der Mittagspause noch das Gesprächsthema.

»Möchte ja mal wissen, wer diesen Spinner als Lehrer für Saint Gilberts ausgesucht hat. Wetten, dass er nicht mal das erste Trimester hier übersteht?«, zischte Rachel Zooey bei der Essensausgabe zu.

»Rachel, du wechselst ja deine Meinung schneller, als andere Leute Englische Literatur aussprechen können«, sagte ich spöttisch.

»Was willst *du* denn?« Rachel sah mich an, als wäre ich eine behaarte Spinne, die soeben aus einer der Grabkammern gekrochen war.

»Genau«, sagte Liam, der sich hinter mir an der Essensausgabe anstellte. »Was willst du denn, Juniper Adams? Das Hackragout an Matschkartoffeln oder doch lieber den vegetarischen Nudelauflauf?«

Ich musste unfreiwillig lachen. »Den Auflauf bitte«, sagte ich, mehr zur Küchenhilfe als zu ihm.

»Mr Richmond hat heute Morgen übrigens gemeint, dass Jacob, Rodney und ich uns so was wie Paten aus unserem Kurs suchen sollen, die uns die Gepflogenheiten hier auf Saint Gilberts näher bringen. Also das, was nicht in den einhundertvierzehn Schulregeln steht. Wie wäre es denn mit dir und deiner Freundin?«

Beinahe wäre mir mein Tablett weggerutscht, als ich Liam skeptisch musterte. Doch er hatte es offenbar ernst gemeint.

»Von mir aus«, sagte ich so belanglos wie möglich. »Lass uns Emma fragen.«

Emma hatte schon unseren Lieblingsplatz hinten am Fenster gesichert. Bei ihr am Tisch saß Rodney, der sich an das Hackragout mit Matschkartoffeln gewagt hatte.

»Hey, Rod«, sagte Liam und setzte sich zu uns an den

Tisch. »Ich hab June und Emma gerade vorgeschlagen, dass sie uns die Schule und so zeigen.« Allein die Art, wie er das *und so* aussprach, ließ einem schon die Röte ins Gesicht steigen.

Emma jedenfalls starrte mich mit offenem Mund an, als wolle sie sagen: »Hättest du mich nicht vorwarnen können, Juniper Adams?«

»Daran kann ich mich ja gar nicht erinnern«, meinte Emma und sah Liam herausfordernd an.

»Nun ja, im Grunde habe ich nur June gefragt«, gestand dieser.

»Was hast du June gefragt?« Jacob stellte sein Tablett neben Rodney ab und zog sich einen Stuhl vom Nachbartisch heran.

»Ob sie und Emma unsere Paten werden wollen. Sozusagen«, sagte Liam und suchte seinen Auflauf nach ungenießbaren Zutaten ab.

»Tolle Sache«, meinte Jacob und hob plötzlich warnend seine Gabel. »Aber hatte Mr Richmond nicht von John, Rachel und Zooey gesprochen?«, fragte er und sah nachdenklich in die Runde.

»Ich weiß sowieso nicht, ob unsere Zeit das …«, begann ich schnell, bevor einer noch merkte, dass ich vor Eifersucht gleich platzen würde.

»Sicher haben wir Zeit und Mr Richmond hat bestimmt nichts dagegen!«, fiel Emma mir eifrig ins Wort.

Aus den Tagebüchern des Rabenlords
Montag, 06. September (im 600. Jahr n.V.)

Der Winter kommt so rasch in diesem Jahr.
Ich höre das Trapsen der Eichhörnchen und
Mäuse im ersten Herbstlaub.
Sie sammeln, was der Mortlock Park hergibt.
Ich wäre so gerne wie sie. Geboren werden,
sammeln, essen und schlafen (schlafen!) – und
am Ende irgendwann sterben.
Manchmal denke ich, sterben wäre so viel besser.
Besser als diese Qual.
Aber den Gefallen tue ich ihnen nicht.

11.

Geradeaus sind die Klassenräume für die Erstklässler, am Ende des Gangs geht es hinauf zum Tanzsaal und rechts runter sind die Jungsklos, auf denen Rachel erst kürzlich mit Paul Emmons beim Knutschen erwischt worden ist«, referierte Emma, als wir die große Treppe zu den Klassenräumen hinaufstiegen.

»Glaubt ihr kein Wort«, zischte Rachel, die mit zornesrotem Gesicht an uns vorbeistapfte. Doch sie überlegte es sich offenbar anders, denn sie drehte sich auf dem oberen Absatz um und lächelte unsere neuen Mitschüler liebenswürdig an. »Wenn ihr was von den wirklich interessanten Dingen hier auf Saint Gilberts erfahren wollt, dann fragt besser nicht eine Dörflerin, die vom Internatsleben null Ahnung hat, und ihre Busenfreundin, die sich mit Hafercookie-Annie ein Zimmer teilt. Fragt die, die Insiderwissen haben, die Angesagten. Die, deren Väter im Oberhaus des Parlaments sitzen und die schon in fünfter Generation Saint Gilberts besuchen.« Sie bedachte Emma und mich mit einem mitleidigen und herablassenden Blick, warf den Jungs noch einen letzten Augenaufschlag zu und hakte sich dann bei Zooey ein, die exakt den gleichen Blick wie Rachel draufhatte. Vielleicht lag das daran, dass auch ihr Vater im Oberhaus saß. Mir gefiel der Gedanke, dass Dad wohl niemals in die Politik gehen würde und ich demnach vermutlich nie diesen Augenaufschlag lernen musste.

»Wer ist das?«, frage Jacob, der plötzlich vor einer riesigen steinernen Büste stehen blieb, die vor der Bildhauerwerkstatt stand. *Sir Henley Blake, ca. 1341 – 1419* war auf dem Sockel eingraviert, was man aber nicht lesen konnte, weil irgendeiner Sir Henley eine Krawatte der Schuluniform umgehängt hatte. Bestimmt ein Erstklässlerstreich.

»Sir Henley Blake. Schulgründer von Saint Gilberts und schon vor König Heinrich dem VI. der Erfinder der Stipendien. Er soll die Regel aufgestellt haben, dass immer mindestens ein Schüler auf Saint Gilberts kostenlosen Unterricht erhalten muss.« Zu meinem Bedauern zeigte keiner der drei Jungs bei dem Wort *Stipendium* auch nur den Hauch einer Regung.

»Links sind die Werkstatt für Bildhauerei, der Theaterprobenraum, der Debattierklub und die Aufenthaltsräume für die Oberstufen.« Ich öffnete die erste Tür links, die zum Kostümfundus der Theatergruppe führte. »Hier gibt es Klamotten aus den letzten fünfhundert oder sechshundert Jahren. Die Mönche und später auch die anderen Lehrer haben alles gesammelt, was sie kriegen konnten. Kleider, Anzüge, Hüte, Schuhe, aber auch Uhren, Schmuck und so was. Jede Menge Requisiten.«

»Erstaunlich, dass die Motten sich noch nicht darüber hergemacht haben«, sagte Liam und setzte sich einen großen breitkrempigen Hut mit langer, weißer Feder auf.

»Das ist überhaupt nicht erstaunlich, wenn man Mrs Stirling kennt. Warte ab, bis du sie kennenlernst. Bist du in ihrer Theatergruppe?«, fragte Emma und probierte einen Hut mit Schleier auf.

»Nein, ich hab's nicht so mit den Künsten, ich mag lieber …«

»Die Technik«, vervollständigte Emma seinen Satz und lüftete den Schleier. »Hattet ihr im Eton College auch eine Theatergruppe? Ich meine, wer hat denn da die Julia gespielt, wo doch nur Jungs dort zur Schule gehen?«

»Ihr seid ja bestens informiert.« Jacob konnte sich ein Schmunzeln nicht verkneifen und sah Emma und mich mit hochgezogenen Augenbrauen an.

»Ach, habt ihr uns das nicht selbst erzählt?«, fragte Emma überrascht.

»Ganz sicher nicht«, sagte Liam und schnallte sich einen breiten Gürtel um.

»So was spricht sich eben schnell rum«, sagte ich und stupste Emma warnend in die Seite. Als Nächstes würde sie noch fragen, wer von den drei Jungs der Stipendiat war.

»Welche Stücke werden denn hier so aufgeführt?«, wollte Rodney wissen, der eine Mönchskutte gefunden hatte.

»Vor allem Shakespeare.« Emma stöhnte. »Aber das war im Eton College wahrscheinlich nicht anders, oder?«

Sie gab nicht auf.

»An dir ist scheinbar eine Detektivin verloren gegangen.« Liam sah Emma lächelnd an, woraufhin Emma-mich-bringt-nichts-aus-der-Ruhe verlegen wegsah und höchst interessiert die Taschenuhren, Halsketten und Diademe in einer abgeschlossenen Vitrine begutachtete. (Was ging denn hier vor sich?)

»Sagt bloß, die sind echt«, fragte Liam beeindruckt.

»Selbst wenn«, meinte Emma. »Hier ist alles gleich doppelt und dreifach gesichert. Und nicht zu vergessen die Butler, die die Fluraufsicht haben.«

Ich hatte ein gelbes Sommerkleid mit Spitzeneinsätzen entdeckt. Auf dem Schild stand *1911*. Die ausgestellten Ärmel waren mit einem Seidenbändchen gerafft und der Rock durch einen dicken weißen Unterrock ausgestellt. Ich hielt es mir an und drehte mich vor dem großen Standspiegel.

»Schick«, fand Emma. »Du solltest fragen, ob du das Kleid für den Michaelmas-Ball ausleihen darfst.«

»Wer außerhalb der Probezeiten im Kostümfundus herumlungert, hat sich freiwillig zur Theatergruppe angemeldet!«, rief Mrs Stirling, die wie aus dem Nichts auftauchte und die Deckenbeleuchtung einschaltete. »Und wie ich sehe, wird es ein gutes Theaterjahr. Fünf neue Schauspieler und davon gleich drei männliche.«

»Ach, Mrs Stirling. Sie wissen doch, dass ich fürs Theater völlig unbegabt bin«, sagte Emma kichernd und legte vorsichtig den Hut mit Schleier wieder zurück.

Das stimmte. Emma und ich hatten uns in unserem ersten Jahr auf Saint Gilberts für die Theatergruppe gemeldet, und besonders Emma hatte Mrs Stirling mit ihren Lachanfällen beinahe zur Verzweiflung gebracht. Es war einfach nicht so romantisch gewesen, wie Emma und ich uns das ausgemalt hatten. Das lag vor allem daran, dass Emma und ich aus Mangel an männlichen Schauspielern als Jungs verkleidet wurden.

»Und was ist mit euch?«, fragte Mrs Stirling die Jungs und sah sie über den Rand ihrer Brille streng von Kopf bis Fuß an. Sicher wollte sie überprüfen, dass wir nicht etwas aus dem Kostümfundus mitgehen ließen.

Die Jungs schüttelten mit dem Kopf.

»Ich nehme also an, dass es einen guten Grund dafür gibt, dass ihr hier seid?«

»Emma und June zeigen uns die Schule«, sagte Rodney und hängte vorsichtig die Mönchskutte wieder an den Kleiderständer.

»Aha«, meinte Mrs Stirling nur und schob uns aus dem Raum. »Die Schule ist groß, da braucht ihr euch ja wahrhaftig nicht stundenlang im Kostümfundus aufhalten. Noch sind exakt fünfunddreißig Minuten Mittagspause. Habt ihr die Bibliothek schon gesehen? Das Ruderhaus? Den Debattierklub? Nun, ich schlage vor, dass ihr euch beeilt, denn ich erwarte euch gleich pünktlich zum Tanzunterricht. Und nun husch, husch.«

Als Mrs Stirling uns auf den Flur hinausschob, blieb mein Blick an Rodneys Schuhen hängen. Er trug alte schwarze Lederschuhe und ich wunderte mich, dass Mrs Stirling die noch nicht beanstandet hatte. Da auch seine Schuluniform irgendwie alt und abgenutzt wirkte – und das nicht nur an den Ellbogen – sah es so aus, als hätte Rodney sich im Kostümfundus eingekleidet und nicht bei *Nobles* unten im Dorf.

Emma musste das Gleiche denken, denn sie zog mich zur Seite und flüsterte: »Ich glaub, ich weiß, wer der Stipendiat ist.«

When you do dance, I wish you
A wave o' th' sea, that you might ever do
Nothing but that.

William Shakespeare,
The Winter's Tale (IV, iv, 159–161)

12.

Nach der Mittagspause standen Klassische Tänze bei Mrs Stirling auf dem Stundenplan. Vor den Sommerferien war Freddy mein Tanzpartner gewesen und ich hatte mir an jedem einzelnen Tag der vergangenen Sommerferien geschworen, dass ich dieses Mal bei der Vergabe der Tanzpartner schneller sein würde. Nie wieder würde ich zu Klassische Tänze zu spät kommen. Freddy Johnson war der kleinste und tollpatschigste Tänzer, den man sich nur vorstellen konnte. Fred Astaire wäre sicher schon allein deshalb eingeschnappt gewesen, weil Freddy sein Namensvetter war.

Mrs Stirling stand schon auf uns wartend im großen Tanzsaal. Wie immer trug sie einen schwarzen Rock und eine weiße Bluse. Vor vielen, vielen Jahren hatte sie als Debütantin den Wiener Opernball eröffnen dürfen und seither nie wieder ihre Liebe für klassische Tänze und besonders für den Walzer verloren.

Mr Lewis saß am Klavier und spielte sich ein. Mr Lewis war unser Musiklehrer und der Leiter der Brassband, aber zu Mrs Stirlings Tanzstunden saß er immer treu an dem alten Steinway-Flügel oben im Tanzsaal. Es ging seit einigen Jahren das Gerücht um, dass Mr Lewis in Mrs Stirling verliebt sei.

Das Turmzimmer war mit jahrhundertealtem gebohnertem Parkett ausgelegt und aus riesigen Bogenfenstern hatte man einen Blick auf den Lake Lixton, einen künstlich angelegten See für Ruderregatten, an dessen Ufer jeden Sommer zum Abschluss des Trimesters das große Picknick mit Verwandten und hochrangigen geladenen Gästen veranstaltet wurde.

»Ah, Miss Birnböckl und Miss Adams«, rief Mrs Stirling (die Art und Weise, in der Mrs Stirling Emmas Nachnamen aussprach, brachte Emma jedes Mal zum Kichern), als wir als Erste den Tanzsaal betraten. »Sie können gleich mal zu mir kommen.«

Es hatte alles seine Vor- und Nachteile. Kam man zu spät, musste man neben Zooey Pearce sitzen oder ein ganzes Trimester lang Freddys Tanzpartnerin sein. War man die Erste, wurde man vom Lehrer zu Extraaufgaben verdonnert. Sicher mussten Emma und ich eine neue Schrittfolge vortanzen. Und das Schlimmste? Jacob, Liam und Rodney waren unter den Schülern unseres Tanzkurses.

Rachel und Zooey kriegten sich jedenfalls vor lauter Schadenfreude gar nicht mehr ein, als sie Emma und mich neben Mrs Stirling stehen sahen.

»Hach«, meinte Mrs Stirling, als sie die große Flügeltür schloss und Mr Lewis ein Zeichen gab, sein Einspielen zu beenden. »Wie herzerfrischend, euch alle gesund und munter und herangereift nach den Sommerferien wieder zurück auf Saint Gilberts zu sehen.«

Ich könnte schwören, dass sie bei *herangereift* Rachel angesehen hatte.

»Wie euch allen bekannt ist, seid ihr mit Eintritt in die Oberstufe dazu berechtigt, am Michaelmas-Ball teilzunehmen. Und auch wenn der Ball erst in drei Wochen stattfindet, so ist es doch an der Zeit, mit den Vorbereitungen dafür zu beginnen. Ja, ich weiß, ich weiß«, Mrs Stirling lächelte, als einige anfingen zu tuscheln, »ihr mögt euer wildes Gezappel lieber. Aber alles zu seiner Zeit. Und unser Michaelmas-Ball wird, wie es die Tradition vorsieht, im 287. Jahr mit einem Walzer der Debütanten eröffnet – also mit euch.«

»Ich dachte, es gibt erst seit 1980 Schülerinnen auf Saint Gilberts«, sagte Zooey verwundert.

»Richtig. Und der Michaelmas-Ball war der einzige Tag im Jahr, an dem weibliche Gäste auf Saint Gilberts gestattet waren. Die jungen Mädchen wurden zumeist aus den höchsten Adelskreisen ausgewählt. Oftmals waren es Schwestern oder Cousinen der Schüler«, erklärte Mrs Stirling. »Wo war ich stehen geblieben? Ach ja, daher werden wir in den kommenden Wochen alle Standardtänze wiederholen. Welche da wären, Miss Birnböckl?«

»Langsamer Walzer, Wiener Walzer, Foxtrott, Slowfox, Tango und Quickstep.«

»Und diese ergeben zusammen mit welchen Tänzen das Welttanzprogramm, Miss Adams?«

»Mit den lateinamerikanischen Standardtänzen Samba, Cha-Cha-Cha, Rumba, Paso Doble und Jive«, sagte ich und sah triumphierend in Rachels Richtung. Die öffentliche Blamage blieb Emma und mir heute also erspart.

»Bravo«, Mrs Stirling klatschte vor Freude in die Hände. Aber bei ihr sah sogar das anmutig und elegant aus.

Emma und ich wollten uns gerade verdrücken, als Mrs Stirling uns zurückrief.

»Wir werden heute mit dem Walzer beginnen. Aber bitte vorher erst einmal die Neuen nach vorne. Mr Moose? Mr Owen? Mr Morris? Lassen Sie mich einmal sehen, was Sie schon können.«

Augenblicklich dämmerte mir, was Emma und mir nun blühte. Vor der gesamten Oberstufe sollten wir mit den neuen Schülern die Tänze vorführen.

Mrs Stirling sah Jacob, Liam und Rodney abschätzend an, trat dann vor und reichte Jacob die Hand. »Darf ich bitten? Miss Birnböckl, Miss Adams. Und Musik. Langsamer Walzer zuerst, dann flotter Mr Lewis. Johann Strauß.«

Mr Lewis fing schon an zu spielen und ich schnappte einen kurzen verzweifelten Blick von Emma auf, als ich mir ein Herz fasste und Rodney meine Hand reichte. Irgendwie mussten wir es ja hinter uns bringen. Mrs Stirling würde uns nicht den Gefallen tun und alleine mit den Neuen tanzen.

Ich legte meine linke Hand auf Rodneys Schulterblatt und sah in seine dunklen Augen. Schöne Augen, voller Wildheit. Mit ernster Miene umschlang Rodney meine Hand, als wären wir tatsächlich beim Wiener Opernball. Ich musste kichern, doch das blieb mir sogleich im Hals stecken, denn schon im nächsten Augenblick flog ich förmlich übers Parkett. Tausend Dinge schossen mir durch den Kopf. Rodney konnte nicht nur tanzen. Er tanzte göttlich. Ganz im Gegensatz zu mir. Auch fünf Jahre Training bei Mrs Stirling hatten aus mir nur eine durchschnittlich begabte Tänzerin gemacht. Doch mit Rodney war plötzlich alles so leicht. Ich musste gar nichts tun, außer seinen Bewegungen folgen. Mr Lewis steigerte das Tempo des Donauwalzers und wir folgten mühelos. Immer kürzer wurden unsere Schritte, immer schneller die Drehungen. Für einen Moment schoss mir durch den Kopf, wie herrlich es war, wenn man mit jemandem tanzte, dessen Finger nicht klebrig und feucht waren und dem man in die Augen sehen konnte.

Erst nach einer Weile merkte ich, dass Mr Lewis aufgehört hatte zu spielen und alle mich anstarrten. Es war so still im Tanzsaal, dass man eine Stecknadel hätte fallen hören können. Hinter mir, an eines der großen Fenster gelehnt, standen Emma und Liam.

Mrs Stirling, die neben dem Klavier stand, kam auf uns zugeeilt und rief: »Ihr wart wundervoll. Einzigartig. Rodney, wo in aller Welt hast du gelernt, so zu tanzen?« Sie nahm Rodneys Hand und ergriff dann meine und reckte unsere Arme in die Höhe, als hätten wir gerade einen Boxkampf gewonnen. »Das war phänomenal«, rief sie.

In der kommenden Stunde ließ Mrs Stirling Rodneys Hand nicht mehr los. Sie hatte ihn kurzerhand zu ihrem Tanzpartner erklärt und Jacob zu mir geschickt. Dann sollten auch alle anderen sich zu Tanzpaaren zusammenfinden, und weil Rachel bei den Jungs sehr beliebt war, standen gleich zehn unserer Mitschüler vor ihr. Doch die Blicke, die sie mir und Jacob zuwarf, sagten, dass sie lieber mit Jacob getanzt hätte. Mit versteinerter Miene griff sie Paul Emmons Hand und stellte sich mit ihm für den Walzer auf.

»Ich hoffe, du bist mit dem Tausch nicht allzu unglücklich«, flüsterte Jacob mir zu.

Ich sah ihn irritiert an. Auf seinem Gesicht zeichnete sich wieder dieses jungenhafte Grinsen ab.

»Enttäuschter als ich dürftest du über den Tausch sein«, flüsterte ich zurück und nickte mit dem Kopf in Mrs Stirlings Richtung.

»Juniper Adams, du …«, flüsterte Jacob lächelnd, ließ aber offen, was er über mich sagen wollte.

Jacob war bei Weitem kein so guter Tänzer wie Rodney. Trotzdem war es die schönste Tanzstunde, die ich je auf Saint Gilberts erlebt hatte. Jacobs Handfläche auf meinem Rücken und unsere umschlungenen Hände ließen mich vor Aufregung zittern. Tausend Gedanken schossen mir durch den Kopf. Hoffentlich dufteten meine Haare noch nach meinem Jasminblüten-Shampoo. Hatte ich nach dem Essen Zahnseide benutzt oder steckten zwischen meinen Zähnen etwa noch Mohnkrümel vom Brot in der Mittagspause? Ob Jacob wohl bernsteinfarbene Augen mochte?

»In der nächsten Stunde üben wir die Linksdrehung«, rief Mrs Stirling plötzlich in meine Überlegungen hinein und verabschiedete sich von uns. War die Tanzstunde etwa schon vorbei?

»Wir sehen uns, June«, sagte Jacob, deutete mit dem Kopf zur großen Flügeltür, an der Rodney und Liam auf ihn warteten, und verschwand. Einfach so.

Und ich? Ich stand mitten im Tanzsaal und nickte.

»Komm, June, ich muss zur Foto-AG. Und was hast du als Nächstes? June? Hallo! June, was ist denn? Du stehst hier, als wärst du vom Blitz getroffen worden«, sagte Emma und zog mich hinter sich her.

»Ich hab noch Astronomie«, sagte ich geistesabwesend und dachte: *vom Blitz getroffen worden,* genauso fühlte es sich an. Irgendwo zwischen Hals und Magengrube war er eingeschlagen. Doch wann? Als ich mit Jacob getanzt hatte? Oder schon davor? Bei meinem atemberaubenden Tanz mit Rodney?

»June?«, fragte Emma leise wispernd. »June? Geht's dir gut?«

»Es könnte mir gar nicht besser gehen.«

Astro·la·bium

Substantiv (das; griech. »Stern-Nehmer«)

Ein Astrolabium ist ein astronomisches Instrument und Messgerät zumeist in Taschenuhr-ähnlicher Form. Mit ihm kann der sich drehende Himmel nachgebildet werden und somit eine exakte Auskunft über den Stand der Sterne, aber auch zum Beispiel über die Sonnenauf- und -untergangszeiten gegeben werden.

Für die Saint Gilberts High School ist die Anschaffung eines Astrolabiums Pflicht. Oftmals werden die Messinstrumente innerhalb der Familien weitergegeben. Für Reparaturen oder Anschaffungen steht Ihnen Little Lixtons Astroshop seit 1793 kompetent zur Seite.

aus: »Saint Gilberts – Das Wichtigste in Kürze«
Ratgeber für Eltern

13.

Astronomie wurde im zweiten Turmzimmer auf der anderen Seite der Klosteranlage unterrichtet. Oben angekommen suchte ich mir einen Platz am Fenster, denn so hatte ich eine herrliche Aussicht über die Ländereien hinter dem Schulgebäude. Bei gutem Wetter konnte man von hier oben bis nach London sehen. Meistens aber lagen graue Nieselregenwolken über den Mortlock Hills, sodass man noch nicht einmal bis Lixton Hall sehen konnte, dem Landschloss des Earls of Gilligan. Manchmal verschwand sogar die Falknerei, die zwischen Saint Gilberts und Lixton Hall lag, im Nebel.

Unten auf dem Weg zur Falknerei entdeckte ich unter den Schülern Jacob, Liam und Rodney und spürte sogleich wieder das aufgeregte Flattern in meiner Brust. Dass alle drei Jungs auf dem Weg zur Falknerei waren, konnte nur bedeuten, dass sie einen eigenen Falken besaßen (außer Rodney vermutlich, denn die Wise-Fellows-Stiftung unterstützte nicht die teuren Wahlfächer wie Falkenkunde).

»Juniper Adams«, rief Mr Dawson.

»Ja, hier!« Ertappt löste ich meinen Blick von der Aussicht.

»Es ist mir eine Freude, dass Sie meinem Unterricht auch in der Oberstufe treu bleiben.«

Mr Dawson war der coolste Lehrer auf Saint Gilberts,

wenn man von Mr Winston absah. Er war klein und hatte einen riesigen, kugelrunden Bauch. Genauso kugelrund war auch sein Schädel, dessen Glatze auf Hochglanz poliert war, genau wie seine Schuhspitzen. Wenn ich Mr Dawson sah, fiel mir immer der Kinderreim von Humpty Dumpty ein, den Maggie so liebte: *Humpty Dumpty, ein schneeweißes Ei, fiel von der Mauer und brach entzwei, der König schickt Ritter mit Pferd und mit Lanz', doch wer von den Herrn macht ein Ei wieder ganz?*

»Ich freue mich auch«, sagte ich und hoffte, Mr Dawson merkte nicht, dass es nur die halbe Wahrheit war. Ich war eine verdammt schlechte Lügnerin. Tante Phoebe wusste immer sofort, wenn ich sie anschwindelte – wobei sie es immer auf ihre hellseherische Gabe schob. Aber Tatsache war nun mal, dass ich die Schüler beneidete, die jetzt in der Falknerei sein durften. Zutritt zur Schulfalknerei hatten aber nur diejenigen, die einen eigenen Falken besaßen oder zum Stalldienst eingetragen waren. Und für den Stalldienst war ich in den vergangenen fünf Jahren nur ein einziges Mal ausgelost worden.

Aus dem Augenwinkel sah ich ein Mädchen den Weg zur Falknerei entlanggehen und seufzte leise. Rachel Howards. Das konnte nur heißen, dass Rachel auf dem Weg zum Internatsgebäude war, denn einen eigenen Falken hatte sie in den Ferien wohl eher nicht bekommen. Rachel hatte ja schon ein eigenes Pferd. Allerdings war es möglich, dass sie die Glückliche war, die den Stalldienst gewonnen hatte. Wieder einmal. Wie oft hatte ich Dad schon angefleht, ein wenig für mich nachzuhelfen, was er immer rigoros abgelehnt hatte.

Mr Dawson hielt einen quälend langen Vortrag über die Bedienung des Astrolabiums, schwenkte dann über zur Geschichte der Sternenkunde und endete schließlich mit der Deutung der Deckenmalerei unter dem Gewölbe. Hinter dem Ostflügel des Wohnheims für Mädchen kreisten Falken. Als Mr Dawson »Schluss für heute!« rief, sah ich Liam, Rodney und Jacob zusammen mit Rachel aus der Falknerei zurückkommen.

Ich fühlte mich hundeelend, als ich zur Haltestelle lief. Sprühregen schlug mir ins Gesicht. Und obwohl ich einen Regenschirm dabeihatte, entschied ich, dass ich den Regen verdient hatte. Wie naiv war ich eigentlich? Ich hätte mir doch denken können, dass die neuen Schüler aus reichem Haus kamen (wie außer mir und Rodney auch alle anderen auf Saint Gilberts) und dass ein Mädchen wie ich, das an den teuren Wahlkursen nicht teilnehmen konnte, nie eine Chance bei den Jungs haben würde. Jungs, die das Potenzial hatten, Ballkönig oder Schülersprecher zu werden. Jungs, die auf Mädchen wie Rachel standen. Scheinbar sogar Rodney.

»Juniper? Juniper, richtig?«, rief jemand hinter mir.

»Mr Winston«, rief ich erstaunt. Es kam selten vor, einen Lehrer außerhalb des Unterrichts zu treffen. Viele kamen morgens mit dem Auto aus London durch das Haupttor nach Saint Gilberts und verließen das Schulgelände auch auf diesem Weg wieder. Mr Winston allerdings schien zur Haltestelle zu laufen.

»Du bist keine Internatsschülerin?«, fragte er interessiert, als er mich eingeholt hatte.

»Nein, wie Emma Ihnen schon verraten hat, wohne ich im einzigen Buchladen weit und breit«, sagte ich grinsend.

»Stimmt.« Mr Winston nickte. »Ich habe mich in Little Lixton leider noch nicht umsehen können, ich bin gestern erst über dem *Black Fox* eingezogen.«

»Sie wohnen über dem *Black Fox*?«, fragte ich überrascht.

»Ist daran etwas nicht in Ordnung?« Mr Winston grinste. »Oder befürchtest du, dass der Pub auf mich abfärbt?«

Ich musste trotz meiner schlechten Laune lächeln. »Nein. Es ist nur nicht üblich, dass ein Lehrer hier wohnt, sonst nichts.«

»Ja, das habe ich auch schon gehört. Aber als ich durch die Stellenausschreibung neugierig wurde und von der Legende der verschwundenen Schüler und dem hier lebenden Ungeheuer gelesen habe und auch von der Berühmtheit der Gegend erfuhr, entschied ich, dass ich genau hier leben möchte. Hier!« Er drehte sich wie ein kleiner Junge um sich selbst. »Hier, wo das Geheimnisvolle zu Hause ist. Hier, wo es im Wald spukt und auf Saint Gilberts sowieso.«

»Wenn Sie sich da mal nicht zu viel erhoffen«, meinte ich, als ich die Tür der ersten Saint-Gilberts-Limousine in der Reihe öffnete.

»Ah, Miss Juniper«, rief Mr Mo (eigentlich Mr Mortimer, mein Lieblingsfahrer) erfreut, als ich die Wagentür öffnete. Die Saint-Gilberts-Schullimousinen erinnerten mich immer an die alten Londoner Taxis aus den *Miss-Marple*-Filmen, die Tante Phoebe so liebte. Nur stand in dem Schriftfenster über der Frontscheibe nicht Taxi, sondern das Ziel der Fahrt. In diesem Fall drückte Mr Mo den Knopf mit der Nummer zwei und in dem vergilbten Fenster erschien *Little Lixton.* Mr Mo sprang aus dem Auto, nahm meine Schultasche entgegen, wartete, bis ich angeschnallt war, und schlug die Wagentür hinter mir zu.

(Regel 78b: Den Fahrern eines Gefährts der Kategorie A, Schullimousine, ist uneingeschränkt Folge zu leisten. Die Fahrer sind angewiesen, für die Sicherheit der Passagiere und das ordnungsgemäße Verstauen des Gepäcks persönlich Sorge zu tragen.)

Mr Winston schien noch nichts von Regel 78b gehört zu haben. Er stieg vorne in die Schullimousine ein und zog die Tür hinter sich zu.

Ich musste kichern, als Mr Mo um den Wagen herumeilte, die Beifahrertür wieder öffnete und Mr Winston mit einem ärgerlichen Ruck seine Tasche entriss.

»Da war ich wohl ein wenig zu voreilig«, flüsterte Mr Winston, der sich auch nur mit Mühe ein Grinsen verkneifen konnte.

»Sagen Sie, Mr …«, fing Mr Winston eine Unterhaltung mit Mr Mo an, was laut Regel 78c jedoch während der Fahrt streng verboten war. Er beugte sich vor, um auf dem silbernen Namensschild *Mr Mortimer* zu lesen. »Mr Mortimer, warum werden die Schüler auf Saint Gilberts in ausrangierten Londoner Taxis chauffiert und nicht wie in jeder anderen Schule des Königreichs mit Bussen?«

Mr Mo schwieg und sah stur geradeaus auf die Straße, die durchs Schultor hindurch in den Mortlock Park führte.

»Mr Mortimer?« Mr Winston ließ nicht locker. »Was glauben Sie, warum Regel 51 besagt, dass es den Schülern verboten ist, den Mortlock Park zu betreten?«

Aha, Mr Winston kannte die Schulregeln also doch.

Mr Mos Gesicht zuckte, aber er sagte nichts.

Wir fuhren in den dichten Wald hinein, der durch den Regen noch dunkler erschien. Und dabei waren es noch gut drei Stunden bis Sonnenuntergang.

»Und was glauben Sie, Mr Mortimer, ist da was dran an der Legende von den verschwundenen Kindern hier im Mortlock Park? An den Erzählungen von einem Ungeheuer, das schwarz schillernde Raben um sich schart und die Kinder der Saint-Gilberts-School verschwinden lässt?« Mr Winston sah neugierig aus dem Fenster, als wir am Waldfriedhof vorbeikamen. »Glauben Sie nicht auch, dass die verschwundenen Schüler viel eher einfach nur ausgebüxt sind? Ich meine, es war doch sicher nicht jeder der adligen Sprösslinge von dem Drill auf Saint Gilberts begeistert. Vielleicht wollten sie einfach ein freies, selbstbestimmtes Leben führen, ohne all diesen Standesdünkel.«

Um Mr Mos Mund zuckte es, aber er blieb weiterhin stumm.

»Also, wenn Sie mich fragen, dann ist an der Legende nichts dran. Ich glaube viel mehr, dass Saint Gilberts und die umliegenden Dörfer von der Legende ganz einfach hingerissen sind. Wie viele Touristen werden allein deswegen in diese Region gespült?« Mr Winston schien sich nicht damit abfinden zu wollen, dass Mr Mo an einer Unterhaltung nicht interessiert war.

Wir verließen den Mortlock Park und bogen in die Dorfstraße ein. Als wir an der Haltestelle für die Saint-Gilberts-Limousinen vor dem *Black Fox* anhielten, sprang Mr Mo aus dem Wagen. Er lief zum Kofferraum, holte unsere Taschen heraus und öffnete uns die Türen.

Dieses Mal hatte Mr Winston gewartet. Mit einem freundlichen Nicken verabschiedete er sich von unserem Chauffeur, als dieser plötzlich sein Schweigen brach. »Auf all ihre Fragen gibt es eine Antwort. *Eine* Antwort auf alle Fragen, verstehen Sie?«, flüsterte er verschwörerisch und sah sich um, als hätte er Angst, beim Reden erwischt zu werden.

Mr Winston nickte. »Eine Antwort, verstehe. Die da wäre?«

Mr Mo legte seinen rechten Zeigefinger, der in weißen Baumwollhandschuhen steckte, geheimnisvoll an seine Lippen, dann nickte er mir zu und stieg zurück in die Schullimousine.

Als er losfuhr, flackerte in der vergilbten Leuchtanzeige über der Frontscheibe *Saint Gilberts* auf.

Die Eule ist der Vogel der Nacht und vereint in sich alle drei übersinnlichen Kräfte. Sie ist hellfühlig, hellhörig und hellsichtig, was sie zu einer Meisterin der Tarnung macht. Ihre Weisheit ist unübertroffen. Die Tarortkarte Eule soll uns darauf aufmerksam machen, öfter in uns hineinzuhören, still zu werden und mehr auf unsere innere Stimme zu achten.

Aber Achtung, in Kombination mit der Sense (Unheil) steht die Eule für einen drohenden Unfall oder eine Verletzung.

aus: »Tarotkarten richtig deuten«, Meister Jadoo

14.

Wir sahen noch der Schullimousine hinterher, als Dad die Dorfstraße heraufgefahren kam. »June«, rief er aus dem offenen Autofenster. »Ich muss noch mal zurück zur Falknerei. Hab gerade einen Anruf gekriegt. Schüler haben eine verletzte Eule hinter den Pferdeställen gefunden. Willst du mit?«

Ich horchte auf. Was war denn mit Dad los? So ein Angebot hatte er mir ja noch nie gemacht. »Gib mir drei Minuten!«

»Zwei«, rief Dad zurück.

Ich stürmte durch den Buchladen, vorbei an der stirnrunzelnden Phoebe und die Treppe hinauf. Meine Schultasche flog in hohem Bogen in die Ecke, dann schlüpfte ich aus der Schuluniform und stattdessen in eine Jeans und meine Lieblingsbluse mit der indischen Stickerei. Als ich meinen Parka vom Türhaken nahm, fiel mein Blick kurz in den Spiegel. Wie kam ich eigentlich auf die Idee, dass ich mich hinter Rachel verstecken musste?

»Und wer soll denn jetzt meinen gebackenen Butterkürbis essen?«, rief Tante Phoebe mir hinterher, als ich die Wagentür aufriss und mich auf den Beifahrersitz fallen ließ.

»Maggie freut sich bestimmt. Aber heb' was für uns auf, Phoebe. Dein gebackener Butterkürbis ist auch kalt ein Gedicht!« Dad winkte ihr noch kurz zu und ließ dann den Motor aufheulen.

Als wir am *Black Fox* vorbeikamen, stand Mr Winston noch immer vor der Tür und hatte uns scheinbar hinterhergesehen. Im Rückspiegel beobachtete ich, dass er jetzt langsam die Straße hinunter in Richtung Buchladen schlenderte. Ein heißer Schauer lief mir über den Rücken, als ich mir vorstellte, wie peinlich es wäre, wenn Tante Phoebe Mr Winston einen Orakelkeks andrehen oder gar eine Vision haben würde, gerade wenn er unseren Buchladen besuchte.

»Es haben gleich zwei neue Oberstufenschüler einen Falken mitgebracht«, erzählte Dad auf dem Weg durch Mortlock Park. »Die Voliere ist so voll wie noch nie. Und da habe ich im Sekretariat Bescheid gesagt, dass ich fachmännische Hilfe benötige. Ob ich jemanden kennen würde, der sich mit Wildvögeln auskennt, wollten sie wissen. Vielleicht haben sie dabei an einen meiner Studenten gedacht. Ich sagte, dass ich dich gelegentlich mitnehmen möchte. Und sie hatten nichts dagegen«, erzählte Dad fröhlich und beugte sich vor, um das Handschuhfach zu öffnen. »Dort ist dein Ausweis. Den musst du jetzt immer bei dir tragen.«

Ich seufzte, als ich die Karte aus dem Handschuhfach zog. »Danke, Dad!«, flüsterte ich. In einer silbernen Plastikhülle steckte mein lang gehegter Traum: eine kleine rechteckige Chipkarte mit einem eingravierten Falken und dem Schriftzug *Saint-Gilberts-Falknerei.* Auf der anderen Seite stand *Juniper Adams, Oberstufe Level A1, Falknerei-Bedienstetenausweis.* Ich konnte es gar nicht fassen.

Dad schenkte mir eine Eintrittskarte in meine Träume, in denen ich keinen gewöhnlichen Falknereidienst hatte. Ich durfte Dads Assistentin sein, während Rachel wie Aschenputtel den sandigen Boden harkte.

Das Vogelhaus lag auf einer kleinen Anhöhe hinter den Internatsgebäuden. Laut Inschrift über der Tür war es 1397 errichtet worden.

»Warum brauchten die Mönche eigentlich eine Falknerei?«, fragte ich.

»Im Mittelalter war die Beizjagd dem Adel vorbehalten. Sie galt als Macht- und Statussymbol«, erzählte Dad. »Die reichsten Adelsfamilien Englands haben deshalb ihre Kinder auf Mortlock Hills in die Klosterschule geschickt. Sie haben hier oben eine Falknerei errichtet, damit ihre Sprösslinge die Fertigkeit der Beizjagd erlernen konnten.«

»Aber wieso eigentlich ein Kloster als Schule?«

»Die Mönche waren die besten Lehrer, die man sich wünschen konnte. Hochgebildet, erfahren in der Erstellung von Manuskripten und der lateinischen Sprache mächtig, durften die adligen Häuser eine exzellente Erziehung und Ausbildung ihrer Kinder erwarten.«

Dad stoppte den Wagen und stürmte ins Vogelhaus.

Ich zog meine Jacke über und hatte es plötzlich nicht mehr so eilig. Was, wenn die Eule schwer verletzt war? Ich wusste gar nicht so genau, ob ich das sehen wollte. Ich liebte Tiere, das hatte ich wohl von Dad. Und ich würde nie verstehen, wie Dad sich als Wildhüter einerseits um verletzte Tiere kümmern und andererseits als

Tierpräparator die Tierchen, die es nicht geschafft hatten, ausstopfen konnte.

»Komm her, June«, rief er, als ich vorsichtig in den Sanitätsraum lugte. »Es ist eine Waldohreule und sie hat sich vermutlich einen Flügel gebrochen. Hier siehst du?«, fragte Dad und hielt den linken Flügel der zappelnden Eule. »Sie muss seit Stunden dort im Graben gelegen haben, denn Eulen sind eigentlich mit dem ersten Tageslicht verschwunden.« Dads Stimme klang besorgt.

»Kriegst du sie wieder hin?«, fragte ich und traute mich endlich näher heran.

»Sicher kriegt er sie wieder hin«, sagte eine Jungenstimme in der Ecke. Rodney. Rodney stand hinten an die Wand gelehnt und sah Dad aufmerksam zu.

»Hey, Rodney«, sagte ich so unbekümmert wie möglich und sah mich verstohlen nach den anderen um.

»Rachel hat sie gefunden, im Graben hinter der Reithalle. Aber sie hatte Angst, die verschreckte Eule anzufassen«, erzählte Rodney und kam zu uns. »Und was machst du hier?«

»Dasselbe könnte ich dich fragen«, konterte ich.

»Ich hab die Eule hergebracht.« Rodney strich dem verletzten Vogel über den gebrochenen Flügel. Ich war beeindruckt, denn die Eule schien sich durch Rodneys Berührung zu beruhigen.

»Und ich hab Falknereidienst«, sagte ich. »Dad? Was tun wir mit ihr?«

»Wir rufen Dr. Gordon an. Und dann werden wir das Tierchen gesund pflegen, bevor wir ihm eines Tages wieder die Freiheit schenken.«

Dad zog sein Handy aus der Tasche und telefonierte mit Dr. Gordon.

»Wohnst du im Internat?«, fragte ich.

Rodney schüttelte den Kopf. Das hatte ich mir gedacht. Und es bestätigte Emmas und meinen Verdacht, dass Rodney der zweite Stipendiat war.

»Und du?«, fragte er.

»Auch nicht, ich wohne unten in Little Lixton«, sagte ich.

Stimmen wurden lauter und plötzlich standen Jacob und Liam in der Tür.

»Hey, Rod, ich dachte, du wärst schon …« Jacob verstummte, als er mich sah. Grinsend lehnte er sich an den Türrahmen. »Ja, wen haben wir denn da? June«, sagte er und ich bildete mir in einem Anflug von Größenwahn ein, dass seine Stimme erfreut geklungen hatte. Dann entdeckte Jacob die Eule. »Hey, was ist mit ihr?«

»Vermutlich ein gebrochener Flügel«, erklärte ich.

»Verdammt. Wieso?«, fragte Liam.

»Das hat sie uns noch nicht verraten«, meinte Rodney, der die Eule noch immer streichelte.

»Hast du auch einen Falken?« Jacob sah mich interessiert an.

Mir wurde unter der grellen Neonlampe viel zu heiß, was aber auch an Jacobs Blicken liegen konnte.

»Nein, hab ich nicht«, gab ich zu und hielt ihm meinen neuen Ausweis unter die Nase.

»Bedienstete?«, fragte Jacob anerkennend. »Wie wird man denn so was?«

»So was wird man, wenn man jede Menge Fachwissen über die artgerechte Zucht und Pflege von Wildvögeln hat«, sagte Dad, der zurückgekommen war. »Hast du noch mal nach deinem Falken gesehen, Jacob? Wie hieß er doch gleich?«

»Phelps«, sagte Jacob und nickte.

»Du hast echt einen eigenen Falken?«, fragte ich aufgeregt. »Oh Dad, kann Jacob mir seinen Falken zeigen? Ist es in Ordnung, wenn Rodney und Liam kurz bei der Eule bleiben?«

»Sicher«, sagte Dad nickend. »Aber geht ruhig alle, die Eule kann etwas Ruhe vertragen. Ich bin ja jetzt bei ihr und Dr. Gordon müsste auch in wenigen Minuten hier sein.«

Jacobs Falke saß in einer der großen Außenvolieren. Es war noch ein sehr junger Falke mit einem gelben Ring um den Schnabel. »Dein Vater sagte, er sei noch zu jung, um mit dem Training zu beginnen. Ich soll einfach nur immer wieder herkommen, versuchen ihn zu füttern und ansonsten in Ruhe lassen.« Jacobs kastanienbraune Haare leuchteten in der Abendsonne, die ihre letzten Strahlen über das Dach in den Hinterhof warf.

»Hast du auch einen Falken?«, fragte ich Rodney.

Doch der schüttelte den Kopf. »Ich halte nichts von Vögeln in Volieren.«

»Ach«, sagte ich perplex. »Du warst aber doch heute Nachmittag in der Falknerei.«

»Du beobachtest mich?« Rodney grinste. Seine Augen funkelten dunkel. »Ich hatte Falknereidienst. Ich war noch am Fegen, als Rachel aus der Reithalle anrief und meldete, dass eine verletzte Eule hinter der Halle gefunden wurde. Rachel hat sich aber nicht getraut, das Tier anzufassen.« Sein Grinsen wurde breiter. »Daher bin ich hingelaufen und habe die Eule hergebracht.«

»Verstehe«, sagte ich nickend. Das passte wiederum zu Emmas und meiner Vermutung, dass Rodney der zweite Stipendiat war. »Dann bist du der Zweite, der einen eigenen Falken mitgebracht hat, Liam?«, riet ich.

»Ja«, bestätigte Liam. »Mir geht's wie Jacob. Meine Eltern wollen es so.«

»Ach«, machte ich und riss die Augen weit auf. »Ihr wollt eigentlich gar keinen eigenen Falken?«

»Doch, es ist schon cool«, meinte Jacob gedehnt. »Aber Rod hat irgendwie recht. In Freiheit sind sie noch viel schöner. Ich glaube, ich werde meinen eines Tages fliegen lassen.«

»Und du, Liam?« Ich sah mich in der Außenvoliere um und überlegte, welcher der Falken wohl ihm gehörte.

»Wieso interessiert dich das?«, fragte Jacob amüsiert.

»Ich würde meinen Falken auch fliegen lassen«, sagte ich.

Dr. Gordon war schon da, als wir zurück in den Sanitätsraum kamen. Er legte der Eule mit Rodneys Hilfe einen Verband an, die den gebrochenen Flügel an den Körper fixierte.

»Danke, Rodney«, sagte Dad. »Du bist sehr geschickt mit den Tieren. Wenn du nicht schon zum Falknereidienst eingetragen wärst, dann würde ich dich heute noch eintragen lassen.«

Rodney zeigte keine Regung und ich fragte mich, ob er Dads Kompliment überhaupt verstanden hatte.

Als wir die Falknerei verließen, verschwand die Sonne gerade hinter den Zinnen und Türmchen des Klostergebäudes.

»Also, ich muss dann los«, sagte Rodney und lief den Weg hinunter zur Schule.

»Hoffentlich kommt er noch pünktlich zum Abendessen«, meinte Liam und zog den Reißverschluss seiner Saint-Gilberts-Regenjacke hoch.

»Wo wohnt Rodney?«, fragte Dad.

»Irgendwo in den Mortlock Hills bei einem entfernten Onkel, mit dem wohl nicht gut Kirschen essen ist«, erzählte Jacob.

»Ein Jammer«, meinte Dad bedauernd und suchte seine Jackentaschen ab. »Einen Moment noch, June. Ich hab den Wagenschlüssel liegen lassen.«

»Wir müssen jetzt aber auch gehen«, entschuldigte sich Liam. »Nicht weil ein tobender Onkel auf uns wartet, sondern das Abendessen, von dem wir in zwanzig Minuten nichts mehr mitbekommen.«

»Wir sehen uns«, rief Jacob zum Abschied und ich blickte ihnen nach, den Weg zur Schule, auf dem Rodney schon verschwunden war.

Ja, wir sehen uns. Morgen. Und übermorgen. Und jeden weiteren Tag dieses Schuljahres, dachte ich und es kribbelte in meinem Bauch bei dem Gedanken.

In allerhand schauerlichen Geschichten und Märchen wird uns ein Geist als etwas Böses, ja gar Dämonisches dargestellt. Allein daher rührt bis heute der Ruf, dass Geisterseher Magier oder Hexen sein müssen.

Weit gefehlt! Es bedarf (wie bei allem Spirituellen) nur eines gut geschulten dritten Auges, das dann auch in der Lage ist, Geister wahrzunehmen. Geister, die überall um uns herum sind und die wir umso deutlicher sehen, je näher wir der Person oder ihrem Tod standen.

aus: »Mit dem dritten Auge Geister und Dämonen sehen«,
Meister Jadoo, Medium und Seher

15.

Es war eine halbe Stunde nach Sonnenuntergang und es wurde bereits dunkel, als Dad und ich endlich im Auto saßen und durchs Schultor hinaus in den Mortlock Park fuhren. Mein Magen knurrte laut, als ich an Tante Phoebes gebackenen Butterkürbis dachte. Auf Höhe des Mortlock Lakes, kurz hinter dem Waldfriedhof, sah ich zwischen den Bäumen weiße Nebel aufsteigen.

»Sieh nur, Dad«, flüsterte ich und deutete nach links an ihm vorbei.

»Mmh«, machte mein Vater. »Es wird Herbst.«

»Glaubst du an die Legende von den Geistern in Mortlock Park?«, fragte ich und ein Gruselschauder zog über meinen Rücken.

»Jetzt fang du nicht auch noch an«, sagte Dad stöhnend, zwinkerte mir aber zu.

»Bitte fahr langsamer«, flüsterte ich.

»June!«, sagte Dad warnend. »Phoebe wartet seit Stunden mit dem Abendessen. Wir sollten sie …«

»Da«, rief ich. »Siehst du? Könnte das nicht ein Geist sein?«

»June?« Dad stoppte den Wagen und legte mir eine Hand an die Stirn. »Bist du krank?«

»Sieh doch«, rief ich aufgebracht, denn der weiße Nebel zwischen den Bäumen, nahe des Mortlock

Lakes formte sich ohne Zweifel mehr und mehr zu einer menschlichen Gestalt.

»Ich sehe nichts, June!« Dad wollte schon weiterfahren.

»Bitte lass uns aussteigen und nachsehen«, bat ich.

»Kommt überhaupt nicht infrage«, sagte Dad kopfschüttelnd und fuhr weiter. »Es ist September, June. In den vergangenen Tagen hat es viel geregnet. Und wenn sich die Luft abkühlt, steigen aus dem Erdreich eben hin und wieder weiße Nebel auf. Das hat nichts mit Geistern zu tun. Das sind ganz einfache Nebelschwaden. Mehr nicht.«

»Und wenn dieser Nebel aussieht wie ein Junge?«, fragte ich.

»Dann hast du eindeutig zu viel Fantasie.«

»Ich glaube, ich habe einen Geist in Mortlock Park gesehen«, sagte ich beim Abendessen.

»June!«, brummte Dad warnend und ließ die Zeitung sinken, für die am Morgen wie immer keine Zeit gewesen war.

»Cool«, fand Maggie.

»Einen Geist, June?«, fragte Tante Phoebe und sah mich erschrocken an. »Wie sah er aus?«

»Phoebe!« Dad blickte nun auch Tante Phoebe warnend an.

»Erst war es wie ganz normaler weißer Nebel, der aus dem Boden aufsteigt. Aber dann hat er sich plötzlich zu dieser Gestalt geformt. Ehrlich, Phoebe. Der Nebel sah aus wie ein ganz normaler Junge.«

»Oh sicher, June. Sicher. So verhalten sich alle Geister …«, sagte sie und brach plötzlich ab. »Alle Geister, die …« Sie legte ihre Gabel klirrend auf den Teller und starrte mich schockiert an.

»Die was?«, fragte ich besorgt.

»Alle Geister, mit deren Tod wir zu tun haben«, hauchte Tante Phoebe unheilvoll.

Dad sprang auf, stellte sein Geschirr in die Küche und als er zurückkam, beugte er sich tief herab zu Tante Phoebe. »Ich werde nun noch etwas arbeiten. Aber ich kann dir eins sagen, große Schwester. Da war kein Geist. Hundertprozentig nicht. Ich habe angehalten und June hat auf die Stelle gezeigt. Du machst sie mit deinem ganzen Hokuspokus ganz verrückt. Merkst du das nicht?«

»Ein Geist ist ein Geist und kein Hokuspokus«, rief Tante Phoebe ihm nach. Dann sah sie mich beschwörend an. »Hast du ihn erkannt, June?«

»Erkannt?«, fragte ich.

»Kam dir seine Gestalt irgendwie bekannt vor? Ist es der unruhige Geist eines kürzlich Verstorbenen?«, fragte sie.

»Nein, Tante Phoebe. Ich glaube, es ist der Geist eines lange Verstorbenen«, sagte ich und wusste nicht, warum ich das glaubte. Es war nur ein Gefühl.

»Wie kann das sein?«, fragte Tante Phoebe und kaute auf einem Stück Kürbis herum. »Wie kann das nur sein?«

Wenige Minuten später saß ich wieder in Dads Pick-up. Nur saß dieses Mal Tante Phoebe am Steuer und Maggie hinter uns. Dad hatte die Wagenschlüssel auf dem Tisch im Hinterzimmer liegen lassen. Ein Fehler. Besonders mit einer Verwandten wie Tante Phoebe, die den Dingen immer und sofort auf den Grund gehen musste.

»Zeig mir die Stelle«, forderte sie, als wir im Schritttempo durch Mortlock Park fuhren. Es war kühl geworden. Das Gebläse pustete mir kalte Luft entgegen und ich drehte die Heizung hoch.

»Noch ein Stückchen weiter. Ungefähr auf Höhe des Mortlock Lakes«, sagte ich und schlang die Arme fröstelnd um meinen Oberkörper. Ich sah Tante Phoebe von der Seite an und fragte mich eine Sekunde lang, ob sie überhaupt einen Führerschein besaß. Fahren konnte sie jedenfalls nicht besonders gut. Der Wagen machte hin und wieder einen unkontrollierten Satz nach vorne. Das konnte aber auch daran liegen, dass Tante Phoebe den Wald taxierte und ich mehrmals befürchtete, dass sie uns in den Graben befördern würde. Nur Maggie strahlte. Endlich war mal was los.

»Stopp«, flüsterte ich, als ich die Stelle wiedererkannte.

Tante Phoebe kramte Dads Taschenlampe aus dem Handschuhfach hervor, stieg aus und zischte: »Komm, June! Komm, Maggie! Wir sehen uns diesen Geist einmal näher an.«

Wir kletterten auf einen Stapel gefällter Baumstämme, die vor dem Stacheldrahtzaun lagen, der den gesamten Mortlock Park umzäunte. Es war ruhig, friedlich, kein unheimliches Geräusch war zu hören. Der Dunst hatte sich verzogen und selbst das Rascheln der

Mäuse war beruhigend. Viel beruhigender aber fand ich die Dunkelheit. Kein Nebel, kein weißes Licht, nichts. Gar nichts. Aus Richtung des Mortlock Lakes wehte eine kühle, klare Luft zu uns herüber.

»Der Geist ist fort«, flüsterte ich und wollte schon die Baumstämme wieder hinabklettern, als Tante Phoebe mich zurückhielt. »Warte. Gib ihm Zeit.«

»Also ich glaube, ich höre jemanden jammern«, sagte Maggie, die hoch konzentriert in den Wald starrte.

Tante Phoebe und ich sahen Maggie verwundert an. Konnte es sein, dass auch Maggie …? Ich war nicht bereit, diesen Gedanken zuzulassen. Noch nicht.

Eine Stunde später kehrten wir durchgefroren in den Buchladen zurück.

»Wo um alles in der Welt seid ihr gewesen?«, fragte Dad, der wütend auf- und ablief.

»Wir wollten den Geist befragen, aber du hast ihn vermutlich zu sehr verschreckt«, sagte Maggie tadelnd und zog ihre Gummistiefel aus.

»Wir werden in ein paar Tagen wieder hingehen.« Tante Phoebe gab Dad die Autoschlüssel zurück und spazierte hoch erhobenen Hauptes in die Küche.

»Wieso erzählst du ihr auch solch einen Unsinn? War doch klar, dass sie sofort darauf anspringt« Dad sah mich vorwurfsvoll an.

»Ich hab nichts erzählt, das nicht wahr ist, Dad«, sagte ich. »Ich habe ihr nur von meiner Beobachtung berichtet. Tante Phoebe und Maggie glauben mir wenigstens. Im Gegensatz zu dir.« Damit ließ ich ihn stehen und stapfte hinter Phoebe her, um für Maggie und mich eine heiße Schokolade zu machen.

Dad nuschelte irgendwas von »übergeschnappt« und »Irrenhaus«.

Aus den Tagebüchern des Rabenlords
Dienstag, 07. September (im 600. Jahr n. V.)

Fast tut er mir leid. Es ist schon jämmerlich, wie der alte Blake noch immer durch die Schreibstube geistert.
Man möchte ihn an den Schultern fassen, schütteln und rufen: »Tu endlich was!
Tu was, damit der Spuk aufhört.«
Aber erstens kann er seinen eigenen Fluch nicht aufheben und zweitens kann man Geister nicht an den Schultern packen.

16.

»Tante Phoebe hat jedenfalls behauptet, dass man einen Geist nur dann figürlich erkennen kann, wenn man etwas mit seinem Tod zu tun hat«, erzählte ich Emma am nächsten Morgen.

»Aber hast du mir nicht gerade gesagt, dass du den Jungen noch nie zuvor gesehen hast?«, fragte Emma und öffnete die Tür zur Schreibstube.

»Das ist es ja«, flüsterte ich, denn Mr Winston war schon da. »Mein Gefühl sagt mir, dass der Geist dieses Jungen schon seit vielen, vielen Jahren durch Mortlock Park spukt. Was also kann ich mit seinem Tod zu tun haben?«

»Glaubst du, dass es der Geist von einem der verschwundenen Schüler ist?« Emma warf ängstliche Blicke auf die halbhohen Seitentüren, hinter denen angeblich die Mönche beigesetzt worden waren.

»Schon möglich«, überlegte ich.

»Das ist ja gruselig«, fand Emma und ließ sich an dem gleichen Schreibpult wie am Montag nieder. »Das hieße ja, dass die verschwundenen Jungs tatsächlich im Mortlock Park umgebracht worden sind.«

»Nicht unbedingt«, flüsterte ich. »Tante Phoebe hat mir erklärt, dass rastlose Seelen immer an den Ort zurückkehren, an dem ihnen etwas Schlimmes zugestoßen ist. Etwas, das ihre Seele nicht ruhen lässt. Das muss nicht unbedingt der Ort sein, an dem sie gestorben sind.«

Mr Winston saß an einem Schreibpult in der vordersten Reihe und notierte offenbar etwas.

»Du warst schon so oft mit deinem Vater und all den Studenten in Mortlock Park. Wieso hast du den Geist nicht vorher schon einmal gesehen?«, fragte Emma, die sich weit zu mir herüberbeugte.

»Tante Phoebe behauptet, dass etwas geschehen sein muss, das die unruhigen Geister wieder aufgeschreckt hat. Und außerdem wäre ich vorher einfach nicht sensibilisiert gewesen. Ich hätte keinen Geist erwartet, also hätte ich ihn auch nicht wahrgenommen.« Mir lief eine Gänsehaut über den Rücken. »Und außerdem finden die Exkursionen mit Dad ja nur bei Tag statt, da sieht man Geister kaum.«

»Findest du nicht, dass deine Tante einfach nur ein bisschen verrückt ist?«, fragte eine tiefe Jungenstimme wie aus dem Nichts.

Jacob! Verdammt! Wo kam der denn schon wieder so plötzlich her?

Er ließ sich auf den freien Platz neben mir fallen und grinste mich an.

»Meine Tante ist genauso wenig verrückt wie du und ich«, zischte ich.

Amüsiert zog Jacob eine Augenbraue hoch. »Wow!«, rief er. »Das nehme ich glatt als Kompliment.«

»Okay«, rief Mr Winston von vorne. »Lasst uns beginnen.«

»Verzeihung?«, fragte John drängelnd und stellte seine Tasche auf das Schreibpult, an dem noch immer Jacob saß und keine Anstalten machte, seinen Platz für John zu räumen. »Darf ich mich jetzt bitte hinsetzen?«, fragte John, der am Montag noch neben mir gesessen hatte.

»Sicher darfst du sitzen«, rief Jacob, sodass es alle hörten. »Dort, dort oder dort.« Jacob zeigte der Reihe nach auf die noch freien Sitzplätze.

John schäumte vor Wut, als Mr Winston dann auch noch rief: »Bitte, John, nicht so zögerlich. Es ist Platz für alle da.«

Jacob beugte sich zu mir herüber und meinte: »Ich hoffe, der ist jetzt nicht eingeschnappt.«

»Er wird's überleben«, meinte Rachel hinter uns viel zu laut. »Nicht mehr neben Juniper Adams sitzen zu müssen ist nun wahrlich kein großer Verlust.«

»Für dich vielleicht, Rachel Howards«, rief Mr Winston von vorne und kam die Sitzreihe entlangspaziert. »Das kann John aber ganz anders empfinden. Denn wie heißt es noch so schön? Schönheit liegt im Auge des Betrachters.« Mr Winston blieb neben Jacob stehen und sah mich lächelnd an. »Sagte schon welcher große Philosoph, Juniper?«

»Platon«, antwortete ich mit krächzender Stimme. (Was guckten die mich aber auch alle so an?)

»Sehr gut«, meinte Mr Winston und nickte anerkennend. »Und da wir uns jetzt mit diesem hübschen Quiz aufgewärmt haben, kann es ja nun richtig losgehen. Ich habe gestern Nachmittag wahllos Kopien von Schriften in euren Pulten verteilt. Bei den meisten Schriften handelt es sich noch um Werke aus dem frühen 15. Jahrhundert, einer Zeit also, in der es noch solche Schreibstuben wie hier unten gab und in der der Buchdruck noch nicht erfunden war.«

Ich klappte meine Tischplatte hoch und fand dort ein Bündel loser Papiere, nur mit einer Kordel zusammengehalten. Das sah kein bisschen wie eine Kopie aus. Kein schneeweißes Papier wie bei Emma, Jacob oder all den anderen. Druckerpapier, gelocht und zusammengeheftet. Mr Winston musste sich vertan haben und mir versehentlich statt der Kopie das Original ins Pult gelegt haben.

»Mr Winston«, rief ich und hielt meine Schrift hoch. »Hier muss ein Fehler passiert sein.«

Mr Winston stand vor Rodneys Pult und versuchte die klemmende Tischplatte zu lockern, als er irritiert aufsah. »Was ist das, June?«

»Na, die Schrift aus meinem Pult«, sagte ich und stutzte. Am anderen Ende des Saales bewegte sich etwas. Ich erkannte aus der Ferne den schemenhaften Umriss eines alten Mannes, seltsam gekleidet und das schüttere Haar mithilfe eines tief sitzenden Seitenscheitels über die Halbglatze gekämmt, der quer durch die Schreibstube lief und hinter der letzten Tür verschwand. Einer der Butler?

»Wer war das?«, fragte ich verdutzt.

»Wer war was?« Mr Winston schlug noch einmal kräftig auf Rodneys Tischplatte, sodass sie sich öffnen ließ, bevor er an meinem Platz auftauchte und die alte Schrift in Augenschein nahm. »Seltsam«, fand er. »Das kenne ich gar nicht.«

»Nicht? Aber das ist alles, was hier drin ist«, sagte ich und öffnete noch einmal das Schreibpult.

»Gut.« Mr Winston nahm die Schrift mit. »Sehen wir mal in meiner Liste nach«, er machte mir Zeichen, ihm nach vorne zu folgen.

»Natürlich«, zischte Rachel. »June braucht wieder einmal einen Extraauftritt.«

»Wie lautet denn der Titel?«, fragte Mr Winston und schlug die erste Seite der vergilbten Schrift auf. »Rabenherz«, murmelte er und sah die Liste durch. »Rabenherz?«, er blickte verwundert auf und betrachtete das Werk genauer. »Das steht nicht auf meiner Liste und davon hab ich auch noch nie gehört. So ein Werk gibt es nicht.« (Er musste es ja wissen.)

Am hinteren Ende des Schreibsaals quietschte eine Tür, öffnete sich langsam und der seltsame alte Mann erschien wieder. Er blieb im Türrahmen stehen und nickte mir zu. Zumindest sah es so aus, als nickte er *mir* zu.

»Da«, flüsterte ich und zeigte auf den Alten, der mit einem langen schwarzen Kapuzenmantel bekleidet war. »Sehen Sie?«, fragte ich Mr Winston.

»Was sehe ich?« Mr Winston drehte sich abwesend um. Seine Augen weiteten sich für einen kurzen Augenblick, ich hatte es genau bemerkt. Er sog tief die Luft ein und drehte sich dann rasch zurück. »Ich weiß nicht, wovon du sprichst, Juniper«, sagte er. (Das war eine faustdicke Lüge.) »Und zu deinem Schriftstück hier«, fuhr er ungerührt fort. »Ich würde vorschlagen, dass wir eine Kopie davon machen und du deinen antiken Fund als Arbeitsmaterial nutzt. Was hältst du davon?«

»Ist gut.« Ich ging ein paar Schritte in Richtung der Tür, durch die der Alte wieder verschwunden war.

»Juniper Adams«, rief Mr Winston ungeduldig. »Hier geht's lang zum Sekretariat.«

»Also, wenn ihr wissen wollt, wer todsicher nicht der hochbegabte Stipendiat auf Saint Gilberts ist, dann müsst ihr euch nur Juniper Adams ansehen«, zischte Rachel leise, aber natürlich wieder laut genug, sodass die meisten es hören konnten.

»Es ist mir unbegreiflich«, murmelte Mr Winston auf dem Weg zum Sekretariat und blätterte vorsichtig in den alten Papieren.

»Vielleicht haben Sie sich ja vertan und ein Original in mein Pult gelegt?« Während wir gemeinsam durch die Flure liefen, warfen mir besonders die Mädchen neidische Blicke durch die Fenster in den Klassenzimmertüren zu. (So ungefähr musste sich Rachel immer fühlen, wenn sie am Opening-Tag auf der Bühne ausgezeichnet wurde. Ein tolles Gefühl, zugegeben. Ein Gefühl, an das ich mich gewöhnen könnte.)

»Nein, ich bin mir ganz sicher, dass ich in jedes Schreibpult eine Kopie gelegt habe. Vielleicht hat jemand dein Pult ausgetauscht. Ja, das wird's sein. Vielleicht hast du den Fund der Schulgeschichte gemacht und das ist ein uraltes Originaldokument. Ich werde gleich mal bei den Hausmeistern nachfragen, ob die Schreibpulte ausgewechselt wurden.«

»Hier sind deine Kopien.« Mr Winston drückte mir im Sekretariat einen Stapel Blätter in die Hand. »Es sind nur wenige Seiten. Versuch sie zunächst mal zu sortieren. Sie haben teilweise Seitennummern und einige scheinen zu fehlen.«

»In Ordnung«, sagte ich und lief zurück zur Schreibstube.

Mr Winston wollte zu den Hausmeistern im Nebengebäude und das würde mir genug Zeit geben, den Alten aufzustöbern.

»Rachel hat noch voll über dich und Tante Phoebe gelästert«, flüsterte Emma, die sich mit mir in den hinteren Teil der Schreibstube verzog.

Jacob saß auf Rodneys Schreibpult und sie unterhielten sich über einen Fechtwettkampf. Rachel hatte sich tief über ihr Skript gebeugt (was aber nur so aussah, denn sie las stattdessen in einem Modejournal, das sie darunter verbarg). Genau der richtige Zeitpunkt also.

»Was gibt's denn da zu sehen?«, fragte Emma leise, als ich zur letzten Tür auf der rechten Seite ging. »Du wirst noch die schlummernden Mönche aufwecken.«

»Hast du den alten Mann etwa auch nicht gesehen?«

»Alter Mann?« Emma wurde blass. »Wie alt?«

»Vorhin lief ein alter Mann mit einem langen, schwarzen Kapuzenmantel durch die Halle und ist dann durch diese Tür verschwunden.« Ich wollte gerade die Klinke herunterdrücken, als Emma flüsterte: »June? Bist du sicher, dass es dir gutgeht?«

»Was willst du damit sagen?«, zischte ich. Ich drückte die Klinke herunter und rüttelte vorsichtig an der

Tür. Verschlossen? Noch einmal stemmte ich mich dagegen, ohne Erfolg. »Das kann doch gar nicht sein!«

»Das«, sagte Mr Winston und sah von dem Blätterstapel auf. »Das ist das Aufregendste, was ich je gesehen habe.«

Okay. Mr Winston machte schon seit einer Viertelstunde ein Riesentheater um das Schriftstück, das ich in meinem Pult gefunden hatte. Er, als Lehrer für Englische Literatur, müsste sich doch angesichts eines winzigen Stapels Papier wirklich besser zusammenreißen können.

Dem Werk fehlten offenbar einige Seiten. Ich hatte kurz überschlagen und nach den Seiten eins, drei und vier, die Seite acht und zehn gefunden und ein paar Seiten, die dichter beschrieben waren und keine Seitennummern hatten.

»Jedenfalls«, sagte Mr Winston und räusperte sich so lange, als hätte er noch ein Stück Zucchini vom Mittagessen in der Kehle stecken.

»Jedenfalls wirst du das Schriftstück zu Hause sichten und uns beim nächsten Mal eine kurze Vorstellung davon geben. Das gilt übrigens für euch alle.« Mr Winston schob die Originalseiten von *Rabenherz* vorsichtig zwischen zwei Seiten von *Literaten des 15. Jahrhunderts.* »Und wenn ich vorstellen sage, dann meine ich tatsächlich nur vorstellen. So, als würdet ihr einen neuen Mitschüler in der Pause kennenlernen und ihn anschließend der Klasse vorstellen. Ich erwarte keine

Analyse, keine ausführliche Inhaltsangabe, keine Interpretation. Hast du das auch verstanden, Rachel?«

Rachel sah überrascht von ihrem Werk auf. »Sicher«, sagte sie, vermutlich zu erstaunt für eine schlagfertige Antwort. »Ihr Wunsch ist mir Befehl.«

Emma verdrehte die Augen und ich musste lachen.

»Die Hausmeister haben übrigens keine Ahnung, wie das Skript in dein Pult gekommen ist, Juniper«, rief Mr Winston gerade mit dem Gongschlag.

»Dann bleibt wohl nur noch eine Möglichkeit«, sagte Rachel und packte in aller Seelenruhe ihre Tasche ein. Vermutlich wollte sie sicherstellen, die Letzte zu sein, die den Klassenraum verließ, um mit Mr Winston ein kleines Pläuschchen zu halten. »Die verrückte Tante Phoebe hat das Skript in Junes Pult gehext.«

Ich hasste Rachels Grinsen. Aus vollem Herzen.

Spuk

Substantiv [der]

Als Spuk bezeichnet man einen unheimlichen Vorgang oder eine wissenschaftlich nicht erklärbare Erscheinung von dem/der man glaubt, es/er werde von einem Geist verursacht. Spuk wird in aller Regel von Seelen Verstorbener hervorgerufen, die noch immer auf Erden umhergeistern und die nicht bereit sind loszulassen bzw. zu sterben.

17.

Mathe wird sich mir nie erschließen.« Emma warf ihr Heft auf den Stuhl neben sich und griff in die Schale, die Tante Phoebe gerade auf den Tisch gestellt hatte. »Tante Phoebes Kekse sind irgendwie tröstlich«, fand sie.

Wir hatten mittwochs schon ab der Mittagspause freie Studierzeit und die verbrachten Emma und ich seit fünf Jahren im Hinterzimmer unseres Buchladens.

Tante Phoebe ließ das Buch mit dem Titel *Mein Leben als Medium* sinken, in dem sie gerade gelesen hatte. »Du musst das mit der Mathematik sportlich nehmen, Emma. Trainiere, so hart du kannst. Und wenn du dann trotzdem – wie bei einem Wettlauf – als Letzte durchs Ziel läufst, so hast auch du das Ziel wenigstens erreicht.«

»Hört euch das an!« Ich versuchte seit über einer halben Stunde Ordnung in das *Rabenherz*-Skript zu bringen. An manchen Stellen war die Schrift so vergilbt, dass sie nicht mehr zu entziffern war (jedenfalls auf der Kopie), andere Seiten fehlten ganz.

Von Sieben die Eins
soll Blutsbruder sein,
denn er nennt »Meins!«,
was seins sollte sein.

»Was soll das sein?«, fragte Emma kauend.

»Das ist aus dem Skript von heute Morgen. Du weißt schon, das ich in meinem Schreibpult gefunden habe und das Mr Winston nicht kannte.«

»Wie?«, fragte Tante Phoebe und sah mich über die Ränder ihrer Brille interessiert an.

»Mr Winston hat uns allen ein Skript in die Schreibpulte gelegt. Aber June hat eins in ihrem Pult gefunden, das nicht von Mr Winston stammt. Sagt er zumindest!«, erzählte Emma.

»Zeig her«, verlangte Tante Phoebe. »Wer ist denn der Autor?« Sie blätterte durch die Kopien.

»Tja …« Ich zuckte seufzend mit den Schultern und versuchte auch einen von Phoebes Trostkeksen. »Das ist wohl ein Geheimnis, genauso wie die fehlenden Textstellen. Fragt sich nur, wie ich diesen Text jemals analysieren soll.«

»Und wo hast du das Skript gefunden?« Tante Phoebe drehte und wendete die Blätter, als könne sie dadurch die nicht vorhandenen Buchstaben hervorzaubern.

»Es lag plötzlich in Junes Schreibpult. Rachel behauptete, dass du es dort hineingehext hast«, plauderte Emma aus.

Die Ladentür klingelte und Tante Phoebe schob seufzend die Brille zurück auf die Nase. »Wer wagt sich denn bei dem Wetter vor die Tür?«, murmelte sie und schaute um die Ecke in den Buchladen. »Ah, Mr Winston!«, rief sie erfreut.

Emma und ich horchten auf. Mr Winston? Was machte der denn hier?

»Mrs Adams«, hörten wir ihn sagen. »Ich komme heute mit einem ganz besonderen Anliegen zu Ihnen.«

Emma und ich tauschten vielsagende Blicke. Ich legte den Finger an die Lippen. Emma nickte. Wir würden uns nicht zeigen und lauschen, was Mr Winston mit Tante Phoebe zu besprechen hatte.

»Mr Winston. Hatte das denn keine Zeit bis nach dem Regen? Sehen Sie nur, wie sie in ihrer eigenen Pfütze stehen, als hätte Ihnen ein Hund ans Bein gepinkelt«, sagte Tante Phoebe, und Emma presste sich schnell die Hand auf den Mund, um nicht laut loszulachen. »Sie sind wohl mit dem Regen hier in den Mortlock Hills noch nicht vertraut. Im Gegensatz zum Londoner Regen, der wie ein grauer Schleier tagelang über der Stadt hängt, regnet es hier manchmal kurz, aber sehr heftig. Eine Stunde noch, vielleicht zwei, dann ist alles vorbei.«

»Das mag sein, werte Mrs Adams«, sagte Mr Winston und lächelte entschuldigend. »Aber in zwei Stunden ist Ihr Laden geschlossen und ich kann Sie nicht mehr nach Ihrer Meinung fragen.«

»Dann schütten Sie mir Ihr Herz nur aus«, sagte Tante Phoebe gönnerhaft. »Aber legen Sie um Gottes willen Ihren nassen Trenchcoat ab.«

»Sehen Sie, Mrs Adams?« Mr Winston flüsterte fast und Emma und ich schlichen näher zur Tür. »Heute Morgen ist mir etwas Seltsames passiert. Ich habe an die Schüler aus meiner Literaturklasse Fotokopien von uralten Schriften verteilt. Aber eine Schülerin hatte plötzlich statt der Fotokopie ein Original in Händen, das ich nie zuvor gesehen habe.«

Tante Phoebe räusperte sich umständlich. Sicher wusste sie ganz genau, dass wir hinter der Tür standen.

»Donnerwetter«, sagte sie. »Das klingt ja rätselhaft. Sie machen Ihren Unterricht aber wirklich spannend. Da wäre ich ja am liebsten auch noch mal sechzehn und Schülerin bei Ihnen.«

»Verzeihung, Mrs Adams«, drängte Mr Winston. »Sie scheinen mich nicht richtig verstanden zu haben. Ich habe dieses Skript noch nie zuvor gesehen. Noch nie!«

»Wollen Sie mir sagen, es kam durch Hexerei in die Schule?«, fragte Tante Phoebe und ich musste mich zusammenreißen, um nicht hinter der Tür hervorzuschießen und ihr den Mund zuzuhalten.

Emma hatte wieder einmal viel zu viel ausgeplaudert. Besonders Rachels Beschimpfungen hätte sie besser für sich behalten, denn die hatten Tante Phoebe wütend gemacht, ich hatte es genau gesehen.

»Nein, nein«, verbesserte Mr Winston Tante Phoebe schnell. »Ich wollte, dass Sie mal einen Blick auf das Werk werfen. Schließlich sind Sie ja ebenfalls Expertin für Literatur. Und ich glaube, es handelt sich hier um eine alte … tja, ähm … Prophezeiung?«

Emma sog tief die Luft ein.

»Aber sehr gerne«, rief Tante Phoebe und ihre Stimme kam näher. »Kommen Sie, Mr Winston. Dann können wir das gleich zusammen mit den Mädchen besprechen.«

Das war nicht ihr Ernst!

Emma, die in eine Schnappatmung übergegangen war, verschluckte sich an den Kekskrümeln in ihrem

Mund und schoss mit einem Hustenanfall hinter der Tür hervor, was zur Folge hatte, dass ich wie ein beim Lauschen erwischtes kleines Mädchen mich ebenfalls zu erkennen gab und verlegen »Hey!« sagte.

Mr Winston sah uns sprachlos an. »Ihr hier?«, fragte er.

»Hmm«, machte ich. »Freie Studierzeit.«

»Und?« Mr Winston fand es offenbar kein bisschen komisch, dass Emma und ich hinter der Tür gestanden hatten. Er schlüpfte aus seinem Trenchcoat, den Tante Phoebe mit spitzen Fingern ins Bad brachte. »Hast du schon einen Blick in die alte Schrift geworfen?«

»Ja.« Na super. Konnte ich nicht wenigstens in meiner freien Studierzeit meine Ruhe haben? »Es ist seltsam. Einige Seiten fehlen, auf manchen kann man nur die Hälfte entziffern und das, was auf den restlichen Seiten steht, macht irgendwie keinen Sinn.«

»Stimmt«, meinte Emma und reichte Mr Winston die Keksschale. »Die müssen Sie probieren. Karamel-Shortbread. Göttlich.«

Mr Winston lehnte dankend ab und zog das Originalskript aus einer Plastiktüte. Er breitete es auf unserem Tisch aus. »Sehen Sie?«, sagte er, als Tante Phoebe zurückkam.

»Ich war gerade dabei, mir Junes Kopien anzusehen«, murmelte Tante Phoebe.

»Rabenherz«, sagte Mr Winston und tippte auf den Titel. »Das habe ich noch nie gehört. Ich hab's auch gegoogelt. So ein Werk aus dem frühen 15. Jahrhundert ist nicht bekannt.«

Tante Phoebe versuchte ein leises anerkennendes Pfeifen. »Dann haben Sie wohl eine kostbare Entdeckung gemacht.«

»Also, wenn, dann hat ja wohl June diese Entdeckung gemacht«, verbesserte Emma.

»Stimmt«, gab Mr Winston zu. »Und es ist mir noch immer unerklärlich, wie dieses alte Skript in Junes Pult gelangen konnte.«

»Es geschehen zwischen Himmel und Erde, zwischen Sonnenauf- und Sonnenuntergang, zwischen Verstand und Traum so viele Dinge, die wir nicht verstehen.« Tante Phoebe sah Mr Winston nachdenklich an. »Wir sollten uns lieber auf den Text konzentrieren. Es scheint sich tatsächlich um eine Prophezeiung zu handeln. Und wissen Sie, was mich dabei wahnsinnig nervös macht?«

Emma und ich tauschten besorgte Blicke.

»Was denn?«, fragte Mr Winston.

»Seite acht, Mr Winston.« Tante Phoebe blätterte in den alten Papieren und tippte dann auf einen Text. »Hier, lesen Sie.«

»*Ist die Bestimmte* … äh, ich kann es nicht richtig entziffern. Also irgendwas steht hier mit *letztem Kreis* und darunter was von *doch geheim* …«

»Das kenne ich«, flüsterte Emma.

»Hmm«, machte Tante Phoebe und nickte heftig. »Es ist nämlich so, Mr Winston. Diese Worte gehören offenbar zu der alten Legende um das Ungeheuer von Mortlock Park. Nun müssen Sie Folgendes wissen: Ich bin eine Seherin. Ein Medium. Ich empfange gelegentlich Botschaften aus dem Universum. Und exakt diese Worte habe ich empfangen. Vor neun Jahren. Und vor wenigen Tagen wieder. Ich habe sie aufgeschrieben, in einen Orakelkeks eingebacken und in den Laden gestellt. Und ich war ganz gespannt, für wen diese Nachricht wohl gedacht war.«

Tante Phoebe plauderte vor Mr Winston unsere peinlichsten Familiengeheimnisse aus und tat so, als würde sie gar nicht merken, dass ich vor lauter Wut mit den Tränen kämpfte. »Und dann war es ausgerechnet June, die diese Botschaft in einem Orakelkeks fand.«

Moment mal! Woher wusste Tante Phoebe das überhaupt? Ich sah Emma vorwurfsvoll an, doch die zuckte nur ahnungslos mit den Achseln.

»Und heute bringt sie diese uralte Prophezeiung mit nach Hause und wir finden dort genau die gleichen Worte. Wer glaubt da noch an Zufälle?«

»Donnerwetter«, platzte Mr Winston heraus.

Ich konnte mich nicht entscheiden, ob er Tante Phoebe nur aufziehen wollte oder sie doch ein kleines bisschen ernst nahm.

Doch dann setzte er dem Ganzen die Krone auf: »Ich frage mich ernsthaft, ob Sie sich einmal mein Pensionszimmer ansehen können, werte Mrs Adams. Es ist nämlich so, dass ich glaube, dass es dort, äh, ja … dass es dort gewissermaßen spukt.«

Aus den Tagebüchern des Rabenlords
Freitag, 23. Februar (im 429. Jahr n.V.)

Was glaubt dieser Dummkopf eigentlich?
Versteckt eine Kiste mit seiner Prophezeiung im Rabenkamin und hofft, dass einer der Bestimmten schlau genug ist, sein Unheil vorhersehen und abwenden zu können.
Ich lach mich tot, Blake!
Haha, ja tot.
Tot wären wir wohl beide gerne.

18.

William Caxton, der erste englische Buchdrucker, verstarb im Frühling des Jahres 1491 und wurde in der Saint Margaret's Church in Westminster beigesetzt.« Rachel legte ihre Zettel ordentlich zusammen und schritt nach ihrem Kurzreferat und ohne eine Miene zu verziehen zurück zu ihrem Schreibpult.

»Wundervoll«, rief Mr Winston anerkennend und ging nach vorne. Er sah seine Liste durch und blickte mich dann lächelnd an. »Fehlt nur noch Juniper Adams.«

Ich wäre weniger nervös, wenn ich vor der ganzen Literaturklasse vorsingen müsste, als dieses Skript nun vorzustellen.

»Mr Winston …«,

»Komm nur, komm, Juniper. Wir sind alle schon sehr gespannt«, rief Mr Winston auffordernd.

»Oh ja! Sicher doch!«, äffte Rachel, und Zooey kicherte. »Ich kann's gar nicht abwarten.«

»Also, mein Skript ist ja nun äh, zufällig in meinem Schreibpult gelandet. Ein Versehen sozusagen.« *Unglück* hätte es besser getroffen, dachte ich noch, als ich Rachels »Wer's glaubt!« aufschnappte.

»Jedenfalls kann ich euch nicht viel darüber erzählen, denn hier steht nicht, wer es geschrieben hat, und es fehlt mindestens die Hälfte der Seiten.«

»Richtig«, rief Mr Winston und kam zu mir. »Und dennoch sind die wenigen Zeilen, die noch erhalten sind, so geheimnisvoll wie rätselhaft. Daher habe ich entschieden, dass wir mit Junipers Skript anfangen und es gemeinsam analysieren. Juniper. Lies uns bitte einfach mal den ersten Teil des Textes vor.« Mr Winston schob eine rollbare Tafel heran. Weil einige kicherten, als er nach Kreide suchte, sagte er: »Ich weiß, ich weiß. Normalerweise benutzt man für so was heute einen Beamer und so ein Zeugs. Aber seht euch um«, er drehte sich um sich selbst. »Keine einzige Steckdose weit und breit. Außerdem würde all dieser Technikkram nur das alte Schreibstuben-Feeling hier unten verderben.«

»Ja, Top-Schreibstuben-Feeling hier unten. So komplett ohne Netz und Empfang und mit dem Duft verrottender Mönche in der Nase«, sagte jemand und einige lachten.

»Zu den echten Schreibstubenzeiten im frühen 15. Jahrhundert gab es noch nicht einmal elektrisches Licht«, ergänzte Mr Winston. »Dann haben sich die Mönche, besonders in den Wintermonaten, winzige Kerzen auf die Daumennägel geklebt, um erkennen zu können, was sie von Hand abschrieben. Und da diese kleinen Kerzen teuer waren, mussten die Mönche sparsam damit umgehen und durften sie nicht auspusten, bevor sie ganz abgebrannt waren. Manchmal beeilten sie sich mit dem Schreiben so sehr, weil ihnen wortwörtlich etwas auf den Nägeln brannte.« Mr Winston konnte so spannend erzählen, als wäre er selbst im 15. Jahrhundert mit dabei gewesen. (Also ich zumindest glaubte ihm jedes Wort.)

»Daher kommt übrigens auch das Sprichwort *Wenn einem was auf den Nägeln brennt*«, fügte er hinzu und sah mich lächelnd an. »Und dein Skript brennt uns nun ganz fürchterlich auf den Nägeln, Juniper Adams.«

Ich räusperte mich. »Also, wie gesagt: Ich kann euch keinen Verfasser nennen. Aber den Titel: *Rabenherz*. Und hier, auf dieser Seite zum Beispiel steht:

Und zur Dämmerstunde täglich
steigen die Geister im Park
als weiße Nebel gräulich
aus ihrem feuchten Sarg.«

»Es geht um Geister«, zischte Rachel Zooey leise zu. Es hörte sich in etwa so an, als sagte sie »behaarte Kreuzspinne«.

»Wer von euch glaubt an die Existenz von Geistern?«, fragte Mr Winston. »Du, Juniper?«

Mir lief ein kalter Schauer den Rücken bis zum Nacken hinauf. Sicher glaubte ich an Geister. Ich hatte ja erst gestern einen gesehen. Aber ich würde einen Teufel tun, das irgendjemandem auf die Nase zu binden. Schon gar nicht meinen Mitschülern inklusive Rachel Howards.

»Aber sicher. June glaubt ja auch an die Orakel ihrer verrückten Tante«, meinte Zooey gehässig.

»Dazu möchte ich euch nur eines sagen«, rief Mr Winston und schwang sich auf das vorderste Schreibpult. »Es gibt mehr zwischen Wachen und Traum, als ihr vielleicht ahnt.« Während mir durch den Kopf schoss, dass mir das sehr bekannt vorkam, sah ich, dass Mr Winston verschmitzt lächelte. »Und ja, ich gebe es zu: Ich glaube an Geister.«

Mr Winston war mir ein Buch mit sieben Siegeln.

Ich schnappte Rachels Blick auf, mit dem sie Mr Winston bedachte. Vermutlich war er durch dieses Bekenntnis auf ihrer Schwärmerei-Liste ein ganzes Stück nach unten gerutscht.

»Glauben Sie wirklich, dass es sich bei Junes Papier um ein Original handelt?«, fragte Jacob interessiert.

»Ja, das glaube ich«, sagte Mr Winston heftig nickend. »Und ich glaube noch viel mehr. Ich glaube zum Beispiel, dass diese Verse hier irgendetwas damit zu tun haben, dass euch der Zugang zu Mortlock Park verboten ist.«

»Also ich war ja schon öfter dort«, brüstete sich Rachel. »Erst gestern bin ich daran entlanggejoggt. Man muss nur aufpassen, dass sie einen nicht erwischen. Wenn Sie mich fragen, dann ist dieses Verbot albern. Regeln, alles nur Regeln. Vermutlich ist irgendwann mal ein Junge im Mortlock Lake ertrunken und seitdem haben alle Panik. Es gibt absolut nichts, wovor man dort Angst haben müsste. Es sei denn …« Sie machte eine theatralische Pause und grinste mich herablassend an. »Es sei denn, man hat Angst vor Geistern, die aus den alten Mönchsgräbern auf dem Waldfriedhof aufsteigen könnten.«

»Umso besser«, rief Mr Winston erfreut. »Wer von euch hat Lust auf ein kleines Abenteuer?«

»Na, na«, rief eine dunkle Männerstimme am Ende des Saals. »Sie werden unsere Schüler doch wohl nicht zu einem Regelbruch anstacheln?« Der Earl of Gilligan stieg die Wendeltreppe in die Schreibstube hinab und machte Trevor Geralds ein Zeichen, sein Schreibpult hinten links in der Ecke für ihn zu räumen. Der Earl ließ sich an dem Pult nieder und rief: »Weitermachen, weitermachen.«

»Sir?« Mr Winston verneigte sich leicht. »Wir begrüßen den ersten Vorsitzenden und Förderer unserer Schule, Earl of Gilligan. Und nein, Sir, nichts liegt mir ferner, als die Schulregeln zu brechen. Regel 51 besagt, dass Schülern der Mortlock Park verboten ist. Diese Regel ist mir bekannt. Und ich kenne auch Regel 51b, in der es heißt: ›Sollte eine dringende Notwendigkeit für das Betreten des Mortlock Parks vorliegen, so ist eine Lehrperson hinzuzuziehen und als Begleitung für den Schüler auszuwählen.‹«

»Richtig.« Der Earl nickte. »Diese Ausnahme gilt aber nur für den Saint-Gilberts-Lauf im Februar.«

»Nun, Sir«, warf Mr Winston lächelnd ein. »Das steht aber so nicht in Paragraf 51b.«

Rachel starrte Mr Winston mit offenem Mund an. Sicher war er damit in ihrer Gunst wieder auf Platz eins ihrer Schwarm-Liste hochgeschossen.

Der Earl verschränkte die Arme vor der Brust und lehnte sich lächelnd zurück. »Wie auch immer Sie die Regel 51b auslegen, Mr Winston. Eine dringende Notwendigkeit für eine Ausnahme hat in sechshundert Jahren noch nicht vorgelegen.«

»Wir werden sehen«, murmelte Mr Winston und starrte den Earl abwesend an.

»Da«, flüsterte ich. »Da ist er wieder.«

Hinter dem Earl lief der alte Mann in dem langen Mantel entlang und blieb genau hinter ihm stehen. Ja, er legte ihm sogar die Hand auf die Schulter.

»Oh ja, das werden wir«, rief der Earl aufgebracht und sprang auf. Der seltsame Alte bewegte sich nicht. »Seien Sie gewarnt, Mr Winston. Sie sind hier noch auf Probe. Irgendwelche Alleingänge oder Regelbrüche und Sie sind schneller wieder in der Städtischen High School von Canterbury, als Ihnen lieb ist.«

Der Earl of Gilligan stürmte zur Treppe. Doch sein Abgang war nicht das, was mir den Atem verschlug.

Der Earl war durch den Alten hindurchgelaufen.

Wer fechten will,
der soll haben ein Herz wie ein Löwe
und soll so scharf sehen wie ein Falke
und soll so geschickt sein wie ein Vogel.

Unbekannter Fechtmeister, 16. Jahrhundert

19.

Wenn ich es dir doch sage!« Ich reckte mich auf meinem Platz auf der Tribüne, von der aus wir den Jungs beim Fechten zusahen. Zwei Reihen vor uns saßen Rachel und Zooey und taten so, als wären sie völlig gelangweilt von den Duellen auf dem Parkett und würden lieber Kussmund-Selfies aufnehmen, als Jacob, Liam, Rodney und den anderen Jungs der Oberstufe beim Auswahltraining zuzusehen. In Wahrheit aber machten sie hunderte Bilder von den Jungs.

Emma band ihre Haare zu einem Pferdeschwanz zusammen und begann sich zu dehnen. Die Mädchen der Oberstufe waren als Nächste mit dem Auswahltraining an der Reihe und sie hoffte, in die Damen-Junioren-Mannschaft aufgenommen zu werden. Emma liebte das Fechten und ich war mindestens genauso aufgeregt wie sie. Mir konnte dieser Sport gestohlen bleiben und ich war richtig froh, dass Dad kein Geld für so teure Sportausrüstungen hatte.

»Du meinst, der Geist hat hinter dem Earl gestanden und der Earl ist dann einfach durch den Geist durchgelaufen?«, fragte Emma mit hochgezogenen Augenbrauen zur Vorsicht noch einmal nach.

»Ich verstehe nicht, wieso du das nicht gesehen hast«, zischte ich und legte meinen Finger an die Lippen. Ich wollte nicht, dass uns jemand hörte. Die hielten mich sowieso schon alle für verrückt. Sogar die Neuen aus der Ersten. Schon allein wegen Tante Phoebes Auftritt im Buchladen am vergangenen Sonntag. Das hatte natürlich wie ein Lauffeuer die Runde gemacht. »Also Mr Winston hat es gesehen.«

»Echt?«, fragte Emma überrascht.

»Stopp, stopp«, rief Mr Leroy vom Prüfungskomitee in dem Moment ins Mikrofon. »Mr Owen, was für ein Florett soll das sein?«

Rodney nahm seine Fechtmaske ab, strich sich die schwarzen Haare aus der Stirn und ging zum Prüfertisch.

Leider konnten wir nicht hören, was Rodney mit den Prüfern besprach, denn Mr Leroy hielt das Mikrofon zu. Doch nach wenigen Augenblicken nickte Rodney, setzte seinen Helm wieder auf und ging zurück auf seinen Platz hinter der Linie.

Natürlich hatten alle aufgehorcht, als Mr Leroy Rodney zum Pult gerufen hatte. Und gespannt verfolgten wir nun, wie Rodney sich Jacob gegenüber aufstellte und mit Ertönen des Signals das Duell begann. Und Duell war das einzig richtige Wort. Die zwei zogen solch eine Show ab, als wären sie in einem historischen Kostümfilm. Immer wieder ging es hin und her. Mal lief Rodney ein paar Schritte zurück, mal Jacob.

»Wow«, hauchte Emma neben mir, die genau wie alle anderen aufgesprungen war, um den beiden zuzusehen. »Die schenken sich nichts.«

Der Gong ertönte und beendete den Fechtkampf, der keinen Verlierer verdient hatte.

Die Prüfer steckten die Köpfe zusammen und wiederum hätte ich Mr Leroy verfluchen können, dass er mit seiner Hand das Mikrofon bedeckte. Rodney und Jacob hatten die Masken abgesetzt und bis zur Tribüne hinauf konnte man erkennen, dass beide schwitzten. Sie klatschten sich ab, als hätten sie gerade ein Fußballspiel gewonnen und nicht gegeneinander gekämpft.

»Ähm.« Mr Leroy räusperte sich ins Mikrofon. »Mr Owen, Mr Morris, kommen Sie doch bitte einmal her.«

Es wurde ewig lange diskutiert und beratschlagt.

»Gut«, rief Mr Leroy zufrieden. »Kommen wir nun also zu den Oberstufenschülerinnen.«

»Wollen die uns nicht erst sagen, wer von den beiden ausgewählt wurde?«, fragte ich erstaunt, als Emma sich ihre Tasche schnappte und über die Sitzreihen nach unten kletterte.

Auch Rachel und Zooey steckten ihre Handys weg und machten sich auf den Weg zum Parkett.

Doch ich hatte nur Augen für Jacob, Rodney und Liam, die lachend miteinander plauderten und an der Tribüne hinaufsahen. Ich dachte, mein Herz müsse stehen bleiben, als Jacob auf mich zeigte und mit wenigen Sätzen über die Sitzreihen nach oben geklettert kam. Nicht weniger sportlich folgten ihm Rodney und Liam.

»Hey, Geisterbeschwörerin«, begrüßte er mich, und die Mädchen aus der Vierten, die hinter uns saßen, kicherten natürlich darüber.

»Ihr wart toll«, lenkte ich ab und sah dabei nur Rodney an. Sein schwarzes Haar klebte ihm auf der Stirn und seine dunklen Augen leuchteten in dem erhitzten Gesicht.

»Danke. Es hat Spaß gemacht«, meinte Rodney und setzte sich neben mich.

Ich warf einen neugierigen Blick auf sein Florett, das Mr Leroy beanstandet hatte. Es sah alt aus, soweit ich das beurteilen konnte.

»Was ist das für ein Florett?«, fragte ich daher neugierig.

»Ach das?« Rodney war etwas verlegen. »Das ist noch von meinem Urgroßvater. Es ist alt. Das ist alles. Aber es ist mein Glücksflorett. Und Mr Leroy hat keinen Grund gefunden, warum ich es nicht benutzen dürfte.«

Ich nickte wissend. Natürlich hatte Rodney keine neue Ausrüstung und sein Onkel konnte ihm vermutlich auch keine neue kaufen. Das konnte Mr Leroy ja nicht ahnen.

»Ihr habt wahrscheinlich auf eurer früheren Schule sämtliche Pokale abgeräumt, oder?«

Liam, der sich mir gegenüber auf die Rückenlehne der Vorderreihe stützte, winkte ab. »Von mir kannst du nicht sprechen.« Er grinste wie ein kleiner Schuljunge und seine eisblauen Augen blitzten mich an. »Ich steh mehr auf Polo. Aber warum bist du nicht dort unten?«

»Ich mache mir nichts aus Fechten«, erklärte ich.

»Du ziehst die klassischen Tänze vor«, stellte Jacob lächelnd fest. Er hatte sich zu meiner Linken auf den freien Platz fallen lassen und legte seinen Arm wie selbstverständlich über meine Rückenlehne. Ich straffte automatisch die Schultern und versuchte, mich unauffällig so weit nach vorne zu beugen, dass Jacobs Arm mich nicht berührte.

»Und Hockey«, sagte ich und versuchte, ein möglichst desinteressiertes Gesicht aufzusetzen, als ich ihn flüchtig ansah.

Okay, das war ein Fehler gewesen. Jacob so nah neben mir war überwältigend. Es verschlug mir die Sprache und mir stieg die Hitze ins Gesicht. Verdammt. Alle würden sehen, wie aufgeregt ich war.

»Kommt!« Rodney zog Jacob grob am Arm. »Wir müssen weiter zur Falknerei. Übermorgen ist doch die große Falkenparade.«

»Schade, Geistermädchen.« Bedauernd blickte Jacob mich an, als er aufstand. »Wir müssen leider weiter. Dein Vater wartet auf uns. Kommst du mit zur Falknerei?«

»Jacob«, rief Liam ungeduldig, der schon die Sitzreihen nach unten geklettert war.

»Also? Was ist?«, fragte Jacob drängend.

»Kann leider nicht.« Ich zeigte nach unten aufs Parkett, auf dem sich die Oberstufenschülerinnen aufwärmten. »Ich hab's Emma versprochen.«

Nie wieder würde ich solche Versprechungen machen. Was, wenn Emma erst als Letzte an der Reihe war? Es würde vielleicht noch Stunden dauern.

»Wir beginnen mit Rachel Howards und Amanda Laurie«, rief Mr Leroy in dem Moment ins Mikrofon.

»Hast du sie nicht gehört?«, fragte Rodney ungeduldig. »Sie hat es versprochen. Ehrbare Saint-Gilberts-Mädchen stehen zu ihrem Wort.«

»Man wird ja wohl noch fragen dürfen.« Jacob kletterte hinter Liam zu Rodney über die Rückenlehnen der Sitzreihen.

Ich sah ihnen nach und hätte vor Wut und Enttäuschung losheulen können.

Wut, weil ich zusehen musste, wie Rachel Howards sich den drei Jungs unten auf dem Parkett in den Weg stellte und irgendetwas verdammt Lustiges von sich gab, denn alle drei gingen lachend weiter.

Wut, weil Jacob sich nach Rachel umblickte, während sie sich die Fechtmaske aufsetzte und in Positur stellte.

Und Wut, weil die Viertklässler hinter mir die ganze Zeit »Oh, Jacob« wisperten.

»Hört mal gut zu«, sagte ich und drehte mich zu den Mädchen um. »Wer eine Oberstufenschülerin ärgert, muss für den Rest des Trimesters ihr persönlicher Sklave sein.«

Irgendwie musste ich meinem Ärger ja schließlich Luft machen. Bei dem erstaunten Blick der beiden Viertklässler fühlte ich mich gleich besser.

Würdevoll drehte ich mich wieder nach vorne und sah, wie Rachel Howards Amanda Laurie mit einem einzigen Angriff an die Wand duellierte.

Zwei Stunden später hatte Emma die Aufnahme in die Damen-Junioren-Mannschaft von Saint Gilberts in der Tasche und ich sprintete, so schnell ich konnte, zur Falknerei. Dads Pick-up stand noch da, doch leider waren die Jungs schon weg.

»Hey, June«, rief Dad, der gerade dabei war, die Türen abzuschließen. »Du bist spät dran.«

»Auswahltraining im Fechten. Emma hat's geschafft.« Ich sah mich überall um.

»Das war doch keine Frage, oder?« Dad sah mich irritiert an. »Suchst du was?«

»Sind alle schon weg?«, wollte ich überflüssigerweise wissen. Die Hoffnung starb ja bekanntlich zuletzt.

»Weißt du eigentlich, wie spät es ist?« Dad löschte das Licht und hielt die Tür nach draußen auf.

Dichter Nebel zog vom Mortlock Lake durch den Park bis hinauf auf die Straße. Dad lenkte den Wagen langsam den Weg hinab ins Dorf. Ich drehte gerade am Radiosender (Dads Musikgeschmack war wirklich genauso schlimm wie Tante Phoebes Mock Turtle Soup), als es passierte.

Eine Katze (ich glaube, es war eine Katze) huschte aus dem Gebüsch an der rechten Seite und rannte über die Straße. Die Bremsen quietschten, ein dumpfer Aufprall und als Nächstes sah man das Tier nach links in den Mortlock Park verschwinden.

»Verdammt«, zischte Dad und starrte in die von den Autoscheinwerfern beleuchtete Landschaft. Wir waren auf Höhe des alten Mönchsfriedhofs. Die Metallkreuze der Gräber ragten gruselig wie in den Waldboden gerammte Schwerter in die Dämmerung. Zumindest gruselig für denjenigen, der Angst vor Friedhöfen in der Dämmerung hat. Ich hatte keine Angst vor Friedhöfen. Im Gegenteil. Für mich waren Friedhöfe der friedlichste

Ort der Welt. Außerdem fand ich die Vorstellung tröstlich, dass die hier schlummernden Mönche mich nicht für verrückt hielten.

»Hör zu, June«, sagte Dad seufzend, beugte sich herüber und kramte die Taschenlampe aus dem Handschuhfach. »Wir steigen besser aus und sehen nach. Das lässt mir sonst keine Ruhe.« Er fuhr den Wagen näher an den Rand und stieg aus. »Was ist? Hast du Angst?«, fragte er, holte eine alte Decke von der Ladefläche und lief einfach los.

»Warte«, rief ich, sprang schnell aus dem Auto und eilte ihm hinterher. (Okay, keine Angst war vielleicht dann doch untertrieben gewesen. Hier draußen und ohne Schutz des wohlig warmen Autos mit der beruhigenden Radiostimme im Ohr, fühlte es sich schon ganz anders an.)

Die Luft roch feucht, modrig. Irgendwo raschelte es, und als Dad den Stacheldraht herabdrückte, quietschte es schaurig.

»Pass auf, wo du hintrittst. Der Boden ist sumpfig vom Regen«, flüsterte Dad und ließ mich zuerst über den Zaun klettern.

»Und wenn sie mich erwischen?«, fragte ich und sah die Straße zu Saint Gilberts hinauf.

»Schon vergessen, dass dein Vater eine Lehrkraft von Saint Gilberts ist, was? Du warst doch schon so oft mit mir im Mortlock Park. Noch nie hat einer was gesagt, June.«

Das stimmte. Aber das war immer in den Ferien oder sonntagmorgens gewesen und am helllichten Tag.

Nun, zur Abenddämmerung, sah das alles ganz anders aus.

»Pssst«, machte Dad, der stehen geblieben war und in die Stille hineinlauschte. »Ich hab nicht gesehen, wohin das Tier verschwunden ist.«

Dad machte ein paar Schritte Richtung Mortlock Lake, als ich ein Rascheln hörte.

»Hierher, Dad, ich glaube, das kommt vom Friedhof«, sagte ich leise und schlich durch das Dickicht hinauf zum schmiedeeisernen Friedhofstor, das weit offen stand. Dichter Bodennebel umwehte die Statue der Verlorenen Kinder, die grau in die Dämmerung aufragte. Nur das Wasser, das in einem kleinen Rinnsal aus den Augen der beiden eng umschlungenen Kinder lief, schimmerte geheimnisvoll.

Die Grabsteine auf dem Friedhof waren alt und verwittert, manche neigten sich bedrohlich nach vorne. Gräber waren kaum noch zu erkennen. Hinter einem Stein, dessen eingravierter Name fast komplett mit Moos zugewachsen war und nur noch das »thy« am Ende zu entziffern war, raschelte es im Efeu.

»Oouh«, heulte es im Laub. (Oouh?)

»Dad?«, rief ich Richtung Mortlock Lake. »Dad, komm hierher.«

Vorsichtig zog ich das Laub auseinander und blickte für den Bruchteil einer Sekunde in ein graues, steinernes Gesicht mit vor Schreck weit aufgerissenen Augen. Die Haut war spröde, mit feinen Furchen durchzogen. Im nächsten Moment waren das Rascheln und auch das Gesicht verschwunden.

»Hierher«, flüsterte ich, als das Friedhofstor hinter mir quietschte. »Ich glaube, es ist jetzt hinter Pater Timothys Stein.« Als ich mich umdrehte, durchzuckte mich der Schreck.

Denn dort stand nicht Dad.

Der Rabe gilt als Unheilverkünder, Gestaltwandler, Todesbote und Hüter magischer Kräfte. Bei der Deutung der Kraftkarte des Raben kommt es sehr auf den Kontext mit den anderen gelegten Karten an. In der Regel aber gilt die Karte des Rabens als Unglücksbote und könnte auch darauf hindeuten, dass sich in der unmittelbaren Umgebung ein Gestaltwandler aufhält.

aus: »Tarotkarten richtig deuten«, Meister Jadoo

20.

Mr Winston?«, fragte Tante Phoebe ungläubig und reichte mir die Marmelade.

»Kannst du dir meinen Schock vorstellen? Da stehe ich in der Abenddämmerung allein auf dem alten Klosterfriedhof mitten in Mortlock Park und statt Dad steht auf einmal Mr Winston hinter mir.« Ich bestrich einen Scone dick mit Tante Phoebes selbst gemachtem Ingwer-Gelee und biss hungrig hinein.

Es war spät geworden, Tante Phoebe hatte sich schon Sorgen um uns gemacht.

Nachdem Dad Mr Winston von der angefahrenen Katze berichtet hatte, hatte dieser keine Ruhe gegeben und mit uns zuerst den ganzen Friedhof und dann den Weg hinunter nach Mortlock Lake abgesucht. Aber gefunden haben wir nichts. Dennoch hatte es Dad keine Ruhe gelassen und nachdem er Mr Winston und mich nach Hause gefahren hatte, war er noch mal umgedreht und zurück zum Mortlock Park gefahren.

»Ja, aber was wollte Mr Winston denn auf dem alten Friedhof?«, fragte Tante Phoebe und sah nachdenklich in meine leere Teetasse.

»Das wüsste ich auch zu gerne«, sagte ich. Es hatte Dad scheinbar kein bisschen verwundert, dass Mr Winston kurz vor Einbruch der Dunkelheit durch Mortlock Park streifte.

»Frag ihn doch morgen«, ermutigte mich Tante Phoebe. Dann hielt sie mir die Teetasse unter die Nase und fragte seufzend: »Siehst du, was ich sehe?«

Ich ahnte, was Tante Phoebe zu sehen glaubte. Auf dem Boden meiner Teetasse hatten sich die Blätter zu einem verzerrten, aber dennoch deutlich erkennbaren Vogel zusammengezogen. Aber ich tat ahnungslos. »Was denn?«

»Das weißt du ganz genau«, zischte Tante Phoebe und riss mir die Tasse weg.

»Phoebe!« Ich sprang auf, um ihr zu helfen, den Tisch abzuräumen. »Dass in meiner Teetasse ein Vogel zu sehen ist, könnte doch auch ein Hinweis auf die Falkenparade morgen sein.«

»Wer's glaubt, June!«, sagte Phoebe und hüllte sich danach in Schweigen.

Es war spät in der Nacht, als Dad zurückkam. Ich glaube, Tante Phoebe war kurz davor gewesen, die Polizei zu rufen. Sie hatte immer und immer wieder die Karten gelegt und nach jeder Sitzung besorgter ausgesehen. Irgendwann hatte ich ihr zur Beruhigung ein Gläschen von ihrem selbst gemachten Pfefferminzlikör eingegossen und dann noch eins. Kurz darauf glühten ihre Wangen und sie sah mich mitleidig an.

»June, ach meine kleine June«, hatte sie gesagt und mir übers Haar gestrichen. »Ich will doch nur nicht, dass dir was passiert, weil irgendjemand …«

»Irgendjemand?«, fragte ich nach und horchte auf.

»Ach was, dein Vater hat ja recht. Das ist bestimmt alles nur Einbildung. Nichts weiter.«

Vielleicht waren es Tante Phoebes Karten, die auf dem Tisch lagen und in deren Mitte und über allem der Rabe lag. Vielleicht waren es auch ihre glühenden Wangen mit den feucht schimmernden Augen, die mich so mitleidig ansahen. Jedenfalls hatte ich für einen kurzen Moment das Gefühl, dass Tante Phoebes Prophezeiungen stimmen könnten. Und auch sonst *alles.*

»Hey, June«, rief Dad, als er in den Buchladen kam. »Du bist noch wach?«

»Und?«, fragte ich zurück.

»Eine junge Wildkatze. Ich hatte es im Gefühl. Bis morgen früh hätte es die arme Kleine vermutlich nicht geschafft. Ich hab sie nach London zur Wildtierrettung gebracht. Ich hoffe, sie kommt durch.« Dad fuhr sich müde mit der Hand übers Gesicht.

»Siehst du?«, flüsterte ich Tante Phoebe zu, als Dad die Treppe nach oben stapfte, und legte ihr einen Arm um die Schultern. »Da hatten deine Karten zum Glück heute mal unrecht.«

Tante Phoebe blickte mich verzweifelt an. »Aber June. Ich hab doch nicht für deinen Vater die Karten gelegt. Der ist zäh wie Ochsenleder. Die Karten waren für *dich.*« Sie tippte auf den schwarzen Kolkraben, der auch dieses Mal in der Mitte ihrer Legung auf der Tischplatte thronte und um den sich alles zu drehen schien.

»Hast du schon mal darüber nachgedacht, was wäre, wenn Tante Phoebe mit ihren Prophezeiungen recht hätte?«, fragte Emma am nächsten Abend auf dem Weg zur Aula.

»Pssst«, machte ich, denn hinter uns liefen Rachel, Zooey und Sophie.

»Aber stell dir nur mal vor, dass wirklich ein uralter Fluch auf Saint Gilberts liegt und dass du die Auserkorene bist, die …« Emmas Gesicht bekam hektische rote Flecken, ganz ähnlich wie Tante Phoebe gestern Abend. Sie hatte die Jungs gesichtet, allen voran Liam, für den sie ganz offensichtlich schwärmte. »Hey, Liam«, krächzte sie und starrte ihn etwas zu lange an.

»Hey«, grüßte ich die Jungs schnell, um von Emma abzulenken. »Alles fertig für die Parade?«

»Dein Vater sagt, dass es noch nie in der Geschichte von Saint Gilberts eine Falkenparade mit so vielen Teilnehmern gegeben hat«, meinte Rodney.

»Es gibt zurzeit siebzehn Falken in der Falknerei und dazu noch einige Eulen und Habichte, die aber nicht an der Parade teilnehmen dürfen«, erzählte Jacob und sah mich lächelnd an. Es war ein Blick, der mich verlegen und unsicher machte, so sehr, dass ich erst mal an mir hinabsehen musste, um festzustellen, ob ich heute Nachmittag überhaupt meinen Schlafanzug gegen die Festtagsausgabe unserer Schuluniform eingetauscht hatte.

»Ich hab gehört, dass es ab heute die Karten für den Michaelmas-Ball im Sekretariat gibt«, sagte Liam und lächelte Emma dabei an.

Und Emma? Die sagte völlig blasiert: »Der Michaelmas-Ball? June und ich haben ja beschlossen, dass wir dort nicht hingehen werden.«

Sprachlos sah ich Emma an. Seit fünf Jahren warteten wir auf unseren ersten Michaelmas-Ball, träumten von einer romantischen Einladung (natürlich vom richtigen Jungen, und nicht etwa von Freddy Johnson) und von einem prächtigen Ballkleid.

Und nun das!

»Das ist natürlich nicht …«, begann ich, die Kohlen aus dem Feuer zu holen, die Emma dort (warum auch immer!) gerade versenkt hatte. Doch ich kam nicht mehr dazu, denn mit einem riesigen Getöse spielte die Brassband unserer Schule auf und zog durch die Aula in die große Gebetshalle.

»Sag mal, spinnst du?«, fauchte ich Emma an. »Wie kommst du dazu, so was zu behaupten? Und dann auch noch vor den Jungs.« (… von denen einer mich bitte und unbedingt einladen soll, fügte ich in Gedanken hinzu.)

»Willst du gelten, mach dich selten«, zischte Emma zurück. »Die sollen um uns kämpfen. Wenn die Jungs wirklich an uns interessiert sind, dann hält mein Spruch sie nicht ab.«

Es gab Tage, da könnte ich Emma mit dem Kopf voran in eine der großen Kanonen vor dem Schulportal stopfen. So wie heute.

»Wenn dein Plan mal aufgeht«, sagte ich besorgt und deutete auf Jacob, Rodney und Liam, die mit Rachel, Zooey und Sophie zusammen vor den Sitzreihen der Oberstufe standen und offenbar übers Fechten plauderten. Rachel imitierte gerade zugegebenermaßen verdammt anmutig eine Fecht-Bewegung und die Jungs sahen ihr bewundernd dabei zu.

»Falls ich mit meiner Theorie vollkommen danebenliege, dann lade ich dich hiermit offiziell und als Prinz Eisenherz verkleidet zum Michaelmas-Ball der Oberstufe ein«, sagte Emma und verneigte sich theatralisch vor mir, als wären wir in Mrs Stirlings Tanzstunde.

Nun, mit Emma zum Michaelmas-Ball zu gehen, war zwar nicht mein Traum, aber allein die Vorstellung, wie sie als Prinz Eisenherz verkleidet dort auftauchen würde, machte die Sache interessant.

»Die Falkenparade am Open-House-Day ist in den Schulstatuten von 1712 erstmals erwähnt«, ergriff Schulleiter Richmond das Wort. »Vor wenigen Jahren hatten wir einen großen Ball mit den ehemaligen Schülern der letzten fünfzig Jahre hier auf Saint Gilberts zur 300-Jahr-Feier dieser Tradition. In diesem Jahr wird es nur den üblichen Oberstufenball am Saint Michael's Day geben, zu dem aber auch der zuletzt entlassene Jahrgang eingeladen wird. Die Karten für den Michaelmas-Ball gibt es Montag ab acht Uhr im Sekretariat und ich erinnere noch einmal daran, dass jeder Schüler nur in Begleitung zum Michaelmas-Ball erscheinen darf. Aber das ist kein Gebot zur Eile, denn noch ist ja ein wenig Zeit bis zum großen Ball, dessen Vorbereitung Mrs Stirling schon in ihren Tanzstunden aufgenommen hat.

»Wer wartet, kriegt, was übrig bleibt«, zischte Amanda hinter mir. Die hatte leicht reden, denn Amanda war schon seit zwei Jahren mit Matthew Fields aus der Oberstufe A2 zusammen und musste sich nun wirklich keine Sorgen um die Einladung zum Michaelmas-Ball machen. Ganz im Gegensatz zu mir, denn ich dachte in diesem Moment nur: Wer wartet, kriegt Emma als Prinz Eisenherz.

»Und damit gebe ich das Wort ab an Mr Adams, Wildhüter von Mortlock Park und Leiter der Falknerei«, sagte Mr Richmond ins Mikrofon.

Es war jedes Jahr einer der aufregendsten Momente, wenn Dad ans Mikrofon trat und über die Tradition der Falknerei sprach und betonte, dass das Tierwohl an erster Stelle stehe. Saint Gilberts sei eine der wenigen verbliebenen Schulen, an denen diese spezielle Tierpflege unterrichtet werde, und er sei mächtig stolz darauf, dass man ihm die ehrenvolle Aufgabe anvertraut hätte, das Wissen um diese alte Handwerkskunst weiterzugeben.

Dad machte seinen Job richtig gut, erzählte so witzig, dass meine Mitschüler hier und dort lachten, und ich entspannte mich mehr und mehr auf meinem Stuhl.

So lange, bis ich den Alten plötzlich wiedersah. Er trat aus der halbhohen Tür auf die Bühne und stellte sich neben Dad. Ein eiskalter Schauder lief mir über den Rücken und ich griff nach Emmas Arm.

»Was hat er denn vor?«, fragte ich.

»Wer?«, fragte sie verwundert. »Dein Dad?«

»Nein, der Alte aus der Schreibstube. Dort, auf der Bühne. Jetzt steht er neben Mr Winston. Sieh doch!«, zischte ich leise.

Mein Kopf schmerzte und eine Stimme raunte mir von irgendwo zu: *Lass ihn in Ruhe. Er gehört nicht zu dir. Ich bin es, der auf dich wartet.*

Der Alte beugte sich zu Mr Winston hinab und schien ihm etwas zuzuflüstern. Mr Winston aber zeigte keinerlei Regung. Plötzlich bewegte sich der Alte auf die Stufen der Bühne zu, stieg hinab, lief an den Sitzreihen vorbei und verharrte.

Dann sah er mich an. Mich. June Adams.

Aus den Tagebüchern des Rabenlords
Freitag, 18. September (im 278. Jahr n.V.)

Es ist wieder so weit. Schon wieder ist ein Jahr vergangen. War es nicht erst gestern, als ich draußen auf Saint Gilberts war und sie mir ihre verfluchten Falken hinterherjagten?
Sie nennen es Open-House-Day und Falkenparade. Doch unsereins lebt gefährlich an diesen Tagen.

21.

Sämtliche Schüler und Lehrer hatten sich im Klostergarten versammelt und unter die angereisten Eltern und Ehemaligen gemischt, die extra gekommen waren, um an der 304. Saint-Gilberts-Falkenparade teilzunehmen. Voran lief der Earl of Gilligan, zusammen mit unserem Schulleiter Mr Richmond. Zwischen sich trugen sie das große Schulwappen, das nur einmal im Jahr für die Falkenparade von seinem Platz über dem Schulportal abgenommen wurde.

Die Brassband spielte *Oh when the Saints* und ihnen folgte die Falknerei, allen voran Dad, mit einem der Schulfalken auf seinem ausgestreckten Arm. Ein Raunen ging durch die Menge, als der Falke seine Flügel spreizte. Ich musste zugeben, dass Dad toll aussah. Groß, schlank, sonnengebräunte Haut, dunkles Haar und mit einem unguten Gefühl im Bauch wurde mir klar, dass es jeden Tag so weit sein konnte und irgendeine alleinstehende Lady auf ihn aufmerksam wurde.

Hinter Dad folgten die Schüler, die einen eigenen Falken besaßen. Zuerst die Erstklässler und beinahe ganz zum Schluss Jacob und Liam. Sie hatten die Schuluniform gegen ihre Falknereitracht eingetauscht, und als ich Jacob ansah, dem das Haar verwegen in die Stirn hing und der doch scheinbar so mühelos den Raubvogel kontrollierte, klopfte mein Herz schneller.

Emma schien ähnlich beeindruckt zu sein, denn sie flüsterte ein leises »Wow« neben mir.

Die Parade ging vom Schulportal durch den Klostergarten vorbei am Saint Gilberts Lake bis hinunter zur Falknerei.

Und genauso berühmt, wenn nicht berühmter als die Parade, war das große Falkenpicknick, das im Anschluss im Klostergarten abgehalten wurde. Bei Wind und Wetter. Ich hatte Falkenpicknicks erlebt, an denen sämtliche Gäste in Regenmänteln und unter Regenschirmen verschwanden. Doch wie bei allem auf Saint Gilberts beugte man sich der Tradition und ließ das Picknick stattfinden. Heute war ein herrlicher Herbsttag. Es war zwar nicht mehr warm, aber die Sonne warf ihre letzten Strahlen über die Zinnen und Türmchen des Klosters in den Garten und tauchte alles in ein unwirkliches, verzaubertes Licht.

»Na?«, fragte jemand im Gedränge neben mir, als ich gerade ein Spinatpastetchen vom Buffet nahm, das die Butler in einer atemberaubenden Geschwindigkeit aufgebaut hatten. »Sind die mit Gemüse mehr zu empfehlen oder doch eher die mit Hühnchen?«

Da war er, der Moment, an dem man sich wünschte, das Pastetchen in der Hand würde sich in Luft auflösen.

»Jacob«, sagte ich überrascht und doch so uninteressiert wie irgend möglich. Er sah umwerfend gut aus in seiner Falknereikluft. Bislang hatte ich die engen, schwarzen Hosen in den hellbraunen Lederstiefeln, die in der Taille geraffte Lederweste und vor allem den schwarzen Hut mit der langen Falkenfeder immer für sehr albern gehalten. Die Meinung hatte ich in diesem Moment jedoch verworfen.

»Hat dir die Parade gefallen?«, fragte Jacob und bediente sich am Buffet.

»Gefallen?«, mischte sich Rachel ein, die neben Jacob auftauchte. »Ihr wart atemberaubend. Göttlich. Mir ist beinahe das Herz stehen geblieben, als dein Falke plötzlich die Flügel ausgebreitet hat. Toll, wie du das gemeistert hast, Jake.« (Wer oder was gab ihr das Recht, Jacobs Namen zu verunstalten?) »Und ich habe mir so gedacht ...«, sie spielte an seiner Falkenkopf-Anstecknadel herum, »... dass wir zwei – du und ich, Jake – dass wir zwei eine wahnsinnig gute Figur beim Michaelmas-Ball abgeben würden.« Sie sah Jacob mit ihren Rehaugen auffordernd an.

Oh mein Gott! Nichts wie weg hier. Meine Hand krampfte sich um das Spinatpastetchen. Rachel hatte es auf Jacob abgesehen. Und wenn Jacob nun auf Rachels *Angebot* eingehen würde, dann würde ich vermutlich hier an Ort und Stelle, mitten auf dem Falkenpicknick, in einen Heulkrampf ausbrechen.

Mir wurde schwindelig. Nicht jetzt. Bitte nicht ausgerechnet jetzt, dachte ich, als mir wieder diese unheimliche Stimme in meinem Kopf zuflüsterte: *Du gehörst zu mir, vergiss das nicht! Vergiss es nicht, Juniper Adams. Ich habe auf dich gewartet. Eine Ewigkeit gewartet. Sieh mich an! Los, sieh mich an!*

»Verzeihung«, flüsterte ich, legte das zermatschte Spinatpastetchen auf einen Teller zurück und schob die Leute hinter mir aus dem Weg.

Weg, ich musste weg hier. Weg von Rachel, die sich an Jacob ranschmiss. Weg von der Stimme in meinem Kopf. Und besonders: weg, bevor irgendjemand meine Tränen bemerkte.

»June«, rief Emma erschrocken und eilte hinter mir her.

»Ich könnte mich glatt daran gewöhnen, während des Picknicks im Sanitätsraum der Falknerei zu sein«, meinte Emma und stellte den leer gegessenen Teller auf den Behandlungstisch, unter dem wir seit fast zwei Stunden saßen. Vor uns lag ein Friedhof aus vollgeheulten Taschentüchern. »Ich meine, sieh es mal so. Hier müssen wir uns nicht mit Jungs rumschlagen, die einfach nur beschränkt sind, wenn sie sich auf die eingebildete Rachel einlassen. Kein Gedränge und Geschubse …«

»Und kein Feuerwerk«, flüsterte ich und lachte unter meinen Tränen, die einfach nicht aufhören wollten zu fließen.

»Feuerwerk?«, fragte Emma naserümpfend. »Völlig überbewertet. Genauso wie die verdammt gut aussehenden Jacobs, Rodneys und Liams dieser Welt.«

Ich wusste, dass Emma das Feuerwerk liebte. Und ich ahnte, wie gerne sie draußen bei den Jungs sein wollte. Besonders bei Liam, auch wenn sie es nicht zugab. Doch niemals würde sie mich jetzt allein und völlig verheult hier sitzen lassen.

»Du bist die beste, allerbeste Freundin der Welt, Emma«, sagte ich gerührt, was einen neuen Sturzbach an Tränen auslöste.

»Versprich mir, dass du mit Tante Phoebe über die Stimme in deinem Kopf redest«, verlangte Emma, legte den Arm um meine Schultern und reichte mir das nächste Taschentuch.

»Versprochen.«

»Und seit wann hörst du diese Stimme?«, fragte Tante Phoebe, die seit einer Stunde Bücher wälzte, und sah mich über den Rand ihrer Brille hinweg nachdenklich an.

Es war spät geworden, bis Dad in der Falknerei aufgetaucht war und mich nach Hause gefahren hatte. Als er nach dem Abendessen in seine Werkstatt gegangen war und Maggie im Bett lag, hatte ich mich Tante Phoebe anvertraut.

»Seit ein paar Tagen«, sagte ich müde.

»Wann? Wann genau hörst du diese Stimme, June?« Tante Phoebe sah sehr besorgt aus und ich bereute zutiefst, dass ich Emma versprochen hatte, meine Tante einzuweihen. Jedenfalls tat sie so, als ob ich an einer unheilbaren Krankheit leiden würde.

»Immer. Also natürlich nicht *andauernd*. Aber zu jeder Zeit. Morgens, mittags, abends. Werde ich verrückt, Tante Phoebe?«, fragte ich verunsichert. »Bin ich krank? Muss ich zu einem Arzt?«

»Nicht du bist verrückt, jemand anderes ist es. Und dieser oder diese Verrückte hat es scheinbar auf dich abgesehen. In die Gedanken eines anderen einzudringen, verlangt ein hohes Maß an Energie und Sensitivität. Es ist … Hörst du die Stimme auch im Schlaf?«

»Ja, ich glaube schon. Jedenfalls kurz vor dem Einschlafen oder wenn ich nachts aufwache.« Ich überlegte. »Das dauert nie lange, aber immer wird mir so sonderbar dabei. Wie eine Art Schwindel.«

Tante Phoebe zog ein Buch mit dem Titel *Der Fremde in meinem Kopf* unter dem Stapel hervor, schob die Brille zurück auf die Nase und fing an zu blättern. »Was sagt die Stimme? Immer das Gleiche?«

»Ja. Eigentlich schon. Immer so was wie, dass ich ihn in Ruhe lassen soll, dass ich für ihn bestimmt bin und so.«

»Hast du das Gefühl, dass derjenige, dem die Stimme gehört, in deiner Nähe ist? Oder ist er weit entfernt?«

»Er ist hier. Er ist irgendwo hier«, flüsterte ich und sah mich ängstlich um. »Er hat heute bei der Parade gesagt, dass ich ihn ansehen soll.«

»Interessant«, fand Phoebe und kniff die Augen zusammen. »Und? An wen hast du da als Erstes gedacht? Wen hast du angesehen?«

»Niemanden«, gestand ich. »Ich bin weggelaufen.«

Tante Phoebe seufzte. »Versuch das nächste Mal, dich umzusehen und denjenigen herauszufinden. Hab keine Angst. Es gibt recht wirksame Methoden, seine eigenen Gedanken zu schützen. Wir werden das trainieren.«

Gedankenleser-Abwehr-Regel Nr. 1:

Baue dir einen Schutzschild.
Dieser Schutzschild kann von Mensch zu Mensch ganz unterschiedlich aussehen. Einige benötigen einen sichtbaren Gegenstand (eine kleine Spiegelscherbe als Kette getragen ist hier die erste Wahl), andere haben eine Vorstellung, ein Bild im Kopf, auf das sie sich konzentrieren, wenn sie spüren, dass jemand ihre Gedanken lesen möchte.

22.

Gibt es irgendwas, June, was du mir erzählen müsstest?«, fragte Dad mit besorgter Miene, als wir am Montagmorgen zur Schule fuhren.

»Wie kommst du darauf?«, fragte ich ahnungslos, obwohl ich genau wusste, was Dad meinte, denn Tante Phoebe hatte den ganzen Sonntag (und unter Dads argwöhnischer Beobachtung) damit verbracht, Bücher übers Gedankenlesen und Gedankenverschließen zu studieren und mir gute Ratschläge zu geben. Sogar praktische Übungen hatte sie mit mir gemacht. Sie selbst hatte versucht, in meine Gedanken einzudringen und mir exakt gesagt, woran ich gerade dachte. Und ich glaubte, ich hätte es ihr wirklich schwer gemacht.

Beim ersten Versuch hatte ich an Mum gedacht und daran, wie sie mit mir durch den Wald streifte und mir ein Eichhörnchen zeigte.

»Also wirklich, June. Man kann in deinen Gedanken lesen wie in einem offenen Buch«, hatte Tante Phoebe sich entrüstet und mir exakt die Szene beschrieben, die ich gerade im Kopf hatte.

»Du musst dich besser kontrollieren. Deine Gedanken gehören dir, June. Nur dir. Als Erstes musst du wissen, dass jeder Gedanke eine Schwingung auslöst. Schwingungen, die sich auf deinem Gesicht, in deiner gesamten Gestik niederschlagen. Ich meine: Du denkst an diesen Jacob und deine Wangen röten sich, deine Hände werden ungeschickt und du kriegst diesen verklärten Träumerblick.«

Ich hatte Tante Phoebe mit offenem Mund angesehen. »Jacob? Wer soll das sein? Ich weiß nicht, von wem du sprichst«, hatte ich behauptet und Tante Phoebe mit dem schärfsten Blick angesehen, den ich draufhatte. Von wegen verklärter Träumerblick.

Doch Tante Phoebe hatte nur schallend gelacht. »Das kannst du deinem Vater erzählen, aber nicht mir.«

Ein bisschen was hatte das Gedankenleser-Abwehr-Training gestern wirklich gebracht, denn ich war heute Morgen deutlich weniger nervös, als ich die Treppe zum Schulportal hinaufstieg. Und immerhin standen Rachel, Zooey und Sophie dort oben.

»Ach, sieh an, June«, sagte Rachel und betrachtete mich naserümpfend von oben bis unten, als wäre ich soeben einer der Mönchsgruften entstiegen. »Hast du schon gehört, dass ich mit Jacob Morris zum Michaelsmas-Ball gehen werde?«

Gedankenleser-Abwehr-Regel Nr. 2: Verwirre dein Gegenüber. Egal ob Gedankenleser oder Rachel Howards. Immer, wenn du merkst, dass jemand deine Gedanken beherrschen will, denke etwas völlig anderes.

»Rachel«, sagte ich deshalb mit einem belustigten Blick auf ihre Strümpfe. »Ist das da etwa eine Laufmasche? Lass das nicht Mrs Stirling sehen.«

Alle drei starrten entsetzt auf Rachels wohlgeformte Beine, die selbstverständlich in perfekten Strumpfhosen steckten.

Es funktionierte! Unfassbar einfach war es gewesen, an Rachel und ihren Freundinnen vorbeizuziehen und nicht wie der letzte Depp dazustehen. Dass ich innerlich kochte und ihr den Hals hätte umdrehen können, hatte sie mir jedenfalls nicht angemerkt.

Emma stand aufgeregt trampelnd vor dem Klassenraum. »Hast du es schon gehört?«

»Ja, sie hat es mir brühwarm erzählen müssen«, zischte ich und sah Emma wütend an. »Und du bist daran nicht gerade unschuldig!«

»Was, warum das denn?«, fragte Emma und sah mich ungläubig an.

»Du hast doch vor den Jungs behauptet, dass wir nicht zum Ball gehen wollen. Und nun haben wir den Salat. Rachel Howards geht mit Jacob Morris zum Ball.«

»Wer sagt das?« Emma tat verblüfft.

»Ja«, vernahm ich eine dunkle Jungenstimme hinter mir. »Das würde ich auch gerne wissen.«

Jacob! Mit welcher übernatürlichen Gabe war er wohl gesegnet, dass er immer in den peinlichsten Augenblicken in meiner Nähe auftauchte?

Ich fuhr wütend herum. »Die Vögel haben es von den Dächern gepfiffen«, fuhr ich Jacob an. »Und wieso werde ich das Gefühl nicht los, dass du mich verfolgst?« Ich ließ ihn und Emma stehen und stürmte in den Klassenraum, bevor irgendjemand sehen konnte, dass ich vor Zorn und Enttäuschung zitterte und versuchte, den Tränenkloß in meinem Hals herunterzuschlucken.

Okay, Tante Phoebe. Wir haben ein Problem. Deine Gedankenleser-Abwehr-Regel Nr. 1 funktioniert nur dann, wenn ich einen halbwegs kühlen Kopf bewahren kann und nicht alles um mich herum vergesse. Besonders nicht, wenn ausgerechnet Jacob Morris vor mir steht.

Noch nie zog sich die Mathestunde so in die Länge wie heute. Hinter mir saß Rachel Howards neben Jacob und kicherte albern. Sicher machte sie das mit Absicht. Und ich tat ihr nicht den Gefallen, mich umzudrehen.

Leider entschlüpfte mir aber ein lang gezogener Seufzer. Ich sah mich nämlich schon in meinem Traum-Ballkleid aus Seide und Spitze (das ich gar nicht besaß) ohne Einladung zum Ball gehen und wie Aschenputtel durch die Fensterscheiben von außen den Tanzenden zusehen. Vor Kälte zitternd würde ich an die zugefrorenen Fensterscheiben hauchen und ein winziges Guckloch in die Turnhallenscheiben malen. Heiße Tränen würden mir über die Wangen laufen, während Rachel in Jacobs Armen über die Tanzfläche schwebte.

»Juniper?«, holte Mr Leroy mich aus meinen Gedanken.

»Wie?«, fragte ich erschrocken und sah, dass alle mich anstarrten.

»Geht's dir gut, Juniper?«, fragte Mr Leroy besorgt.

»Ja, natürlich«, versicherte ich schnell. »Alles bestens. Ich habe alles verstanden.«

»Meine Frage war aber gewesen, ob du uns die Gleichung auflösen möchtest, Juniper«, Mr Leroy lächelte mich verständnisvoll an. Ein Glück, dass ich seine (heimliche) beste Schülerin war. Da konnte er mir diese klitzekleine Träumerei verzeihen.

Als die Stunde zu Ende war, baute sich Jacob vor meinem Platz auf. Jacob! Er strich sich beinahe verlegen das Haar aus der Stirn (ein Anblick, bei dem mein Herz schneller schlug) und stützte sich mit den Händen auf meiner Tischplatte ab. Seine Unterarme waren sehr muskulös, Adern zeichneten sich deutlich ab.

»Ich habe eine Frage, June Adams«, sagte Jacob und tat hochoffiziell. Natürlich. Jetzt muss der Prinz noch eine Ball-Verabredung für seinen besten Freund klarmachen, nachdem er sich selbst die Prinzessin geschnappt hatte.

»Ich möchte aber nichts gefragt werden«, zischte ich schnippisch, packte meine Tasche in Windeseile ein und stand auf. Ich wünschte, mein Gesicht würde nicht vor Hitze brennen. Aber zum Glück würde niemand den wahren Grund dafür kennen. Alle, die uns zusahen, würden es für Wuthitze halten.

»June«, schimpfte Emma, die versuchte, mit mir Schritt zu halten. »Drehst du jetzt völlig durch?«

»Klar, genau wie Tante Phoebe«, motzte ich und wusste gar nicht, wohin mit meiner Wut.

Mr Winston war schon da und sah erstaunt auf, als ich die Wendeltreppe in die Schreibstube mit einem Donnern herabgestapft kam.

»Wie lange hast du es denn schon gewusst? Hättest du mich nicht vorher warnen können?«, zischte ich Emma zu.

»June, ich glaube, du verrennst dich da in was«, flüsterte Emma warnend.

»Ich schätze, die gute Nachricht ist schon durchgesickert«, rief Mr Winston, als wir vollständig waren.

Ich gab mir alle Mühe, Jacob an dem Schreibpult neben mir zu ignorieren, obwohl er meine Blicke anzog wie ein Magnet.

»Gute Nachricht?«, fragte ich erstaunt.

»Und was für eine«, meinte Jacob und grinste mich an. (Er grinste! Was für eine Frechheit.)

Offenbar wusste jeder Bescheid, nur ich mal wieder nicht. Das war das Los der externen Schüler. Aber wieso hatte Emma …

»*Davon* wollte ich dir heute Morgen erzählen, als du irgendwas in den falschen Hals gekriegt hast«, raunte Emma und warf bedeutungsschwere Blicke zu Jacob.

»Jedenfalls hier noch einmal offiziell und für diejenigen, die es noch nicht wissen: Wir werden mit unserer Literaturklasse Exkursionen in den Mortlock Park unternehmen. Die Schulleitung hat gestern Abend ihre Zustimmung gegeben.«

Hätte Mr Winston verkündet, dass wir alle seinen Kurs mit Bestnote bestanden haben, hätte die Freude und Aufregung nicht größer sein können.

»Aber wieso?« Fragte sich das denn sonst keiner?

»Ich habe bei der Schulleitung erst mal drei Exkursionen beantragt. Ich muss sagen, dass Mr Richmond von deinem alten Schriftfund ebenso angetan war wie ich, Juniper. Jedenfalls habe ich alles mit Mrs Stirling abgesprochen und sie tauscht ihren Tanzunterricht gegen meine Literaturstunden, sodass ihr am Nachmittag Freistunden zur Verfügung habt und wir uns gegen

Abend aufmachen können in den Mortlock Park. Mrs Stirling erwartet euch also jetzt im Turmsaal und ich euch dann um sieben Uhr vor dem Schultor.«

»Das haben wir alles dir und deiner Sucht nach Aufmerksamkeit zu verdanken«, schimpfte Rachel, als Mr Winston fort war. »Jetzt können wir bei Wind und Wetter durch den matschigen Wald stapfen. Danke, June, du bist ein großer Gewinn für unsere Literaturklasse!«

»Also das finde ich auch«, meinte Jacob und lächelte mich an, bevor er und Rodney sich auf den Weg zur Tanzstunde machten.

»Hast du das gehört?« Ich japste noch nach Luft.

»Und ob«, sagte Emma. »Also wenn du mich fragst, dann liegst du mit deiner Theorie völlig daneben, dass Jacob und Rachel zusammen zum Michaelmas-Ball gehen.«

»Emma«, sagte ich, als wir die Wendeltreppe hinaufstiegen. »Sie hat es mir selbst erzählt.«

»Wer? Rachel?« Emma kicherte. »Und das glaubst du?«

Ich sah Emma sprachlos an. Sollte es möglich sein, dass ich Rachel Howards so auf den Leim gegangen war?

»Aaaah, da ist ja mein Tanzpartner«, rief Mrs Stirling erfreut, als wir den Saal betraten und machte eine anmutige Verneigung vor Rodney. »Und ansonsten, Tanzpartner wie gehabt, meine Lieben. Mr Lewis? Einen langsamen Walzer zum Aufwärmen bitte.«

»Juniper Adams?«, fragte Jacob und reichte mir seine Hand.

Ich wollte nicht, dass er sah, wie aufgeregt ich in seiner Nähe war. Vor allem wollte ich nicht, dass Jacob mir so nah kam, dass ich nur noch Unsinn reden würde.

»Es ist ganz wundervoll, dass du mir in der kommenden Stunde nicht weglaufen kannst«, fand Jacob und sah mich amüsiert an. Er legte seinen rechten Arm unter mein Schulterblatt und zog mich an sich. Viel zu nah.

Ich spürte die Wärme seines Körpers, seinen Atem an meiner Stirn. Wenn ich jetzt mein Gesicht anheben …

»Mr Morris, Miss Adams, nicht so nah. Abstand, Abstand«, rief Mrs Stirling. »Die klassischen Tänze erlauben keinerlei Leidenschaft.«

»Dein Gesicht ist krebsrot«, meinte Rachel nüchtern, die gerade in Pauls Armen hinter uns entlangtanzte. »Du solltest dir die Nase pudern gehen, June.«

»Sieh mich an«, forderte Jacob mich auf. Er legte einen Finger unter mein Kinn und hob es an. »Die Farbe steht dir ausgezeichnet.«

»Jacob, es tut mir …« Mir wurde schwindelig. Vom Tanzen, vom Drehen, von Jacobs Nähe. Meine Beine gaben nach und ich spürte, wie mich jemand auffing, als ich ohnmächtig zu werden drohte.

Du gehörst mir, Juniper Adams. Mir ganz allein. Ich habe Ewigkeiten auf dich gewartet. Du gehörst zu mir.

Es ging so schnell vorbei, wie es gekommen war. Die fremde Stimme in meinem Kopf verebbte und der Schwindel ließ nach.

»Alles klar mit dir?«, flüsterte eine dunkle Jungenstimme, und als ich die Augen öffnete, sah ich in Jacobs meergrüne Augen.

»Ja, alles klar«, sagte ich resolut und setzte mich auf.

»Passiert dir das öfter?«, wollte er wissen und stützte mich.

»Was passiert mir öfter?«, murmelte ich abwesend und sah mich im Tanzsaal um.

Mrs Stirling schwebte noch immer in Rodneys Armen übers Parkett und hatte von meinem kleinen Schwindelanfall nichts mitbekommen. Auch die anderen tanzten noch zu Johann Strauß.

»Du bist doch nicht etwa … krank?«, fragte Jacob und sah mich so besorgt an, dass ich ihn am liebsten auf der Stelle geküsst hätte.

»Nein, alles in Ordnung«, sagte ich stattdessen und stand auf. »Es war ein bisschen viel Stress in letzter Zeit. Unser Buchladen, Dads viele Jobs, Tante Phoebe – du hast sie ja kennengelernt, die Sache mit dem alten Skript, die Vorbereitungen auf die Schule und das …« Ich stockte. Beinahe hätte ich Jacob verraten, dass ich die Stipendiatin von Saint Gilberts war. So konnte und durfte das nicht weitergehen. Jacob legte meinen Verstand lahm. In seiner Nähe würde ich mich bestimmt noch verplappern.

»Sag mal«, flüsterte Jacob. »Du bist aber nicht zufällig die Stipendiatin, oder?«

»Wie kommst du denn darauf?«, fragte ich entsetzt und wich einen Schritt zurück.

»Nur so. Ehrlich. Tut mir leid, ich wollte dir nicht zu nahe treten. Wirklich nicht.« Jacob sah zerknirscht aus.

Mist, Mist, Mist. Fieberhaft suchte ich nach einer Ausrede. Ich musste weg.

»Hör zu, Jacob. Du weißt doch, dass das Stipendium nur an die Jahrgangsbesten vergeben wird. Vielleicht solltest du mal Rachel danach fragen.« Mir wurde schon wieder schummrig. Ich murmelte etwas von *schwindelig* und lief zur Tür, rempelte Mrs Stirling an und drehte mich taumelnd noch einmal zu Jacob herum. Er sah mir fragend hinterher.

Ich hatte mich bei Schwester Rose im Krankenzimmer vor Jacob, Mrs Stirling und den anderen versteckt. Schwester Rose hatte mir Fieber und meinen Blutdruck gemessen und mich danach mit einer Schullimousine nach Hause fahren lassen. Drei Stunden später war Emma in meinem Zimmer aufgetaucht. Wir saßen auf meinem Bett und sahen zum Fenster hinaus.

»Ich habe ihn angelogen«, flüsterte ich.

»Womit?«, fragte Emma und biss laut krachend in einen Apfel.

»Er hat gefragt, ob ich die Stipendiatin bin.«

»Echt?« Emma hörte auf zu kauen und sah mich erschrocken an. »Wie hat er das denn erraten?«

»Keine Ahnung. Aber ich konnte es ja nicht einfach zugeben. Ich habe ihn angelogen, Emma.« Ich zog ein neues Taschentuch aus der Box und heulte wieder los.

»Also, wenn du mich fragst, dann war das höchstens eine Notlüge. Und die sind im Krieg und in der Liebe erlaubt.«

»Meinst du?«, fragte ich schniefend und spürte eine zarte Erleichterung in meiner Brust.

»Ganz bestimmt. Du würdest ihm ja die Wahrheit

sagen, aber du kannst und darfst es nicht. Irgendwann, wenn der ganze Spuk um diesen verdammten Fluch vorbei ist, aber spätestens nach der Oberstufe in zwei Jahren, wenn du keine Stipendiatin mehr bist, wirst du Jacob alles erzählen können.«

Ich fand den Gedanken nicht sehr tröstlich, dass ich noch zwei Jahre warten musste, um Jacob die Wahrheit zu sagen.

»Und jetzt pudere dir die Nase und kämm' dir die Haare. Es wird höchste Zeit für die Exkursion in den Mortlock Park.«

»Ich glaube, ich komme besser nicht mit«, flüsterte ich und warf die Taschentücher in den Mülleimer.

»Was soll das denn heißen? Du wirst doch wohl nicht Rachel Howards kampflos das Feld überlassen«, protestierte Emma und schob mich zur Tür.

»Wo wollt ihr denn hin?«, fragte Tante Phoebe, ohne aufzusehen, als Emma und ich in Jeans und Gummistiefeln durchs Hinterzimmer liefen.

»Wir machen eine Exkursion in den Mortlock Park«, sagte Emma.

»Das macht ihr nicht!« Tante Phoebe sah erschrocken auf, zog dann aber konzentriert eine weitere Karte aus ihrem Stapel. »Das hat es in Jahrhunderten nicht gegeben, dass Schüler zu Exkursionen in den Mortlock Park gehen.« Sie legte die Karte auf den Tisch und sah uns über den Rand ihrer Brille zweifelnd an.

»Bis heute«, stellte Emma fest und begutachtete über Tante Phoebes Schulter gebeugt die Tarotkarten auf dem Tisch. »Und Sie wissen, was die bedeuten sollen?«

»Aber sicher weiß ich das«, sagte Tante Phoebe bestimmt. »Diese Karten sollen eine Person warnen. Sie ist in großer Gefahr und droht, ihr Leben zu riskieren oder zumindest das Leben ihres Freundes.«

»Oh nein«, meinte Emma mitfühlend. »Kann man die Person nicht warnen?«

»Das versuche ich ja seit ungefähr zehn Jahren«, sagte Tante Phoebe seufzend, streifte uns mit ihrem Blick und stand auf. »Aber auf mich hört ja in diesem Haus keiner.«

»Sind diese Karten etwa für June?«, fragte Emma fassungslos. »Der Bote des Todes? Das Schwert der Freundschaft? Rastlose Seelen?«, las sie ab, was auf den Karten stand.

»Los, los, Emma«, drängelte ich. »Wir wollten Rachel Howards das Feld nicht kampflos überlassen. Schon vergessen?«

Ohne auf Emma zu warten lief ich auf die Straße und den Gehweg zum *Black Fox* hinab, um die nächste Schullimousine abzupassen.

Aus den Tagebüchern des Rabenlords
Freitag, 23. August (im 495. Jahr n.V.)

Sie haben eine Statue im Mortlock Park
aufgestellt: »Den Verlorenen Kindern«
Sie beweinen ihre Verluste.
Zu spät, viel zu spät.
Und sie werden wieder weinen.

23.

Neben Mr Winston und Mrs Stirling (die ich erst auf den zweiten Blick erkannte, weil ich sie zum ersten Mal in Hosen sah) wartete auch Dad am Schultor auf uns.

»Mr Adams als offiziell bestellter Wildhüter des Mortlock Parks ist so freundlich, uns ebenfalls zu begleiten. Auf besonderen Wunsch des ersten Vorsitzenden der Wise-Fellows-Stiftung.« So, wie Mr Winston das betonte, hatte es mächtig Zoff mit dem Earl of Gilligan um unsere Exkursionen gegeben.

»Vorsicht ist die Mutter der Porzellankiste«, sagte Mrs Stirling lächelnd und stopfte ihre Hosenbeine in karierte Gummistiefel. Sie war bereit für ein Abenteuer. Um das zu erkennen musste man nun wirklich kein Gedankenleser sein.

»Okay, folgende Regeln gilt es zu beachten: Ihr haltet euch immer in Sichtweite einer Aufsichtsperson auf. Ihr bleibt mindestens zu zweit, keine Alleingänge. Sollte euch etwas seltsam vorkommen, bitten wir um sofortige Alarmierung einer Aufsichtsperson.«

»Du meine Güte«, stöhnte Rachel Howards und verdrehte die Augen. »Die tun ja so, als wären wir hier bei Rotkäppchen. Das ist ein stinknormaler Wald. Hier gibt's keine bösen Wölfe.«

»Und dennoch gelten diese Regeln auch für dich«, sagte Dad und blickte Rachel irritiert an. »Ist dieses

Outfit wirklich dein Ernst?«, fragte er und ich hätte ihn dafür auf der Stelle umarmen können.

Rachel trug zu einer knallengen weißen Jeans schwarze Lederstiefel, die sündhaft teuer aussahen und jedem Laufsteg alle Ehre gemacht hätten. Für einen Waldausflug nach drei Tagen Dauerregen waren ihre Klamotten allerdings eher ungeeignet.

»Selbstverständlich habe ich nicht vor, mich im Dreck zu wälzen. Schlimm genug, dass über unsere Zeiten frei verfügt wird, ohne die Schüler nach ihrer Meinung zu fragen.«

»Okay«, rief Mr Winston und drückte den Stacheldraht herunter. »Unser heutiges Ziel ist der alte Klosterfriedhof.«

Von den Blättern der Bäume tropfte noch der Regen und der Waldboden war so aufgeweicht, dass man an einigen Stellen knöcheltief einsank. Es roch nach verfaulendem Laub, nach feuchter Baumrinde und nach Moos.

Jacob lief mit Rodney vorweg, als wären sie in diesem Wald zu Hause. Jacob trug Jeans, halbhohe Wanderschuhe und eine Lederjacke. Rodney hatte wohl keine Möglichkeit gehabt, sich umzuziehen, denn er trug noch immer die Schuluniform.

Die tiefstehende Abendsonne warf hin und wieder ihre Strahlen durch die Wolkendecke und die Bäume hindurch und ließ die beiden, die so vertraut und in ein Gespräch vertieft vorangingen, unwirklich aussehen, als wären sie Teil eines alten Films.

Ich spürte so etwas wie Eifersucht in mir aufsteigen.

Eifersucht auf die Freundschaft, die Rodney zu Jacob hatte und die ich nie haben würde. Wie auch? Ich konnte Jacob ja noch nicht mal die ganze Wahrheit über mich sagen.

Dad erzählte auf dem Weg zum Klosterfriedhof von den heimischen Tieren, zeigte uns Spuren und Nistplätze, als wären wir seine Studentengruppe. Ich war stolz auf Dad, denn viele meiner Mitschüler hörten ihm gespannt und interessiert zu.

Als das Denkmal der Verlorenen Kinder in der Ferne auftauchte, rief Mr Winston uns zusammen. »Die Sonne wird in exakt …«, er kramte sein Astrolabium hervor, »… in exakt vier Minuten untergehen. Ich erwarte hier auf dem alten Klosterfriedhof keine Geister und keine anderen Vorkommnisse, aber dennoch bitte ich euch nun besonders um Einhaltung der besprochenen Regeln.«

»Das Denkmal wurde von einem unbekannten Steinmetz angefertigt«, berichtete Mrs Stirling. »Es heißt, eine reiche Adelsfamilie, die ihren Sohn hier im Mortlock Park verloren hat, habe die Statue als Mahnmal aufstellen lassen. Und scheinbar mit Erfolg, denn seit jener Zeit ist kein weiterer Schüler mehr verschwunden.«

»Und trotzdem sperren Sie uns im Kloster ein, als wären wir alle Schwererziehbare«, maulte Rachel, die ihre ruinierten Stiefel betrachtete.

»Seht euch die Augen der beiden Steinfiguren an«, forderte Mrs Stirling. »Aus ihren Augen laufen von Zeit zu Zeit Tränen. Inzwischen weiß man, dass es sich um eine raffinierte Konstruktion unter der Statue handelt, aber zunächst glaubten die Menschen von Little Lixton, dass die Geister der verschwundenen Jungs in der Statue säßen. Es wird gemunkelt, dass das die Absicht des Konstrukteurs war. Vermutlich hatte man die Landbevölkerung aus dem Dorf im Verdacht, immer wieder mal einen Jungen von der Klosterschule zu kidnappen, um sich an den reichen Adelsfamilien für zu hohe Steuern und Ähnliches zu rächen. Ihr könnt euch vorstellen, dass sich solch ein Verdacht nicht förderlich auf das Verhältnis zwischen der Landbevölkerung und der Klosterschule ausgewirkt hat.«

»Da bin ich aber froh, dass dieser Konflikt nicht mehr besteht«, flüsterte Jacob neben mir und sogleich machte mein Herz einen Sprung.

»Sei dir da nicht zu sicher«, sagte ich. »Überhaupt ist es gefährlich, wenn man sich zu sicher ist. Man könnte eine herbe Überraschung erleben.«

»Ich liebe Überraschungen«, wisperte Jacob. »Aber diese Warnung gebe ich an dich zurück. Auch du magst einem Irrtum aufgesessen sein.«

Irritiert sah ich Jacob an.

»Sehen wir uns also den alten Klosterfriedhof an. Die letzte Beerdigung war im Jahr 1911, also vor etwas mehr als einhundert Jahren, kurz vor dem letzten Verschwinden eines Schülers im März 1911.«

Für mich war weder Mortlock Park noch der Klosterfriedhof neu. Doch meine Mitschüler sahen all das zum ersten Mal, und als das schmiedeeiserne Tor des Friedhofs leise knarrte, überkam auch mich eine Gänsehaut.

»Oouh«, jaulte es plötzlich und dieses »Oouh« kam mir bekannt vor. Ich sah mich nach einem Vogel um, vielleicht ein Kauz oder ein Uhu.

»Da ist sie ja wieder«, heulte die Stimme, die sonst offenbar niemand hörte. »Oouh, Mädchen, verschwinde besser von hier. Verschwinde. Mach, dass du fortkommst.«

Ich schaute mich hektisch suchend um. Es konnte nur eine Erklärung für all das hier geben: Ich verlor tatsächlich meinen Verstand.

»Nun erinnern wir uns an die Zeilen aus Junipers Skript. *Und zur Dämmerstunde täglich, steigen die Geister im Park, als weiße Nebel gräulich, aus ihrem feuchten Sarg.*« Mr Winston sah uns geheimnisvoll an. »Ich war in den vergangenen Tagen schon so oft hier in Mortlock Park, und zwar immer wie jetzt zur Dämmerstunde. Und ich muss gestehen, dass ich zwar keine Geister, wohl aber weiße Nebel gesehen habe.«

Aha, dachte ich. Darum hatten wir Mr Winston also im Mortlock Park getroffen, als Dad die Wildkatze angefahren hatte. Er hatte die Geister gesucht.

»Die Sonne geht in knapp einer Minute unter. Ich möchte euch bitten, in absoluter Nähe zu einem Mitschüler zu bleiben.« Mr Winstons Stimme klang seltsam aufgeregt.

Und genau in dem Moment geschah es. Mir wurde schwindelig. So schummrig, dass mir augenblicklich die Beine wegsackten.

Du gehörst zu mir, Prinzessin. Zu mir. Du wirst mit mir tanzen, nur mit mir.

Verschwommen nahm ich wahr, dass ich schwankte und dann stürzte. Ich sah in das steinerne, verwitterte Gesicht eines Engels, der ausgestreckt auf Pater Timothys Grabstein lag, dann wurde ich ohnmächtig.

Als ich meine Augen wieder öffnete, blickte ich in grelles Neonlicht. Ich lag in einem Bett und die zartgrüne Farbe an den Wänden sah ganz nach einem der Krankenzimmer von Saint Gilberts aus.

»Sie kommt zu sich«, flüsterte jemand.

»June?« Das war Dads Stimme.

Ich versuchte mich aufzusetzen, aber ein stechender Schmerz in meinem Kopf warf mich zurück in die Kissen.

»Tut es sehr weh?« Emma beugte sich über mich und sah mich mit besorgter Miene an.

»Selbstverständlich tut es sehr weh«, donnerte jemand in tiefem Bass durchs Krankenzimmer. Der Earl of Gilligan? Was machte der denn hier? »Und ich werde dafür sorgen, dass diesem Unsinn ein Ende bereitet wird. Von Anfang an habe ich gesagt, dass diese Ausflüge in den Mortlock Park in einer Katastrophe enden werden. Nun sehen Sie es selbst.«

»Autsch«, stöhnte ich, als ich mich im Zimmer umsehen wollte.

»Es ist jetzt besser, wenn Sie alle das Krankenzimmer verlassen. Sie haben sich nun davon überzeugen können, dass Miss Adams wieder zu sich kommt, und daher bitte ich Sie nun alle zu gehen«, sagte Schwester Rose mit strenger Stimme.

»Ich komme später wieder«, flüsterte Emma mir zu.

»Hör zu, June.« Dads Gesicht tauchte über meinem Bett auf. »Schwester Rose verlangt, dass du heute Nacht hierbleibst, oder sie lässt dich ins King's College Hospital nach London einliefern. Ich dachte, du würdest das Krankenzimmer vorziehen.«

Ich versuchte ein Nicken. Was war nur geschehen? Wieso lag ich im Krankenzimmer? Waren wir nicht gerade noch in Mortlock Park gewesen?

Als alle gegangen waren, fiel ich in einen leichten Dämmerschlaf. Irgendwann beugte Schwester Rose sich über mich und kontrollierte einen Verband an meiner Stirn. »Du bist nur unglücklich gefallen. Kein Grund zur Sorge. Wenn du heute Nacht nicht erbrichst und auch sonst keine Anzeichen für eine Gehirnerschütterung hast, dann kannst du morgen nach Hause.«

»Was ist eigentlich passiert?«, fragte ich leise.

»Wie gesagt: Du bist unglücklich gefallen. Den Rest müssen dir die anderen erzählen, die dabei waren.«

Schwester Rose flößte mir Tee ein, dann fielen mir wieder die Augen zu. Ich träumte wirres Zeug vom Michaelmas-Ball. Mr Winston hatte mich zum Ball eingeladen und ich sah umwerfend aus in meinem weißen Ballkleid. (Das musste ich mir unbedingt merken. Weiß stand mir ausgezeichnet.) Jacob tanzte gerade mit Rachel an mir vorbei, als mir plötzlich schwindelig wurde und ich auf der Tanzfläche zusammenbrach. Doch es war nicht Mr Winston, sondern Jacob, der sich über mich beugte und »June? June? Hörst du mich? June?« flüsterte.

»June, hörst du mich?« Es klang täuschend echt, und als ich die Augen aufschlug, sah ich in Jacobs Gesicht. Es war kein Traum gewesen. Jedenfalls nicht alles. Jacob war tatsächlich hier im Krankenzimmer.

»Wie bist du reingekommen?«, fragte ich verwundert und sah mich suchend nach Schwester Rose um. »Au«, stöhnte ich und sank zurück in die Kissen.

Na prima, dachte ich. Da steht Jacob Morris an meinem Krankenbett und statt wunderschön (wie Dornröschen mit rosigen Wangen und wallendem Haar nach einem hundertjährigen Schlaf) lag ich bleich und verpflastert im Bett.

»Schwester Rose wurde gerade ins Schulleiterbüro gerufen. Es wird gemunkelt, dass Mr Richmond sich auf die Zunge gebissen hat beim Versuch, zu Abend zu essen und gleichzeitig mit dem Earl of Gilligan zu streiten.« Jacob grinste mich spitzbübisch an und ich konnte mich gar nicht sattsehen an dem Grübchen in seinem Kinn.

»Hör zu, June«, flüsterte er und sah kurz zur Zimmertür. »Ich muss es kurz machen.«

Mein Herz klopfte schneller und es war gut, dass ich an keiner Kreislaufüberwachungsmaschine hing, denn die hätte nun bei Schwester Rose Alarm geschlagen.

»Ich gehe nicht mit Rachel Howards zum Michaelmas-Ball«, platzte Jacob heraus. Er wollte noch mehr sagen, ich hatte es genau gesehen. Aber stattdessen ging er zur Tür. Er hatte schon die Klinke in der Hand, als er sich noch einmal umdrehte. »Ich wollte nur, dass du das weißt.« Dann war er verschwunden.

Keine Sekunde zu früh, denn Augenblicke später kam Schwester Rose herein und legte ihre Hand auf meine Stirn. »Du bist heiß«, meinte sie besorgt. »Hoffentlich kriegst du kein Fieber.«

»Ja, hoffentlich«, flüsterte ich und grinste. Das konnte Schwester Rose in dem Dämmerlicht aber zum Glück nicht sehen. Genauso wenig wie meine Hand, die ich aufs Herz presste, weil es viel zu wild schlug.

»June?«, zischte Emma an der Zimmertür, als Schwester Rose gegangen war, um das Fieberthermometer zu holen.

»Emma!« Vor Freude hatte ich alle Vorsicht vergessen und mich aufgesetzt. Mein Schädel brummte fürchterlich und an der rechten Schläfe hatte ich einen stechenden Schmerz.

»Emma, was um alles in der Welt ist denn nur passiert?«, fragte ich.

»Es war auf dem alten Klosterfriedhof. Du bist einfach umgefallen. Auf Pater Timothys Grab.«

Ich schüttelte mich bei dem Gedanken, dass ich auf einem kalten, feuchten Grab gelegen hatte. »Und dann?«

»Dann war die Hölle los. Rachel hat angefangen hysterisch zu schreien. Sie hat immerzu gerufen, dass du tot bist, dass das Ungeheuer von Mortlock Park dich getötet hätte und so, und ist panisch davongelaufen. Und dann gab es ein furchtbares Durcheinander. Alle sind irgendwie herumgeirrt, die meisten zurück zur Schule. Dein Dad hat dich hierher zu Schwester Rose getragen, und als du hier warst, bist du auch schon wieder zu dir gekommen.«

»Ich habe diese Stimme wieder gehört«, erzählte ich Emma. »Da loggt sich einer in meine Gedanken ein und erzählt mir, dass ich ihm gehöre, dass er mich liebt und ewig auf mich gewartet hat und so was. Heute hat er mir gesagt, dass er mit mir auf dem Ball tanzen wird.«

»Das ist ja voll romantisch«, fand Emma mit schwärmerischem Blick aus dem Fenster. »Warum passiert mir nie so etwas Abgefahrenes?«

»Also ich find's gruselig«, sagte ich.

»Was glaubst du, wer dahintersteckt?«, fragte Emma.

»Wenn ich das mal wüsste.«

Fluch

Substantiv [der]

Ein Fluch wird ausgesprochen, wenn einer Person geschadet (Unheil gebracht), sie zur Einsicht gezwungen oder etwas vor ihr geschützt werden soll. Auf zumeist ritualisierte oder magische Weise wird der Spruch angebracht, wobei die zu verfluchende Person nicht anwesend sein muss.

24.

Erst gegen Morgen war ich in einen tiefen Schlaf gefallen, aus dem mich laut hämmernde Schritte auf dem Flur aufweckten. Die Krankenzimmertür flog mit einem Knall auf und Tante Phoebe kam ins Zimmer gerauscht.

»Du ziehst dich jetzt sofort an und kommst mit nach Hause. Ich habe deine Koffer schon gepackt, wir reisen heute noch ab.«

»Wir reisen ab? Wohin denn? Das geht nicht. Ich muss doch zur Schule«, stammelte ich schlaftrunken und setzte mich auf die Bettkante.

»In eine Schule, die dich umbringen wird? Nur über meine Leiche«, zischte Tante Phoebe und warf meine Kleidungsstücke aufs Bett. »Zieh dich an, June. Wir müssen uns beeilen. Der Bus fährt in fünfunddreißig Minuten.«

Ich betastete das Pflaster an meiner Stirn. Zum Glück brummte und schmerzte mein Kopf nicht mehr und die Übelkeit war verflogen. Draußen liefen die Internatsschüler über den Rasen zum Hauptportal, es musste also kurz vor halb neun sein.

Ich hatte gerade vorsichtig meinen Pullover über die pochende Wunde an der Stirn gezogen, als ich das Klappern von Geschirr hörte. Die Zimmertür wurde geöffnet und Schwester Rose blieb erstaunt im Türrahmen stehen.

»Was tun Sie denn schon so früh hier, Mrs Adams?«, fragte sie und brachte mir ein Tablett ans Bett mit Toast, Marmelade, Ei, Tee, ja sogar meine geliebten Scones, bei deren Anblick mein Magen laut knurrte.

»Meine Nichte abholen.«

»Um Himmels willen«, sagte Schwester Rose erschrocken. »Sie hat noch nicht einmal gefrühstückt und außerdem wird Dr. Benson sie erst noch untersuchen wollen. Darf ich Ihnen vielleicht so lange auch eine Tasse Kaffee oder Tee anbieten?«

»Auf gar keinen Fall wirst du nun anfangen zu essen«, zischte Tante Phoebe, nahm mir den Scone aus der Hand und warf ihn zurück aufs Tablett. Und an Schwester Rose gewandt sagte sie: »Wir werden weder aufs Frühstück noch auf Ihren Dr. Benson warten. Unser Bus nach London geht in einer halben Stunde.«

Schwester Rose war erschrocken zusammengezuckt und starrte Tante Phoebe an, als hätte sie nicht mehr alle Tassen im Schrank. »Aber was wollen Sie denn in London? Ihre Nichte ist gestern Abend gestürzt und hat eine Platzwunde an der Stirn. Es ist nicht ausgeschlossen, dass sie eine leichte Gehirnerschütterung hat. Da können Sie sie doch nicht einfach in einen Bus verfrachten und auf eine Reise nach London schicken.«

Sie schob mir das Tablett wieder näher heran und schenkte mir Tee ein.

Ich sah mit offenem Mund zwischen Tante Phoebe und Schwester Rose hin und her.

»Es tut mir sehr leid, Mrs Adams. Aber Sie werden Ihre Reisepläne verschieben müssen. Wenigstens für den Augenblick. Ihre Nichte liegt Ihnen doch am Herzen und Sie wollen sich sicherlich keine Vorwürfe machen müssen, wenn ihr irgendetwas zustößt.«

Tante Phoebe bedachte Schwester Rose mit einem misstrauischen Blick, gab sich aber dennoch geschlagen und setzte sich in den Besuchersessel, in dem am Abend zuvor noch der Earl of Gilligan gesessen hatte. Und eben dieser lief gerade mit weit ausholenden Schritten über den Rasen zum Schulportal.

Schwester Rose hatte sich offenbar entschieden, dass es besser war, in der Nähe zu bleiben, und ließ sich ebenfalls in einen Sessel fallen.

Wie ein Wachhund, dachte ich grinsend.

»Also schön«, sagte Tante Phoebe nach einer Weile, in der sie fieberhaft nachgedacht hatte (was ich immer daran erkannte, dass sie sich das Kinn rieb). »Dann bringen Sie mir eben einen Tee. Grün, lose Blätter mit 75 Grad heißem Wasser aufgegossen«, bestellte sie und fügte ein leises und würdevolles »Bitte!« hinzu. Tante Phoebe führte etwas im Schilde. Sie guckte zwar todernst und ergeben, aber ich sah das abenteuerliche Flackern in ihren Augen. Spätestens als sie sagte: »Ach, und legen Sie einen dieser Scones dazu. Mit etwas Ingwer-Gelee«, hatte sie es übertrieben und ich wusste, dass ich recht hatte.

Doch auch Schwester Rose hatte wohl diesen Verdacht, denn sie zog ein Handy aus der Tasche ihrer weißen, spitzenbesetzten Kittelschürze und wählte eine Nummer.

»Ja, Edward?«, sagte sie nach ein paar Sekunden ins

Telefon und rückte dabei ihr Spitzenhäubchen zurecht, als könne Edward sie am anderen Ende sehen. »Bitte einmal grünen Tee, lose, mit 75 Grad heißem Wasser aufgegossen und einen Scone mit Ingwer-Gelee ins Krankenzimmer Nummer 03.«

Beim Anblick von Tante Phoebes verdutztem Gesicht und Schwester Roses triumphierendem Lächeln musste ich schmunzeln. Doch das Gefühl wich schnell einem anderen. Auf dem Weg zur Schule schlenderten nämlich Jacob, Liam und Rodney zum Hauptportal und führten offenbar eine heftige Diskussion. Immer wieder blieben sie stehen, gestikulierten wild und plötzlich stürmte Jacob auf Rodney zu, als wolle er ihn angreifen. Mein Herz setzte beinahe aus. Was war denn in Jacob gefahren? Zum Glück war Liam dazwischengegangen und zog die beiden sich immer noch anschreienden Jungs mit zum Portal.

»Was ist denn da draußen los?«, fragte der Earl of Gilligan mit tiefer Stimme, der unbemerkt in der weit offen stehenden Tür aufgetaucht war.

»Ach«, sagte Schwester Rose gutmütig. »Guten Morgen, Sir. Das ist nur eine übliche Jungenkeilerei, wenn Sie mich fragen. Es geht bestimmt um ein Mädchen. In dem Alter geht's immer um ein Mädchen, wenn sie sich prügeln.«

Ein beklemmendes Gefühl machte sich in meiner Brust breit. Hoffentlich war nicht ich dieses Mädchen … Doch im nächsten Moment musste ich über mich selbst lachen. Als ob sich zwei Jungs um mich prügeln würden.

»Wenn die Damen bitte so gut wären, uns für einen Augenblick zu entschuldigen? Ich möchte ein paar Worte mit Miss Adams unter vier Augen sprechen«, sagte der Earl of Gilligan und warf Tante Phoebe und Schwester Rose einen auffordernden Blick zu.

»Selbstverständlich.« Schwester Rose stand augenblicklich auf, doch Tante Phoebe weigerte sich. »Rede nur, William«, antwortete sie großspurig. »Meine Nichte hat keine Geheimnisse vor mir.«

»Phoebe Adams«, sagte der Earl of Gilligan streng und drehte sich langsam zu Tante Phoebe um, die sich im Besuchersessel mit verschränkten Armen zurückgelehnt hatte und den Earl über den Rand ihrer goldenen Brille herausfordernd ansah. »Das, was ich deiner Nichte zu sagen habe, ist nur für ihre Ohren bestimmt. Es ist ein Geheimnis. Etwas, das ich niemandem sonst erzählen darf. Und deiner Nichte auch nicht. Komm also auf keinen Fall auf die Idee, sie auszufragen. Sie darf dir nichts erzählen. Bei ihrem Leben nicht. Hast du das verstanden?«

»Was soll das werden?«, fragte Tante Phoebe lächelnd und erhob sich aus ihrem Sessel. »Märchenstunde mit Onkel Earl?« Sie tippte dem Earl bei jedem Wort auf die Brust. »Was ich wissen will, kriege ich heraus, Sir William, Earl of Gilligan. So oder so.«

»Dann ist es für dich doch wirklich kein Problem, uns einen klitzekleinen Augenblick zu entschuldigen«, sagte der Earl mit einem angedeuteten Lächeln und zeigte zur Zimmertür, durch die Schwester Rose schon verschwunden war.

»Bitte, Tante Phoebe«, drängelte ich. Wie lange wollten sie mich denn noch auf die Folter spannen? Der Earl machte es aber auch wirklich spannend. Was er mir wohl Geheimnisvolles zu sagen hatte?

Es kostete Tante Phoebe einiges an Überwindung, den Earl mit mir allein zu lassen. Als die Tür hinter ihr ins Schloss fiel, deutete Sir William auf die beiden Sessel und wartete, bis ich mich gesetzt hatte, erst dann nahm auch er Platz. (Herrlich, ein Gentleman durch und durch würde Tante Phoebe sagen. Vielleicht nicht in ihrer jetzigen Stimmung, aber sonst.)

»Du wirst verstehen, dass ich nur flüstern kann«, sagte der Earl leise und strich sich über sein perfekt gekämmtes Haar mit dem schnurgeraden Seitenscheitel. Der Siegelring funkelte an seiner linken Hand. »Ich könnte all mein Hab und Gut verwetten, dass deine Tante hinter der Tür steht und lauscht.« Er lächelte kurz.

»Sir? Was ist es, das Sie mir sagen müssen?«, fragte ich ungeduldig. »Hat es etwas mit meinem Sturz zu tun? Mit der alten Legende? Mit dem Ungeheuer von Mortlock Park? Vielleicht mit meinem Stipendium?«

»Kind, Kind, Kind.« Der Earl legte seinen Zeigefinger an die Lippen. »Nicht so laut.« Er stand auf und schlich zur Tür. Mit einem Ruck riss er sie auf und stand Auge in Auge mit Tante Phoebe.

»Na schön, na schön«, beschwichtigte Tante Phoebe, sie hob ertappt ihre Arme und ging davon.

Der Earl schloss die Tür und flüsterte: »Ich kann nicht leugnen, dass es möglicherweise eine Verbindung gibt. Es ist nämlich so, dass du nicht zufällig unsere Stipendiatin bist, Juniper Adams.«

»Ach wirklich?« Um mir das zu sagen, musste er doch wirklich nicht Tante Phoebe rauswerfen. »Ich bin Klassenbeste, was ich aber niemandem sagen darf.«

»Richtig. So steht es im Vertrag.« Der Earl sah mich nachdenklich an. »Und dieser Vertrag ist keine Erfindung von mir oder deinem Schulleiter Mr Richmond, sondern eine uralte Tradition aus dem Jahre 1408.«

»Wow«, wisperte ich. »So lange gibt es hier schon Stipendiaten?«

»Seit über sechshundert Jahren. Nie, niemals wurde ihre Identität preisgegeben und die Wise-Fellows-Stiftung, in Zusammenarbeit mit der Guild of the Wise Fellows, wird alles daran setzen, dass es auch für dich so bleibt. Aber …«

»Aber?«, fragte ich neugierig. Warum tat er denn nur so schrecklich geheimnisvoll?

»Es scheint, als läge auf den Stipendiaten ein Fluch, Miss Juniper.«

Ich sah den Earl überrascht an. Waren denn jetzt alle verrückt geworden? »Was denn für ein Fluch?«

»Pssst, bitte, Miss Juniper«, der Earl zeigte erneut auf die Tür. »Sie wird dich keine Sekunde länger hier zur Schule gehen lassen, wenn sie meine Bedenken kennt.«

»Vielleicht *möchte* ich auch gar keine Sekunde mehr hierbleiben, wenn ich Ihre Bedenken kenne? Hat darüber mal jemand nachgedacht?«, fragte ich aufgebracht.

»Es ist so …«, der Earl rang nach Worten. »Irgendwie sind es immer die Stipendiaten gewesen, die in der Geschichte von Saint Gilberts auf unerklärliche Weise verschwanden.«

Okay, jetzt war ich es, die nach Worten rang. »Ja, aber, aber, das ist ja, das bedeutet …«

»Das bedeutet, dass du in Gefahr sein könntest, Juniper Adams.« Der Earl wisperte die Worte so leise, dass ich nicht sicher war, ob er sie wirklich gesagt hatte oder ob ich mir selbst die Antwort gegeben hatte. »Du und …«

»Rodney«, flüsterte ich nickend.

Der Earl sah mich ausdruckslos an.

»Oh, ich hab's erraten, ehrlich jetzt. Rodney hat dichtgehalten«, versicherte ich schnell. »Glauben Sie, dass die Stipendiaten umgebracht wurden?«, fragte ich mit Schaudern.

»Nein. Das glaube ich nicht. Man hat nie auch nur einen einzigen Blutstropfen, einen Hinweis oder gar eine Leiche gefunden«, sagte der Earl bestimmt und mit fester Stimme. Er stand auf und stellte sich ans Fenster. »Es muss ein anderes Geheimnis dahinterstecken.«

»Diese Guild of the …«

»Wise Fellows«, ergänzte der Earl und setzte sich wieder. »Eine Zunft von klugen Menschen, die sich im Jahr 1408 gegründet hat. Zu jener Zeit gab es viele Gilden und Zünfte. Zumeist haben Handwerker sie gegründet, Steinmetze zum Beispiel. Man wollte ein gemeinsames Regelwerk aufstellen, eine Art Ehrenkodex für die Berufsgruppe, der auch die Ausbildung von Lehrlingen regelt. Zu jener Zeit gab es noch keine Gerichte, die bei Rechtsstreitigkeiten für Gerechtigkeit sorgten.«

»Und die Guild of the Wise Fellows?«, fragte ich und überlegte fieberhaft, an was mich das erinnerte.

»Es gab neben den Handwerkervereinigungen eben auch eine geheime Zunft von weisen Männern. Diese Männer waren Erfinder, Historiker, Gelehrte, Schriftsteller und es hält sich das Gerücht, dass auch Magier unter ihnen waren. Sie trafen sich ein Mal im Jahr, immer am 14. Februar, in der großen Gebetshalle der Bibliothek im Kloster Saint Gilberts, hier draußen in den Mortlock Hills. Dieser Treffpunkt hatte vielerlei Bedeutungen. Erstens liegt er exakt fünfundzwanzig Meilen südlich von London, gemessen von der Turmspitze des Towers of London bis zur Mitte der großen Gebetshalle. Zweitens verfügte Saint Gilberts über eine exzellente Schreibstube, die für die Weisen von großem Nutzen gewesen sein muss. Drittens hegte in der spärlichen Landbevölkerung in den Mortlock Hills niemand Verdacht, wenn sich in den Hügeln Südenglands berühmte Männer versammelten und viertens war der damalige Klostervorsteher, Sir Henley Blake, der Gründer der Guild of the Wise Fellows.«

Der Earl stand auf und knöpfte sein kariertes Sakko zu.

»Ja und jetzt?«, fragte ich perplex.

»Wie?«

»Warum haben Sie mir das alles erzählt?«

»Ach«, sagte der Earl und zog die Augenbrauen hoch. »Haben wir uns nicht verstanden? Ich möchte, dass Sie sich auf Ihr Stipendium konzentrieren, und zwar nur auf das. Ihre Identität als Stipendiatin *muss* geheim bleiben. Ich erinnere an Paragraf 14 des Stipendiatenvertrags und an Ihre Mitwirkungspflicht. Keine Alleingänge mehr, besonders nicht in den Mortlock Park. Keine Verabredungen mehr, vor allem nicht mit Jungs.«

»Und der Michaelmas-Ball?«, fragte ich flüsternd und kämpfte gegen die aufsteigenden Tränen an. Die Blöße, nun vor dem Earl loszuheulen, würde ich mir nicht geben.

»Wird auch im nächsten Jahr wieder stattfinden. Dann vielleicht auch mit Ihnen, Miss Juniper.«

Ich muss ungefähr so geguckt haben wie Cinderella, als die böse Stiefmutter ihr die Erbsen und Linsen in die Asche geschüttet hat, denn der Earl lächelte mich nach dieser Ankündigung nun gutmütig an. »Keine Angst, Miss Juniper. Wenn Sie sich an die Regeln halten, wird Ihnen nichts geschehen. Glauben Sie mir, es ist nur zu Ihrem Schutz.«

Eine Zunft von Weisen trägt das Wissen der Welt.
Tausende Erfinder und Gelehrte sie zählt.
Einmal im Jahr begeben sie sich auf Reisen,
Am St. Valentinstag, denn so ist es Sitte,
und wählen per Zufall aus ihrer Mitte
hoch auf Saint Gilberts ihren Rat der Weisen.

aus: »Rabenherz«, Die Prophezeiung, Erster Teil,
Sir Henley Blake

25.

Das meiste von dem, was der Earl dir erzählt hat, habe ich auch so schon gewusst«, sagte Tante Phoebe auf dem Weg nach Hause. Mr Mo fuhr uns und sah Tante Phoebe immer wieder im Rückspiegel an. Sagen durfte er natürlich nichts, aber seine Blicke sprachen Bände.

Darauf fiel ich natürlich nicht herein. Tante Phoebe war ganz ausgezeichnet im Aushorchen.

»Na prima!«, sagte ich daher nur. »Dann muss ich ja gar nichts erzählen.«

»June«, zischte Tante Phoebe. »Das kann ja wohl nicht wahr sein, dass du ausgerechnet jetzt deine Gedanken verschließt, als wären sie der Hochsicherheitstrakt von Scotland Yard. Raus mit der Sprache. Was ist das große Geheimnis?«

Wir fuhren durch Mortlock Park und ich fror, obwohl die Sonne warm durch die Blätter der Bäume schien.

»Ganz ehrlich?«, fragte ich müde und stützte meinen Kopf in meiner Hand auf. »Ich hab's auch nicht verstanden. Vielleicht solltest du deine Karten befragen.«

»Ein Rätsel?« Tante Phoebe horchte auf.

»Sozusagen«, flüsterte ich, denn meine eigene Stimme hämmerte in meinem Kopf. »Und im Grunde hast du recht. Der Earl hat mir nichts wirklich Neues erzählt. Das meiste davon weißt du auch. Ehrlich.«

So leicht ließ Tante Phoebe sich natürlich nicht abspeisen. Den ganzen Vormittag über kam sie immer wieder in mein Zimmer. Mal wollte sie sich erkundigen, ob ich etwas essen wollte, ein anderes Mal brachte sie mir eine Wärmflasche und einen Tee. Und jedes Mal setzte sie sich kurz auf meine Bettkante und fragte wie beiläufig: »Willst du es mir nicht besser erzählen?«

Als Dad mittags nach Hause kam, fing Tante Phoebe ihn auf der Treppe ab. »Hör zu, Tom. Der Earl war bei June im Krankenzimmer. Heute Morgen. Er hat beinahe einen Staatsakt daraus gemacht. Ein Geheimnis wollte er ihr anvertrauen. So was kannst du als Vater doch nicht erlauben. Ich denke, du gehst am besten gleich zu ihr und fragst sie.«

Tatsächlich kam Dad zu mir und freute sich, dass es mir schon deutlich besser ging. »Emma kommt gleich vorbei, soll ich dir ausrichten.« Er deutete auf das Pflaster auf meiner Stirn. »Tut es noch sehr weh?«

»Nein«, log ich.

»Meinst du, dass du aufstehen kannst?«

»Klar!« Ich sprang aus dem Bett, vielleicht ein bisschen zu schnell, denn sogleich wurde mir wieder schwindelig.

»Ich möchte auf jeden Fall, dass Dr. Parker dich noch einmal gründlich untersucht, June«, forderte Dad mit besorgtem Blick. Ich kannte diesen Blick nur zu gut. Seit Mums Tod hatte er ihn drauf, wann immer ich krank war. Ob es nun ein Schnupfen, eine Magen-Darm-Grippe oder die Windpocken waren.

»Dad, mach dir doch keine Sorgen«, sagte ich daher schnell. »Ich bin gestern ausgerutscht und gefallen. Das ist alles.«

»Das sieht Tante Phoebe aber ganz anders.« Dad schüttelte den Kopf und sah aus dem Fenster. »Sie sagt, der Earl of Gilligan hat dich im Krankenzimmer besucht?«

»Ja«, gestand ich. »Hat er. Er hat mir von der Geschichte meines Stipendiums erzählt und ich muss es für mich behalten, Dad.«

»Nun«, meinte er und blickte über die Dächer von Little Lixton. »Der Earl of Gilligan ist ein ehrbarer Mann. Er wird nichts tun, um dir zu schaden.«

»Nein, Dad«, versicherte ich ihm. Nein, das nun wirklich nicht. Im Gegenteil, fügte ich in Gedanken hinzu. Der Earl of Gilligan war dabei, mir den ganzen Spaß zu nehmen.

Nach dem Mittagessen, bei dem Tante Phoebe nichts aß und Dad stattdessen mit zusammengekniffenen Lippen anstarrte, weil er entschieden hatte, dass ich auf Saint Gilberts bleiben würde, duschte ich erst einmal ausgiebig. Schon allein der Gedanke, dass ich auf Pater Timothys Grab gelegen hatte, ließ mich immer wieder vor Ekel nach der Seife greifen.

»Herzlichen Glückwunsch, Juniper Adams«, flüsterte ich in ein großes Handtuch gewickelt meinem Spiegelbild zu. »Sie haben das große Los gezogen. Ein Stipendium an der berühmten Saint Gilberts High School und ein Leben als Nonne.« Das Pflaster hatte sich gelöst und ich fand, dass die Wunde mit Pflaster viel zu dramatisch aussah. Wenn ich meine Haare darüber hängen ließ, konnte man die Schramme kaum sehen.

Tante Phoebe musterte mich kritisch, als ich wenig später in meinen Lieblingsjeans die Treppe hinunterkam.

»Solltest du nicht noch im Bett bleiben?«, fragte sie besorgt und warf einen prüfenden Blick auf meine Wunde. »Es scheint ja zum Glück glimpflich für dich gelaufen zu sein.«

»Ja, darum werde ich auch morgen wieder zur Schule gehen«, verkündete ich und legte meine Hefte auf den Esstisch.

Ich hatte mir vorgenommen, meine Hausaufgabe in Englischer Literatur zu erledigen. Doch als ich *Rabenherz* aufschlug, traf mich beinahe der Schlag. Ich war ja so dämlich. Wie hatte ich das nur übersehen können? War mir nicht die ganze Zeit so gewesen, als hätte ich von der Guild of the Wise Fellows schon gehört? Hier stand es, schwarz auf weiß. Die Prophezeiung begann genau damit.

Eine Zunft von Weisen trägt das Wissen der Welt.
Tausende Erfinder und Gelehrte sie zählt.
Einmal im Jahr begeben sie sich auf Reisen,
Am St. Valentinstag, denn so ist es Sitte,
und wählen per Zufall aus ihrer Mitte
hoch auf Saint Gilberts den Rat der Weisen.

Die Schelle an der Ladentür klingelte und ich sah abwesend auf. Für Emma war es noch viel zu früh.

Tante Phoebe warf ihr Strickzeug auf den Tisch und ging nach vorne in den Laden.

In Windeseile warf ich meine Hefte auf die Prophezeiung, als ich Tante Phoebe »Mr Winston?« sagen hörte.

»Ja, guten Tag, Mrs Adams. Schwester Rose erzählte mir, dass Juniper das Krankenzimmer heute Morgen schon verlassen durfte. Ich wollte mich nur kurz nach ihr erkundigen. Irgendwie ist ja alles meine Schuld.«

»Ihre Schuld?«, fragte Tante Phoebe verständnislos. »Wie kommen Sie denn darauf?«

»Nun ja. Wenn ich nicht diese Idee mit der Exkursion in den Mortlock Park gehabt hätte …«

»Das ist ja Unsinn!«, rief Tante Phoebe. »Kommen Sie, kommen Sie! June sitzt hier unten mal wieder über dieser alten Schrift und brütet.«

»Juniper«, stieß Mr Winston erleichtert aus, als er mich sah.

»Setzen Sie sich, ich mache Tee.« So, wie Tante Phoebe das sagte, war Widerstand zwecklos und Mr Winston schien auch nichts gegen ein Tässchen Tee einzuwenden zu haben. Er schlüpfte aus seinem Parka und ließ sich auf einen Stuhl an unserem Esstisch fallen.

Als Tante Phoebe in der Küche verschwunden war, flüsterte Mr Winston: »Sie haben die Exkursionen in den Mortlock Park gestrichen.«

»Was?«, fragte ich erschrocken. »Etwa wegen mir?«

»Das haben sie so nicht gesagt. Vermutlich eher wegen des ganzen Durcheinanders, nachdem du gestürzt warst.«

Ich seufzte.

Mr Winston fuhr sich übers Gesicht. »Dank Rachels

hysterischem Anfall sind alle einfach davongerannt. In alle Himmelsrichtungen.«

»In alle Himmelsrichtungen?«, fragte ich und horchte auf. »Nicht zur Schule?«

»Leider nicht«, bestätigte Mr Winston. »Jacob und Rodney zum Beispiel waren eine ganze Weile verschwunden. Sie kennen sich ja hier in der Gegend überhaupt noch nicht aus. Ich hab den ganzen Mortlock Park nach ihnen abgesucht. Irgendwann ist Jacob im Jungenwohnheim wieder aufgetaucht. Und Rodney war bis zu seinem Onkel in den Mortlock Hills gelaufen, wo er ja auch wohnt. Was da alles hätte passieren können.«

»Das darf ich mir gar nicht vorstellen«, murmelte Tante Phoebe und stellte eine Kanne Tee und Tassen auf den Tisch.

»Ich auch nicht«, flüsterte Mr Winston und ich fand, dass er recht blass um die Nase wirkte. »Jedenfalls waren heute Morgen alle wieder da. Und ich bin sehr erleichtert, dass es auch dir besser zu gehen scheint.« Er schaute mich prüfend an.

»Alles in Ordnung. Wirklich. Wegen mir müssen die Exkursionen nicht gestrichen werden. Soll ich mal mit Mr Richmond sprechen?«, fragte ich hoffnungsvoll.

»Das wird nichts bringen. Mr Richmond war furchtbar aufgebracht gestern Abend, denn der Erste Vorsitzende der Wise-Fellows-Stiftung hat ihm wohl mit Schulschließung gedroht, falls es noch einmal genehmigte Exkursionen in den Mortlock Park geben sollte.«

»Der Earl?«, fragten Tante Phoebe und ich wie aus einem Munde.

»Der Earl«, bestätigte Mr Winston seufzend und warf einen Kandis nach dem anderen in seinen Tee.

Als es das nächste Mal im Laden klingelte, fragte ich Mr Winston: »Und was ist nun mit der Geistersuche im Park?«

»Gestorben. Jedenfalls für euch«, sagte Mr Winston geheimnisvoll.

»Sie wollen weitersuchen?«, fragte ich leise, denn es war besser, wenn Tante Phoebe das nicht wusste.

»Selbstverständlich.« Mr Winston nickte heftig. »Ich bin einem Komplott auf der Schliche. Irgendwas wird hier vertuscht. Warum bist du eigentlich ohnmächtig geworden, Juniper? Vielleicht ist das der Schlüssel zu allem.«

»Mir war auf einmal schwindelig …«

»Juniper Adams«, zischte Mr Winston. »Bitte versuche dich genau an das zu erinnern, was gestern auf dem Friedhof zur Dämmerung passiert ist.«

»Was soll denn passiert sein?«, fragte Emma, die im Türrahmen stehen geblieben war.

»Die Exkursionen in den Mortlock Park sind gestrichen«, berichtete Mr Winston und nickte Emma zur Begrüßung zu.

»Hey, Mr Winston«, grüßte sie unseren Lehrer.

»Mr Winston«, sagte ich und sah ihn bettelnd an. »Sie kennen doch die Regel, dass eine Lehrperson aus wichtigem Grund Schüler mit in den Mortlock Park nehmen darf?«

Mr Winston nippte am Tee und nickte. »Sicher. Aber nenn mir einen triftigen Grund.«

»Solche Gründe finden sich immer«, versicherte Emma. »Vorausgesetzt, man wird danach gefragt.«

»Eben«, pflichtete ich ihr bei. »Und ich finde, dass ich mitkommen muss, denn ich habe bereits einen Geist in Mortlock Park gesehen. Vor ein paar Tagen erst. Und zwar nicht nur als weißen Nebel.«

Raben haben eine ganz besondere Magie. Sie sind perfekte Stimmenimitatoren, sie haben Geheimverstecke, an die sie sich Zeit ihres Lebens erinnern, und sie können Werkzeuge benutzen (z.B. einen Stein, um eine Nussschale zu knacken). Ein Rabe ist allen anderen gefiederten Genossen um Längen voraus.

aus: »Die Intelligenz der Raben«
Sir William, Earl of Gilligan

26.

Ein leises Klopfen weckte mich mitten in der Nacht. Ich zog die Bettdecke bis über die Ohren, doch ich konnte nicht wieder einschlafen. Immerzu lauschte ich auf das Klackern. Vielleicht die Heizung, dachte ich und stand auf, um sie etwas herunterzudrehen.

Über Little Lixton lag tiefschwarz die Nacht. Die Uhr am Kirchturm zeigte kurz vor vier, das Licht der Straßenlaternen brannte auf Sparflamme. Ich lehnte meine schmerzende Stirn an die kühle Fensterscheibe und meinte für einen Moment, dass ich unten auf der Straße einen Schatten gesehen hatte. Ich wollte gerade das Fenster öffnen, um den Gehweg besser sehen zu können, als etwas Schwarzes auf dem Sims direkt vor meinem Fenster landete. Ich zuckte zurück und mein Herz pochte wie wild. Zuerst sah ich einen langen, glänzenden Schnabel in einem Wust aus schwarzen Federn.

Es war der Rabe, der große Kolkrabe von neulich nachts, der jetzt mit einem lauten Klackern an meine Fensterscheibe polterte.

»Ksch, ksch«, machte ich panisch und klopfte mit den Fingerspitzen gegen die Fensterscheibe, um ihn zu verscheuchen. Doch der Rabe sah mich ungerührt an. Der Blick aus seinen schwarzen Augen, in denen sich das Licht meiner Nachttischlampe spiegelte, kam mir sonderbar vertraut vor. Diesen Blick kannte ich. Aber woher nur?

Unsinn, das konnte gar nicht sein. Ich wurde wohl langsam wirklich zu sensibel. Das war ein Rabe. Ein unbedeutender Rabe, wie sie zu Tausenden in großen Schwärmen hier in den Wäldern der Mortlock Hills lebten. Sicher hatte er sich mit seiner nächtlichen Beute auf meinen Fenstersims verzogen und wollte ungestört sein. Ich schloss die Vorhänge, löschte das Licht und legte mich zurück ins Bett. Meine Zähne klapperten. Ein bisschen vor Kälte, doch am meisten vor Angst. Es dauerte noch eine ganze Weile, bis das Klackern an meiner Fensterscheibe verstummte.

»Was steht denn nun in diesem Brief?«, fragte Emma am Morgen, als wir auf dem Weg zu Mrs Stirlings Tanzunterricht waren.

Ich zog den gefütterten Briefumschlag, den jemand heute Nacht hinter den Türknauf unserer Ladentür gesteckt hatte, aus meiner Schultasche.

An Miss Juniper Adams, Zimmer über dem Buchshop, Little Lixton, England – persönlich und vertraulich! stand darauf, als wollte der Absender ganz sichergehen, dass ich den Brief auch wirklich bekam.

»Wieso machst du ihn nicht einfach auf?«, fragte Emma ungeduldig. »Also ehrlich, deine Ruhe möchte ich haben.«

»Ganz bestimmt ist die Nachricht darin geheim, Emma. Tante Phoebe war auch schon so neugierig. Aber wenn hier extra persönlich und vertraulich draufsteht?«

»Schön. Dann ist die Nachricht eben geheim«, sagte Emma eingeschnappt. »Fragt sich trotzdem, wann du vorhast, diesen Brief zu öffnen? Und außerdem: Wann hast du jemals ein Geheimnis vor mir gehabt? Spann mich einfach nicht länger auf die Folter. Wenn du dich nicht traust, mach ich ihn jetzt für dich auf«, schimpfte sie und schnappte mir den Brief aus der Hand. Sie riss ihn auf und zu Boden fiel laut klappernd ein Schlüssel.

»Emma«, sagte ich zornig und nahm ihr den Briefumschlag ab. »Siehst du? Jetzt gucken alle!«

Emma hatte den Schlüssel aufgehoben und betrachtete ihn interessiert. »Guck mal, June. Ist der nicht hübsch? Mit zwei ausgestellten Flügeln am Griff.«

Tatsächlich hatte ich einen so schönen und dazu alten Schlüssel noch nie gesehen. »Aber noch spannender ist die Frage, zu welcher Tür dieser Schlüssel gehört.«

»Lies doch mal den Brief«, forderte Emma mich auf und deutete auf den Umschlag.

Als ich das Kuvert untersuchte, stöhnte Emma. »Manchmal frage ich mich wirklich, warum all die schrägen Dinge dir passieren und nicht mir.«

»Uns«, flüsterte ich und vernahm im Flur hinter mir Rachels hysterisches Lachen, das aber offenbar einem Witz von Liam galt.

Mit fliegenden Fingern steckte ich den Schlüssel zurück in den Umschlag, als ich Jacobs Stimme neben mir fragen hörte: »Geheimnisse, June?«

Rachel lachte noch einmal laut und hysterisch. »Sicher heckt sie die nächste Überraschung aus. Alles für Mr Winston, nicht wahr, June? Man munkelt, dass er bei euch zu Hause ein- und ausgeht. Sicher plant ihr schon den Michaelmas-Ball. Hat er dich denn bereits eingeladen?«

Mir schoss vor Zorn die Röte ins Gesicht und mir war klar, dass alle anderen es als Schamesröte einstufen würden. Noch vor dem Läuten der Schulglocke zum Mittagessen würde das Gerücht, dass Juniper Adams in Mr Winston verknallt war, die Runde gemacht haben. Ich musste also etwas tun, um dieses Gerücht zu stoppen. Und zwar jetzt. Ich überlegte fieberhaft, aber als ich Jacobs zornigen Blick sah, vergaß ich alles. Er glaubte Rachel doch nicht etwa?

Jacob nickte Liam und Rodney zu und ließ uns einfach so stehen. Es war zum Heulen. Ausgerechnet jetzt, wo Jacob so kurz davor gewesen war, mich zum Michaelmas-Ball einzuladen. (Ich hatte es schon seit Tagen im Gefühl.) Und da kam mir die Idee.

»Hör zu, Rachel«, sagte ich so laut, dass alle es hören konnten. Besonders aber Jacob. »Es ist sehr reizend von dir, dass du dir Gedanken um meine Verabredungen machst, aber ich muss dich enttäuschen, denn ich gehe schon mit Jacob Morris zum Michaelmas-Ball.«

Emma neben mir schnappte nach Luft und gab danach nur noch ein leises Pfeifen von sich.

Rachel riss ihre Augen weit auf und drehte sich zu Jacob herum.

Und Jacob?

Wie in Zeitlupe verlangsamte er seine Schritte, wandte sich zu mir um und sah mich quer durch den Flur überrascht an. Nicht nur er. Auch Rodney und Liam blickten äußerst überrascht drein.

Mit wenigen Schritten kam Jacob zurück und gerade, als er etwas sagen wollte, rief Mrs Stirling: »Wer bei drei nicht im Tanzsaal ist, kann den Michaelmas-Ball vergessen.«

Rachel bedachte mich mit giftigen Blicken, doch ich hatte größere Sorgen. Ich musste nun mit Jacob tanzen und der guckte mich nicht gerade freundlich an.

»Hör mir bitte kurz zu«, flüsterte ich leise. »Es tut mir leid, dass ich dich da mit reingezogen habe. Ich werde mir etwas ausdenken, wie wir aus der Nummer mit dem Michaelmas-Ball wieder rauskommen. Versprochen. Wenn du lieber mit Rachel Howards zum Ball gehen willst, dann …«

»Hat dir schon mal jemand gesagt, dass du zu viel redest?«, fragte Jacob und seine Augen funkelten, als er mit seiner linken Hand meine rechte umschlang.

»Und der Herr geht vor, seit, seit, ran. Und die Dame geht rück, seit, seit, ran …«, rief Mrs Stirling und sah uns beim langsamen Walzer zu.

»Nein«, wisperte ich.

»Das dachte ich mir«, flüsterte Jacob. »Verrätst du mir, was das für ein Brief war, um den du so ein Geheimnis machst?«

»Ich, ich …«

Oh nein. Verdammt. Ich hätte Jacob alles erzählt. Meine Lieblingsfilme, meine Lieblingsbands, ja sogar meinen ersten Kuss (es war in der dritten Klasse gewesen und eigentlich zählte es nicht richtig als Kuss, denn es hatte sich hinterher herausgestellt, dass John mich nur flüchtig geküsst hatte, weil er eine Wette verloren hatte) hätte ich ihm gestanden.

Jacob fasste mein Schweigen offenbar als Bestätigung dafür auf, dass Rachel recht haben könnte und dass der Brief von Mr Winston war, denn er presste seine Lippen aufeinander und funkelte mich wütend an.

»Ich darf es nicht erzählen«, flüsterte ich und Tränen schossen mir heiß in die Augen.

»Du willst mit mir auf den Michaelmas-Ball gehen? Du willst mit mir befreundet sein und kannst mir so eine einfache Antwort nicht geben?«, fragte Jacob aufgebracht. »Was immer du zu verheimlichen hast – ob es etwas mit Mr Winston zu tun hat oder nicht – ich will es nicht mehr wissen. Freundschaft ist Vertrauen, Juniper Adams. Ich pfeife auf deine Einladung zum Ball«, zischte er und ließ mich mitten im Walzer stehen und stürmte aus dem Tanzsaal.

»Oh, arme June«, sagte Rachel spöttisch.

Der Sturm

Es hat sich was zusammengebraut und dann fürchterlich gekracht. Traurig zieht sie sich in ihr Schneckenhaus zurück. Sie will nichts sehen oder hören und erkennt somit auch nicht das Zwinkern in seinen Augen.

aus: »Tarotkarten richtig deuten«, Meister Jadoo

27.

Aus Tante Phoebes Zimmer klang die Anfangsmelodie von *Downton Abbey.* Sie hatte in der kommenden Stunde also Besseres zu tun, als an meiner Zimmertür zu stehen und zu lauschen.

Ich griff nach meinem Handy. Und das war auch höchste Zeit, denn vor mir auf dem Bett lag wieder einmal ein weißer Berg vollgeheulter Taschentücher und ich musste endlich Emma mein Herz ausschütten.

»Und dann hat er gesagt, dass Freundschaft Vertrauen ist und dass ich nicht mit ihm befreundet sein kann, wenn ich Geheimnisse vor ihm habe«, sagte ich und die letzten Worte gingen schon wieder in einem Schluchzen unter.

»Irgendwie hat er da ja auch recht«, sagte Emma zur Krönung und löste damit eine ganze Tränenflut aus. Als ich wieder leiser schniefte, fragte sie: »Was stand denn nun eigentlich in dem Brief?«

Ich zog den Umschlag unter meinem Kopfkissen hervor, den ich bestimmt schon hundert Mal untersucht hatte.

»Da ist kein Brief, Emma.«

»Kein Brief?«

»Nichts. Absolut nichts. Nicht einmal eine klitzekleine Notiz.«

»Das verstehe ich nicht«, meinte Emma nachdenklich. »Wer schickt dir einen Schlüssel und keinen Brief dazu?«

»Ich hab keine Ahnung. Ich weiß nur, dass es ein Umschlag der Wise-Fellows-Stiftung ist.« Erneut drehte ich den Briefumschlag in meinen Händen hin und her und atmete tief ein. »Morgen werde ich in der alten Schreibstube forschen. Ich hab den Verdacht, dass der Alte, der dort immer herumläuft, mit den ganzen Geheimnissen zu tun hat.«

»Welcher Alte? Du sprichst immerzu von einem Alten, den außer dir aber noch keiner gesehen hat«, warf Emma ein. »Das ist schon echt schräg. Aber viel wichtiger ist: Wir müssen uns überlegen, was wir mit Jacob tun. Wir werden ihn auf keinen Fall Rachel überlassen«, flüsterte sie plötzlich. Sicher hatte sie Angst, dass Rachel sich in ihrer Nähe herumtrieb und hörte, was sie sagte. »June, bitte. Hör doch auf zu heulen. Wir brauchen einen kühlen Kopf.«

»Ach, Emma«, schniefte ich ins Telefon. »Du bist die beste, beste Freundin der Welt.«

»Ja, das sagtest du schon. Und genau deshalb werde ich mir einen Plan ausdenken«, versprach Emma. »Du wirst schon sehen. Jacob wird zu dir zurückkehren und dich um Verzeihung bitten. Und dann wird er dich auf den Michaelmas-Ball einladen.«

Wieder schüttelte mich ein Heulkrampf. »Auf den ich ja eigentlich gar nicht gehen darf«, brach es aus mir heraus, als mir die Worte des Earls of Gilligan wieder einfielen.

»Waaas?«, rief Emma ins Telefon. »Wer sagt das?«

»Der Earl of Gilligan«, wisperte ich.

»Aber warum? Warum hat er dir denn den Michaelmas-Ball verboten?«

»Das muss ich dir morgen unter vier Augen erzählen, Emma. Ich hab absolute Schweigepflicht.«

Irgendwann musste Tante Phoebe oder Dad in mein Zimmer gekommen sein und das Licht ausgeschaltet haben, denn als ich am nächsten Morgen wach wurde, war ich zugedeckt und die vollgeheulten Taschentücher waren verschwunden. Ich meinte, dass ich in der Nacht das Klackern am Fenster wieder gehört hatte. Aber vielleicht war das auch nur ein Traum gewesen.

»Liebeskummer?«, fragte Tante Phoebe mitfühlend, als ich am nächsten Morgen die Treppe herunterkam, und nahm mich in den Arm.

Ich musste nichts sagen. Wozu auch? Auf dem Tisch lagen die ausgebreiteten Tarotkarten und oben drauf thronte die Karte der *Gebrochenen Herzen.*

Manchmal war es eben doch sehr praktisch, dass Tante Phoebe die Dinge auch so wusste. Das ersparte viel Gerede.

»Soll ich eine Liebesbeschwörung vornehmen?«, fragte sie lächelnd und klopfte mir aufmunternd auf die Wange.

»Lass mal lieber«, wehrte ich ab. Das fehlte noch, dass Jacob nicht mehr Herr seiner Sinne war und unter dem Einfluss eines Zaubers mit mir zum Ball ging: Bei meinem Glück würde die Magie wahrscheinlich ausgerechnet in dem Moment verfliegen, in dem er mit mir den großen Eröffnungstanz tanzen will.

Dad hatte schon früh das Haus Richtung London zur Universität verlassen und so lief ich zur Haltestelle vor dem *Black Fox*. Mr Winston stand schon dort und wartete auf die Schullimousine. Er sah müde aus, dunkle Ringe lagen unter seinen Augen.

»Juniper«, begrüßte er mich lächelnd, doch es sah gequält aus.

»Geht's Ihnen gut, Mr Winston?«, fragte ich besorgt.

»Ja sicher«, er fuhr sich mit der Hand übers Gesicht. »Nur eine schlaflose Nacht, das ist alles.«

»Sind Sie etwa immer noch auf der Suche nach den Geistern?«

Mr Winston sah an mir vorbei und rief: »Da ist sie ja schon, die Schullimousine.«

Er stieg vorne ein, und als wir die Straße durch den Mortlock Park fuhren, hielt er Mr Mo dazu an, langsamer zu fahren. »Langsamer, langsamer«, flüsterte er und starrte in den Wald.

»Aber Sonnenaufgang war schon vor eineinhalb Stunden«, gab ich zu bedenken.

»Ich weiß«, sagte Mr Winston nur. »Aber der Mortlock Park hat viel mehr Geheimnisse zu bieten als nur Geister. Ich bin dem Geheimnis auf die Schliche gekommen. Ich spüre einfach, dass ich ganz kurz davor bin, das Rätsel zu lösen.«

Mr Mo warf ihm einen sonderbaren Blick zu und für den Bruchteil einer Sekunde dachte ich, dass es ein Fehler war, diese Information hinauszuposaunen.

Als wir durchs Schultor fuhren, sah ich ausgerechnet Jacob, Liam und Rodney mit Rachel und Zooey vor dem

Schulportal stehen. Unglücklicher hätte es nicht laufen können, denn Rachel ergriff die Gelegenheit natürlich beim Schopfe.

»Na, June? Willst du uns immer noch erzählen, dass du nicht auf Mr Winston stehst, wo du sogar auf dieselbe Schullimousine wartest?«

»Rachel«, sagte ich und versuchte mich krampfhaft an Regel Nummer 4 zu erinnern. Was hatte Tante Phoebe mir eingetrichtert? Irgendwas mit Angriff ist die beste Verteidigung. Doch der Angriff kam von einer ganz anderen Seite, und zwar völlig überraschend.

Es war Liam, der mich am Arm zurückhielt, als ich hoch erhobenen Hauptes durchs Schulportal gehen wollte.

»June?«, fragte er. »Kann ich dich kurz was fragen?«

Mir wurde heiß und kalt. Das hatte ja gerade noch gefehlt, dass Liam mich nun zum Michaelmas-Ball einlud und nicht Emma. Was sollte ich ihm denn nur als Ausrede sagen?

Ich sah Jacob und Rodney ihm auf die Schulter klopfen, als wünschten sie ihm viel Glück. Für Rachel und Zooey kam das Ganze so unverhofft, dass sie keine Zeit hatten, ein hämisches Grinsen aufzusetzen. Sie starrten uns mit offenem Mund an. Hoffentlich hatte Tante Phoebe nicht doch ihre Liebesbeschwörung durchgeführt – aber leider für den Falschen.

»… daher wollte ich dich vorher fragen, wie meine Chancen bei Emma denn wohl so stehen«, hörte ich, als ich mich auf Liam konzentrierte. Er sah toll aus, keine Frage. Er hatte sich viel Mühe gegeben, sein blondes

Haar hochzustylen, und seine eisblauen Augen blickten mich ungeduldig an.

»Wie?«, fragte ich perplex und blinzelte Liam überrascht an. »Du willst mit Emma zum Ball? Hast du sie schon gefragt?«

»Sagte ich doch gerade. Sie hat ja diesen Spruch gebracht, dass sie nicht zum Ball gehen will und so. Daher wollte ich dich vorher fragen, wie ernst sie das gemeint hat.«

»Och«, sagte ich erleichtert. (Erleichtert? Mir fielen ganze Felsbrocken vom Herzen. So viele, dass sie einen Erdrutsch verursachen könnten.) »Frag sie einfach, aber frag sie bald. Du bist nicht der Einzige, der Emma auf der Liste hat«, sagte ich und lächelte Liam an.

Emma würde vollkommen aus dem Häuschen sein, wenn ich ihr das erzählen würde.

»Ach und noch was«, sagte Liam und deutete mit dem Kopf in Richtung der anderen, die uns gespannt ansahen. »Es wäre schön, wenn du es niemandem erzählst, bevor ich Emma gefragt habe, ja?«

»Und? Er hat echt meinen Namen genannt?«, wisperte Emma beim Mittagessen und starrte wie hypnotisiert auf Liams Rücken. Er saß mit Jacob und Rodney an unserem kleinen Lieblingstisch hinten am Fenster. Normalerweise wären Emma und ich einfach hingegangen und hätten uns dazugesetzt. Doch die Dinge hatten sich verändert. Es war nun offiziell, dass Liam auf Emma stand, und genauso bekannt war, dass ich Jacob zum Michaelmas-Ball eingeladen hatte. Wir mussten nun vorsichtig sein, denn jedes Mal, wenn man uns nun zusammen in der Öffentlichkeit sehen würde, würde man über den Status unserer Beziehungen spekulieren.

»Er wartet sicher nur auf den richtigen Moment, um dich zu fragen«, versicherte ich und freute mich über das Glück auf Emmas Gesicht. »Allerdings solltest du weniger offensichtlich strahlen und grinsen, als wärst du gerade zur Ballkönigin gewählt worden. Es fällt voll auf, dass ich es dir schon verraten habe.«

»Was ist nun eigentlich mit Jacob?«, fragte Emma.

»Was soll mit ihm sein?« Ich stocherte in meinem Brotpudding herum. »Das sieht ja aus wie zusammengefegt und aufgewärmt.«

»Du kannst meinen gerne auch noch haben«, sagte Emma großzügig und schob mir ihre Schale mit dem Brotpudding herüber. »Und jetzt erzähl schon, warum der Earl of Gilligan dir verboten hat, auf den Michaelmas-Ball zu gehen.«

»Hast du gewusst, dass es immer die Stipendiaten waren, die in Mortlock Park verschwunden sind?«, flüsterte ich und sah mich nach allen Seiten um.

»Was? Woher weißt du das? Wenn das stimmt, dann …«, rief Emma erschrocken.

»Emma!«, zischte ich warnend. »Nicht so laut. Es ist jedenfalls eine reine Vorsichtsmaßnahme, dass der Earl mir den Ball verboten hat«, flüsterte ich, als ich das Unglück auf mich zukommen sah. Es trug ein Tablett mit Eintopf und Brotpudding vor sich her und kam geradewegs in unsere Richtung.

»Hey, Mädels«, sagte Mr Winston und deutete mit

dem Kopf auf den freien Stuhl neben Emma. »Ist es euch recht, wenn ich mich zu euch setze? Der Lehrertisch platzt heute aus allen Nähten. Ich hoffe, dass das an dem tollen Eintopf liegt.«

»Eher am Brotpudding«, sagte Emma und zog ihre Tasche zu sich herüber.

»Wir wollten sowieso gerade gehen«, sagte ich und griff nach meiner Jacke.

»Ich bin doch noch gar nicht …«, *fertig* hatte Emma sagen wollen, als ich ihr unter dem Tisch auf den Fuß trat. Zwar hörte sie auf zu reden, machte aber keine Anstalten, aufzustehen.

»Ich hab mir deine Prophezeiung noch mal angesehen«, flüsterte Mr Winston. »Und mir ist etwas aufgefallen.«

»*Meine* Prophezeiung?«, fragte ich. »Die lag zufällig in meinem Schreibpult.«

»Wie auch immer«, sagte Mr Winston und winkte ab. »Jedenfalls gibt es dort einen Hinweis zu den Geistern.«

»Ja?«, fragte Emma und tat sehr interessiert. In Wahrheit aber taxierte sie Liam, der gerade aufgestanden war und nun mit Jacob und Rodney sein Tablett wegbrachte. Für eine Sekunde fing ich Jacobs Blick auf. Ein düsterer, verärgerter Blick, der zuerst Mr Winston und dann mich streifte, dann waren die Jungs verschwunden.

»Es heißt in der Prophezeiung, dass die Geister an der Stelle aus dem Erdreich aufsteigen, an der sie verflucht worden sind. Verflucht.« Mr Winston schob seinen Eintopf zur Seite und begann den Brotpudding zu löffeln. »Probiert doch auch mal«, sagte er mit Blick auf unsere unangetasteten Puddingschalen. »Schmeckt besser, als es aussieht.«

Mr Winston war wirklich cool und der bestaussehende Lehrer, den Saint Gilberts je hatte. Ich konnte die neidischen Blicke der anderen Mädchen gut verstehen.

»Verflucht? Nicht getötet?«, fragte Emma überrascht.

»Eben«, sagte Mr Winston und nickte heftig. »Darf ich?« Er deutete auf meinen Brotpudding.

»Sie können Emmas auch noch haben«, sagte ich und schob ihm unsere Schalen hin. »Also ich glaube ja, dass dieses *Verflucht* für *getötet* stehen soll. Es ist eine uralte Prophezeiung. Vielleicht ist es einfach nur die Sprache der damaligen Zeit?«

»Glaube ich nicht«, sagte Mr Winston und beugte sich vor. »Jedenfalls ist es bitterschade, dass unsere Exkursion ausfallen muss.«

»Was willst du denn so früh in der Schreibstube recherchieren?«, fragte Emma, die neben mir hereilte. »Wir haben noch fünfzehn Minuten Pause und da unten wird Liam mich garantiert nicht finden und zum Michaelmas-Ball einladen.«

»Ich will den Schlüssel ausprobieren und den Alten befragen, das hab ich dir doch schon gesagt.« Ich zog den Schlüssel aus der Hosentasche und stellte die Schultasche auf meinem Schreibpult ab. »Komm, Emma«, flüsterte ich und lief zum hinteren Teil der Schreibstube, und zwar genau zu der Tür, durch die der Alte an den Tagen zuvor verschwunden war.

»Hinter den Türen schlafen die toten Mönche, hat Mr

Winston doch gesagt. Was willst du denn da?«, fragte Emma nervös. »Ehrlich, June, mir wäre es lieber, du würdest die Tür zulassen. Wecke lieber keine schlummernden Mönche.«

Zu meiner Enttäuschung musste ich feststellen, dass der Schlüssel nicht passte.

»Das hab ich mir doch gleich gedacht«, schimpfte Emma. »Und dafür habe ich meine Pause abgebrochen.«

»Du hast die Prophezeiung nicht verstanden«, flüsterte eine tiefe, zittrige Stimme hinter mir.

Ich fuhr erschrocken herum und ließ dabei laut klappernd den Schlüssel fallen. Mir gegenüber stand der Alte, den ich schon öfter, aber bislang nur aus der Ferne gesehen hatte.

»Sir?« Ich starrte den alten Mann mit dem schwarzen Kapuzenmantel und der blassen Gesichtshaut erschrocken an. Seine Erscheinung machte mir Angst, denn er sah verschwommen aus, so, als hätte ihn jemand von einem Gemälde gewaschen.

»Die Prophezeiung«, wiederholte er. »Du musst sie richtig lesen. Dann weißt du, wo der Schlüssel passen wird.«

»Ja, aber …«, stammelte ich verwundert, denn der Alte öffnete die Tür, die ich gerade vergeblich versucht hatte aufzuschließen.

»June?«, rief Emma durch die Schreibstube. »Bist du okay?«

»Er meint, dass die Lösung in der Prophezeiung steht.« Vorsichtig drückte ich die Klinke der Tür herunter, doch sie war und blieb verschlossen.

»Wer?«, fragte Emma verwundert.

»Na, der Alte, der gerade noch hier war.« Ich zeigte auf die Tür.

»June, ehrlich, da war niemand.«

»Wenn ich es dir doch sage, Emma. Und er hat gemeint, dass die Lösung in der Prophezeiung steht.«

»Sie sieht mich nicht«, flüsterte der Alte, der nun auf der anderen Seite aus einer Tür kam.

»Sie sieht Sie nicht?«

»Nein. Sie hat mit der Prophezeiung und mit den verschwundenen Schülern nichts zu tun.« Der Alte schüttelte den Kopf. »Daher sieht sie mich nicht.«

»Emma? Emma komm ganz schnell her«, rief ich beinahe hysterisch.

Emma tat mir den Gefallen, und als sie neben mir stand, zeigte ich auf den Alten in der schwarzen Kutte.

»Was siehst du dort?«, fragte ich.

»Ich verstehe nicht. Geht's dir gut, June?« Emma lief vor und zurück, drehte sich durch die Halle und mitten durch den Alten. Sie konnte ihn tatsächlich nicht sehen und mehr noch – er war im wahrsten Sinne Luft für sie.

»Sir?«, fragte ich schnell, denn der Alte wandte sich um und wollte schon hinter der nächsten Tür wieder verschwinden. »Sie gehen durch die Kammern mit den Toten, als wären Sie Luft. Aber ich kann Sie sehen. Warum?«

»Denk an die Prophezeiung. Ich kann dir nur eines sagen, Mädchen: Du bist in großer Gefahr. Du bist vielleicht die Bestimmte.«

»Das hat meine Tante auch behauptet. Aber zu was

bestimmt? Zu was?«, rief ich verzweifelt, doch der Alte war bereits verschwunden. »Hey, alter Mann, komm sofort zurück«, rief ich verzweifelt.

»Na, na«, rief Mr Winston von der Wendeltreppe und grinste mich an. »Ich hoffe sehr, dass du nicht mich gemeint hast?«

Statt Macht und Ruhm nur Einsamkeit
niemand darf ins Vertrauen er ziehen.
Wer entlarvt das Geheimnis vor der Zeit,
muss selbst im Federkleid fliehen.

aus: »Rabenherz«, Die Prophezeiung, Sir Henley Blake

28.

Während Mr Winstons Unterricht versuchte ich mich zu beruhigen. Mr Winston hatte die Teile der Prophezeiung abgetippt, die noch gut lesbar waren. Er fabulierte über Geister und Alchemisten und über Erfinder des frühen 15. Jahrhunderts, während ich meine Probleme im Kopf durchging.

Erstens: Jacob! Der saß wie zu einer Salzsäule erstarrt am Pult neben mir und würdigte mich keines Blickes. Ich sah auf seine Hände, die krampfhaft einen Stift umklammerten, als wäre er der Startläufer bei einem Staffellauf. Ich hatte keinen Grund zur Hoffnung, dass sich das Problem zwischen uns in Luft auflösen würde, denn ich konnte und durfte ihm den Umschlag von der Wise-Fellows-Stiftung nicht zeigen.

Zweitens: die Prophezeiung! Es sah ganz danach aus, als wäre irgendwas Wahres dran, auch an den Geschichten der verschwundenen Schüler. Das Bedrohliche daran war, dass ich die heimliche Stipendiatin war und im Fokus des wiedererwachten Ungeheuers zu stehen schien, denn:

Drittens: Diese Stimme in meinem Kopf machte mich wahnsinnig. Ich hatte es mit Ignorieren versucht, mit Ablenkung, mit Angriff. Nichts hatte geholfen. Es war sogar so, dass ich diese Stimme mittlerweile immer öfter hörte. Es schien mir, als würde sich jemand in meinen Gedanken einnisten, der in meiner Nähe war, denn er wusste offensichtlich alles über mich, selbst meine hochgeheimen Gefühle waren ihm offenbar bekannt.

Ich starrte auf meinen Zettel mit der Prophezeiung und spürte den Schwindel kommen. Es war immer das Gleiche: Wie aus weiter Ferne bahnte sich diese Stimme einen Weg zu mir und ich schaffte es einfach nicht, sie abzuwehren.

Du gehörst zu mir. Vergiss das nicht. Zu mir. Wir beide werden tanzen, tanzen ganz allein. Niemand kann dich von mir fernhalten. Niemand.

Als die Stimme erstarb und der Schwindel sich legte, spürte ich Jacobs Blick auf mir. Ich sah ihn kurz an und schaute dann schnell wieder weg. Jacobs Augen funkelten und ich konnte nicht ergründen, was er gerade über mich denken mochte.

»Den Arm ganz ausgestreckt«, wies Dad Liam an, als ich nach Schulschluss in der Falknerei saß und dem Training zusah. Ich wollte jetzt nicht allein sein. Ich hatte Angst vor den Schwindelanfällen.

Rodney fegte gerade die Außenvoliere und nach einer Weile stellte er den Besen an die Wand und kam zu mir herüber.

»Hey«, sagte er und stupste mir freundschaftlich in die Seite. »Wenn du es dir anders überlegt hast und doch zum Michaelmas-Ball gehen möchtest, dann sag mir Bescheid, okay?«

Ich lächelte ihn an. Rodney hatte etwas Verwegenes an sich. Ich konnte es nicht genau beschreiben. Es war sein Blick, seine immer verwuschelten Haare und die zerschlissene Schuluniform von seinem Onkel. Ich fühlte mich so wohl in seiner Nähe, so unbeschwert. Er gab mir das Gefühl, als könnte jedes Problem dieser Welt wie eine Seifenblase zerplatzen. Warum nur konnte ich mich nicht in Jungs wie ihn verlieben? Ihm würde ich alles anvertrauen.

»Das ist lieb von dir, danke. Aber gerade wünsche ich mir, dass sich all meine Probleme wie bei Cinderella in Luft auflösen und dass mein Prinz mich mit seiner Kutsche zum Ball abholt. Kitschig, was?«, fragte ich und kämpfte gegen die aufsteigenden Tränen an.

»Gar nicht und ich würde so gerne mehr von Cinderella und ihrem Prinzen hören, doch ich muss jetzt leider gehen«, sagte Rodney und wischte etwas unbeholfen die Träne weg, die über meine Wange kullerte. »Mein Onkel wird immer furchtbar wütend, wenn ich nicht pünktlich zum Dinner erscheine.«

»Hey«, rief Jacob und kam zu uns herübergestürmt. Rodneys Hand, die noch immer auf meiner Wange lag, ließ ihn ausrasten. Er zog Rodney am Kragen seines Hemdes, sodass dieser nach Luft japste.

»Jungs, Jungs«, rief Dad und wollte dazwischengehen, doch Jacob hatte Rodney schon wieder losgelassen.

»Nimm die Finger von ihr«, zischte er Rodney noch zu.

»Hey, hey!« Rodney hob abwehrend die Arme. »Ich hab nichts gemacht. Du hast keine Sonderrechte an

June. Und hast du nicht gerade erst den Ball mit ihr abgesagt? Also lass mich gefälligst in Ruhe.« Er sprach ruhig und leise, doch seine Augen funkelten wütend.

»Und du, Cinderella …« Er stopfte sein Hemd zurück in die Hose und strich sich das Haar aus dem Gesicht. »… überleg dir gut, welchen Prinzen du küsst.«

Zehn Minuten später saß ich bibbernd vor Kälte und reichlich verwirrt an der Schullimousinen-Haltestelle. Dad hatte gemeint, dass es besser wäre, wenn ich schon mal nach Hause fahren würde und er in Ruhe das Training mit den Jungs fortsetzen könnte.

»Hey, Juniper«, hörte ich plötzlich Mr Winstons Stimme. Er kam mit langen Schritten die Schultreppe herab zur Haltestelle gelaufen. »Ist es bei dir heute auch so spät geworden?« Er schlug den Kragen seines Mantels hoch und blickte auf die vergilbte Uhr, die über dem Haltestellenschild hing. »Sieben Uhr, auf die Minute. Perfektes Timing«, meinte er grinsend.

Nach Schulschluss verkehrten die Limousinen nur noch stündlich und nach 22 Uhr nur noch auf Bestellung.

Um kurz nach sieben fuhr Mr Mo die Limousine vor, stellte unsere Taschen in den Kofferraum und ließ uns hinten in den Wagen einsteigen. Er drückte ein paar Knöpfe und ich wusste, dass außen nun Little Lixton aufleuchten würde.

Mr Mo war sehr schweigsam – so, wie es seine Pflicht war, aber er hatte noch nicht einmal gelächelt, als er mir meine Schultasche abgenommen hatte.

»Die perfekte Zeit«, flüsterte Mr Winston aufgeregt, als wir in die Waldstraße einbogen. Es war Dämmerstunde, dafür musste ich mein Astrolabium nicht befragen. Grauer Dunst zog durch den Wald, in dem eine seltsame blau-finstere Dunkelheit lag. An einigen Stellen stieg schon Nebel aus dem Erdreich auf.

»Ich frage mich eins«, flüsterte Mr Winston und ließ Mr Mo anhalten.

»Sir?« Zum ersten Mal brach Mr Mo während einer Fahrt sein Schweigen. »Es ist den Fahrern nicht erlaubt, die zu befördernden Personen an irgendeiner anderen Stelle aussteigen zu lassen als an den offiziellen Haltestellen. Schulregel Nr. 79c.«

»Das ist schon richtig. Allerdings habe ich gerade jemanden durch den Wald laufen sehen und muss meiner Lehrerpflicht nachkommen und den Schüler – so es denn einer sei – zur Rede stellen und melden. Wären Sie also so gut, auf mich zu warten?«, fragte er Mr Mo, der nur langsam mit dem Kopf nickte und ausstieg, um für Mr Winston die Tür zu öffnen.

Mr Winston kletterte geschickt über den Stacheldrahtzaun, hinter dem die Kreuze des Klosterfriedhofs in die Dämmerung aufragten.

»Mr Winston?« Kurz entschlossen sprang ich aus dem Wagen.

»Miss Adams«, fing Mr Mo an zu schimpfen, doch ich hörte gar nicht hin.

»Mr Winston, warten Sie. Ich komme mit«, rief ich.

Mr Winston wollte gerade protestieren, als ich schon über den Zaun geklettert war und auf ihn zulief. »Sie kennen doch die Schulregel. Einer Lehrperson ist es erlaubt, einen Schüler mit in den Mortlock Park zu nehmen, wenn sie hierfür einen triftigen Grund hat.«

»Und was für ein Grund wäre das?«, fragte Mr Winston.

»Den lassen wir uns einfallen, wenn jemand fragt«, sagte ich und stapfte weiter. Tante Phoebe würde schimpfen, wenn sie meine dreckverschmierten Schuluniform-Schuhe zu sehen bekam. Ich sackte knöcheltief ins Erdreich ein und es matschte gruselig unter meinen Sohlen.

Plötzlich packte Mr Winston mich am Arm. Ich schrie laut auf vor Schreck.

»Pssst, June, pssst. Sieh dort«, flüsterte Mr Winston und kauerte sich mit mir hinter einen Baum.

Dann sah ich es auch. Nicht weit vom Denkmal der Verlorenen Kinder entfernt lief jemand durch den Wald. Es war mehr ein Schatten, als dass man etwas erkennen konnte.

»Es ist zwei Minuten vor Dämmerung«, wisperte Mr Winston. »Du bleibst hier stehen und rührst dich nicht von der Stelle. Ich werde nachsehen gehen, wer sich hier herumtreibt. Bleib im Schutz des Baumes, was immer auch geschieht. Hast du gehört?«

»Nicht, Mr Winston. Das ist zu gefährlich«, zischte ich, doch natürlich hörte er nicht auf mich.

Ich hielt die Luft an und lauschte auf meinen Herzschlag. Mr Winstons Schritte stapften durch den sumpfigen Boden, wurden leiser und dann hörte ich ihn plötzlich rufen: »Du? Was machst du denn hier?«

Ich vernahm ein Geräusch, das klang wie bei einem

Gerangel, dann war alles totenstill und ich hielt es im Schutz des Baumes nicht mehr aus.

»Mr Winston?«, rief ich panisch und lief in dieselbe Richtung, in die er weitergegangen war. Grau ragte das Denkmal der Verlorenen Kinder in den immer finsterer werdenden Wald.

Panisch blickte ich mich um, lief zum Tor des Klosterfriedhofs, doch alles war still, sonderbar still. Das laute »Kroak« einer Krähe oder eines Raben ließ mich vor Schreck zusammenfahren.

»Mr Winston?« Ich lief um das Denkmal herum. »Mr Winston!« Auf dem Waldboden, nur wenige Schritte neben dem Denkmal, lag eine Handvoll schwarzer Federn. Ich nahm eine auf. Die Federn waren seltsam warm. Suchend blickte ich mich um und rief immer und immer wieder: »Mr Winston?«

»Miss Adams?«, hörte ich endlich jemanden antworten, doch es war nur Mr Mo, der durch den Wald rief. »Miss Adams!«

»Hier, Mr Mo, hier«, rief ich zurück.

»Wo ist denn Mr Winston, Miss Adams? Wir müssen dringend unsere Fahrt fortsetzen.« Mr Mo sah verzweifelt auf seine nun nicht mehr glänzenden Schuhe herab.

»Ich fürchte, Mr Winston ist etwas zugestoßen«, flüsterte ich und legte in Mr Mos Hand, die wie immer in einem weißen Handschuh steckte, die schwarze Feder. Ich zitterte am ganzen Körper, Tränen saßen in meinem Hals und schnürten mir die Kehle zu.

»Zugestoßen?«, fragte Mr Mo und musterte mich, als hätte *ich* Mr Winston gerade um die Ecke gebracht.

»Ich fürchte, das Ungeheuer von Mortlock Park hat zugeschlagen und hat Mr Winston mit sich genommen.«

»Unsinn«, sagte Mr Mo und lief zum Friedhof.

Als ich ihm nachsah, entdeckte ich auf der Schulter eines der beiden Schüler aus Stein einen schwarzen Vogel, vermutlich einen Kolkraben, der laut krächzte und dann mit einem leisen Flügelrauschen durch die tiefhängenden Äste davonflog.

Der Turm

Ein mächtiger Turm, kaum Fenster und erschüttert von Blitz, Feuer und Erdbeben. Bei dieser Karte ist nichts schönzureden. Es handelt sich um den totalen Zusammenbruch. Das Ende. In diesen Turm, in Ihre gewohnte Umgebung, in der Sie sich so sicher fühlten, werden Sie nie wieder zurückkönnen.

aus: »Tarotkarten richtig deuten«, Meister Jadoo

29.

Drei Stunden später saß ich noch immer mit Dad, Emma, Maggie und Tante Phoebe im Sanitätsraum bei Schwester Rose und wir hörten, wie die Feuerwehren der umliegenden Dörfer zu einem Großeinsatz in den Mortlock Park ausrückten.

Mr Mo hatte mich, nachdem Mr Winston nicht auffindbar gewesen war, zurück zur Schule gefahren und seiner Pflicht getreu Meldung vom »Abhandenkommen« (so die offizielle Bezeichnung) der Lehrkraft Mr Winston in Mortlock Park gemacht.

Zuerst wurde ich von Mr Richmond ausführlich befragt, dann von Tante Phoebe, dann von der Polizei. Und da sowohl Mr Mo als auch ich aussagten, dass wir davon überzeugt seien, dass Mr Winston etwas zugestoßen sei, hatte man einen Großalarm ausgelöst. (Mr Mo war allerdings nicht sofort der Überzeugung gewesen. Zuerst hatte er nach Mr Winston gerufen und gemeint, er solle mit dem Spuk aufhören. Erst, als ich zu weinen begonnen hatte, hatte Mr Mo verstanden, dass sich Mr Winston keinen Spaß mit uns erlaubt hatte.)

Man hatte mich, unter Tante Phoebes lautstarkem Protest, zu der Stelle geführt, an der ich Mr Winston das letzte Mal gesehen hatte.

»Sehen Sie nicht, wie blass meine Nichte ist und welches Trauma sie erlitten hat?«, schimpfte Tante Phoebe mit dem Einsatzleiter der Feuerwehr, der mich abholte. »Das wird ein Nachspiel haben.«

»Für Sie«, sagte der Einsatzleiter unbeeindruckt und schob Phoebe kurzerhand aus dem Weg. »Behinderung der Polizeiermittlungen ist kein Kavaliersdelikt.«

Die Waldstraße war hell erleuchtet von den Scheinwerfern der Einsatzfahrzeuge und zwischen den Bäumen von Mortlock Park pulsierte das Blaulicht.

»Wir möchten, dass du uns so genau wie möglich erzählst, was geschehen ist«, beschwor mich einer der Polizisten.

»Mr Mo hat hier angehalten, auf Höhe des Klosterfriedhofs.«

»Und warum hat er hier angehalten?«

Ich sah mich kurz um. Oben an der Straße stand Mr Mo mit einem weiteren Polizisten und deutete in den Wald hinein.

»Mr Winston sagte, er habe jemanden durch den Wald laufen sehen«, erklärte ich, und da mich der Polizist verständnislos ansah, fügte ich hinzu: »Es ist für Schüler der Saint Gilberts High School streng verboten, den Wald zu betreten.«

»Verstehe«, der Polizist nickte und horchte auf. »Aber du, du bist Mr Winston in den Mortlock Park gefolgt. Wieso?«

Verdammt. Hätte ich doch eher über eine Ausrede nachgedacht. Mein Kopf schmerzte, meine Beine zitterten und ich konnte keinen klaren Gedanken fassen.

»Ich war neugierig«, sagte ich daher wahrheitsgemäß. »Außerdem dürfen wir in Begleitung von Lehrkräften in den Wald.«

»Aha. Dann zeig mir jetzt mal den Weg, den ihr genommen habt.«

Ich führte den Polizisten zum Denkmal der Verlorenen Kinder und deutete auf die Stelle am Boden, an der noch immer einzelne schwarze Federn lagen, als hätte ein Fuchs einen Raben gerissen. »Hier habe ich Mr Winston stehen sehen – eine Minute später war er fort. Wie vom Erdboden verschluckt.«

»Vielleicht ein schwarz-magisches Ritual«, meinte eine junge Polizistin, die eine Rabenfeder aufhob und dann zum Friedhof hinübersah. »Der Ort wäre jedenfalls ideal dafür.«

»Was war mit der anderen Person, die ihr hier im Wald gesehen habt?«

Plötzlich meinte ich, einen Schatten im Augenwinkel bemerkt zu haben. Einen weißen Schatten. Wie Nebel, aber doch figürlich. Und tatsächlich: Hinter dem Einsatzleiter lief jemand. Ein junger Mann, nicht viel älter als Jacob. Er blieb stehen und sah mich durchdringend an. Das Gesicht war unscharf, dennoch war ich mir sicher, dass ich diesen Jungen noch nie gesehen hatte. Aber als ich meine Augen zusammenkniff, um ihn besser erkennen zu können, war er bereits wieder verschwunden, als hätte er sich aufgelöst.

Mir wurde schwindelig, schwarze Punkte tanzten vor meinen Augen und ich merkte, wie ich taumelte. »Bitte«, flüsterte ich. »Bitte, darf ich zurück?«

Die junge Polizistin begleitete mich zur Schule, in der

noch überall die Lichter brannten. Ich sah hinüber zum Jungenwohnheim und stellte mir vor, was Jacob und die anderen wohl gerade machten.

»Sie können Ihre Tochter nun nach Hause bringen«, sagte die Polizistin zu meiner Erleichterung zu Dad.

Minuten später fuhren Dad, Maggie, Tante Phoebe und ich die Waldstraße hinab nach Little Lixton. Das Blaulicht und die Suchscheinwerfer blendeten ins Wageninnere. Sie suchten nun auch hinten am Mortlock Lake.

Maggie hatte ihre ganz eigene Theorie davon, was mit Mr Winston geschehen war. »Wir haben gerade in Geografie über Sinklöcher gesprochen. Jede Wette, dass Mr Winston jetzt irgendwo zwanzig Meter unter der Erde in einer Höhle mit all den anderen verschwundenen Schülern sitzt.«

»Schätzchen«, sagte Tante Phoebe und strich Maggie über die roten Locken. »Erstens würde man das Sinkloch recht schnell finden, denn es verschließt sich ja nicht einfach wieder, und zweitens würde ich das unserem lieben Mr Winston nicht unbedingt wünschen. Ich meine, in einer Höhle zu sitzen mit den Vermissten von vor über einhundert Jahren.«

»Das alles ist schon sehr sonderbar«, sagte Dad nachdenklich.

»Nicht, wenn man die Prophezeiung kennt«, warf Tante Phoebe ein und griff nach meiner Hand.

»War ja klar, dass du damit nun wieder anfängst«, stöhnte Dad und lenkte den Wagen im Schritttempo an den vielen Feuerwehren vorbei. »Vielleicht hat sich Mr Winston ja einfach abgesetzt«, vermutete Dad.

»Sicher nicht«, sagte Tante Phoebe kopfschüttelnd. »Dafür war er viel zu gerne hier.«

»Ob er lebensmüde war?«, fragte Dad und sah uns erschrocken über seinen eigenen Gedanken an.

»Bestimmt nicht. Er war voller Forscherdrang«, verneinte Tante Phoebe.

Auch in unserer Dorfstraße in Little Lixton stand ein Polizeiwagen vor dem *Black Fox*.

»Sie werden sein Zimmer nach Indizien absuchen«, vermutete Dad.

»Und ich kann dir jetzt schon sagen, was sie finden werden«, sagte Tante Phoebe und stieg aus.

»Was da wäre?«, fragte Dad.

»Die Prophezeiung selbstverständlich. Mr Winston war ganz fasziniert davon. Er hat sich da in was verrannt und sich in Gefahr gebracht, befürchte ich.«

Der Morgen graute schon fast und ich lag noch immer schlaflos in meinem Bett und dachte an Mr Winston. Was war nur mit ihm geschehen? Wie konnte jemand von einer Sekunde auf die andere einfach so verschwinden? Spurlos, ohne ein Geräusch?

Kaum war ich eingeschlafen, wurde ich auch schon wieder wach, weil ein Auto vor dem Buchladen hielt. Sekunden später klopfte jemand laut an unsere Ladentür. Ich sprang aus dem Bett und blickte hinaus auf die Straße. Ein Rolls-Royce. Der Earl of Gilligan?

»Daher ist es dringend erforderlich, ein paar Worte mit Juniper zu wechseln«, sagte der Earl gerade, als ich meine Zimmertür öffnete und lauschte.

»Ich werde sie wecken und sehen, wie es ihr geht«, hörte ich Dads Stimme.

Ich sah an mir herab. Noch immer trug ich meinen Schlafanzug und Tante Phoebes selbst gestrickte Socken. Also huschte ich zurück in mein Zimmer und schlüpfte in eine Jeans und ein sauberes T-Shirt. Ich kämmte mir gerade durchs Haar, als Dad leise anklopfte.

»Du bist schon wach?«, fragte er verwundert. »Der Earl of Gilligan ist da. Er sagt, er hat etwas ganz Dringendes mit dir zu besprechen. Soll ich ihn wieder wegschicken?«

»Nein, Dad, ich komme.«

»Ah, Miss Juniper«, rief der Earl of Gilligan erfreut, als ich ins Hinterzimmer kam. »Ich bin erleichtert, Sie wohlauf zu sehen.«

»Ich auch«, sagte ich und weil mich alle verdutzt anblickten, fügte ich hinzu: »Äh, also ich bin froh, dass ich wohlauf bin, wollte ich sagen.«

»Von wem hat sie diesen Humor? Von dir Phoebe?«, fragte der Earl. »Du verstehst es ja auch immer so wunderbar, die Menschen mit deinen Worten zu verzaubern.«

Sollte der Earl of Gilligan eine heimliche Schwäche für Tante Phoebe haben?

»Sie wollten mich sprechen?«, fragte ich.

»Sehr richtig«, der Earl nickte. »Und es duldet keinen Aufschub. Gerüchte verbreiten sich schnell. Schneller als ein Buschfeuer.«

»Gerüchte, William?«, fragte Tante Phoebe interessiert. (Sie hatte William gesagt. William! Nicht Sir William oder Earl of Gilligan oder sonst was Offizielles.)

»Gerüchte«, der Earl nickte bedächtig. »Es ist so … Wir haben in der vergangenen Nacht das Zimmer von Mr Winston hier im *Black Fox* untersucht.«

So, wie der Earl das sagte, hatte er höchstpersönlich den Einsatz geleitet.

»Und wir haben etwas gefunden.« Er machte eine Pause und sah nachdenklich zwischen Dad, Tante Phoebe und mir hin und her. »Mr Winston hatte uralte Schriften auf seinem Tisch liegen. Das ist erst einmal nichts Verbotenes. Aber es handelt sich nicht um irgendeine Schrift, sondern um die alte Prophezeiung. Ihr wisst schon …« Der Earl sah sich um, als hätte er Angst, dass uns jemand hören könnte. »Die Prophezeiung von dem schwarz gefiederten Ungeheuer und den verschwundenen Kindern. Sonderbarerweise hat Mr Winston an diese alte Schrift Notizen und Anmerkungen geschrieben. Wir werden das noch genauer untersuchen. Die handschriftlichen Notizen von Mr Winston aber geben uns Anlass zur Sorge.«

»Sorge?«, fragte ich beklommen.

»Mr Winston hat einen Namen neben die Prophezeiung geschrieben. Häufiger. Er brachte offenbar eine Person in seiner unmittelbaren Nähe mit der – wenn Sie mich fragen – recht düsteren Prophezeiung in Verbindung. Und zwar mit den Stellen, an denen von Tod die Rede ist.« Der Earl sah uns beschwörend an.

»Dann sollten Sie diese Person im Auge behalten. Vielleicht hat sie etwas mit seinem Verschwinden zu tun«, sagte Dad.

»Sir?«, meinte der Earl und nickte bedächtig. »Das ist

das Problem. Neben der Prophezeiung hat Mr Winston den Namen *Ihrer* Tochter geschrieben.«

»Meinen?«, rief ich erschrocken, doch Tante Phoebe legte mir beruhigend eine Hand auf die Schulter.

»Einen Tee, William? Oder lieber Kaffee? So wie du ihn magst: schwarz und stark?«, fragte Tante Phoebe und stand seelenruhig auf, um dem Earl of Gilligan eine Tasse zu holen. »Es ist so«, begann sie und schenkte dem Earl seinen Kaffee ein. »Mr Winston hat im Unterricht diese alten Schriften aus der Schreibstube verteilt und war genauso wie die anderen Schüler von dem Skript *Rabenherz* fasziniert. Inzwischen wissen wir, dass es sich bei *Rabenherz* um die alte Schriftform der Prophezeiung, um das Ungeheuer von Mortlock Park handelt. Eine Sensation. Es war unsere June, die dieses Skript von ihm zugeteilt bekommen hatte. Mr Winston war in den letzten Tagen häufiger bei mir, denn er wollte mich – uns alle – warnen. Er hatte in der Prophezeiung gelesen, was ich hier schon seit Jahren predige. Aber mir will ja keiner Glauben schenken. Mr Winston war davon überzeugt, dass June in großer Gefahr ist. Das erklärt auch, warum er ihren Namen an die Prophezeiung geschrieben hat. Mr Winston glaubte genauso wie ich, dass das Ungeheuer von Mortlock Park wiedererwacht ist. Dass er nun gestern zur Dämmerstunde im Wald spurlos verschwunden ist, kann nur eine einzige Erklärung haben.«

Wir alle sahen Tante Phoebe gespannt an. Dad rutschte unruhig auf seinem Stuhl hin und her.

»Ich sag's ja: Sinklöcher«, verkündete Maggie gähnend, als sie die Treppe herabstieg. »Wer weiß, was sich in den Höhlen unter Mortlock Park so alles angesammelt hat.«

Der Earl blickte Maggie einen Moment lang sprachlos an, was aber auch an ihrem Hello-Kitty-Nachthemd liegen konnte.

Er schüttelte den Kopf. »Nein, Mr Winston hat sich so sehr in die alte Legende reingesteigert, dass er selbst zum Täter wurde und es auf Ihre June abgesehen hatte«, schlussfolgerte der Earl und war offensichtlich verblüfft über seinen eigenen Scharfsinn. »In dieser Prophezeiung ist von Erfüllung des Fluches die Rede, von Leben oder Sterben. Von einer Bestimmten, die er als Ihre June ausgemacht hatte. Das alles kann nur eines bedeuten: Mr Winston war das Ungeheuer. Er hat sich in die Person des Ungeheuers hineingesteigert, so wie all seine Vorgänger in den vergangenen sechshundert Jahren. Eine Art Nachahmungseffekt.«

»Sir?«, sagte Tante Phoebe plötzlich hochoffiziell und mit Nachdruck. »Die Prophezeiung sagt aber etwas anderes. Demnach soll es sich bei dem Ungeheuer um immer ein und dieselbe Person handeln.«

Der Earl lachte auf und nahm sich einen Scone. »Wie kann ein und dieselbe Person über sechshundert Jahre lang Menschen verschwinden lassen?«

»Eine berechtigte Frage«, fand Dad und nahm sich ebenfalls einen Scone vom Teller. Es schien ihn zu freuen, dass er mit dem Earl offensichtlich einen wirksamen Unterstützer gegen Tante Phoebes Theorien gefunden hatte.

Diese sah zwischen dem Earl und Dad ernsthaft hin und her. »Das ist das eigentliche und große Rätsel hinter der Legende, wenn ihr mich fragt. Und so lange dieses Rätsel nicht gelöst ist, wird der arme Mr Winston wohl auf seine Erlösung warten müssen.«

Der Wandler

Zeit für schmerzvolle Veränderungen. Das Alte wird abgelegt, ist aber in veränderter Form noch immer da. Dabei ist das Gewohnte aus eigener Kraft nicht zu halten und ist auch so nicht wieder zurückzugewinnen. Der Gewandelte aber verspricht auch Hoffnung, denn aus einem verdorrten Ast wächst ein neuer, grüner Keim.

aus: »Tarotkarten richtig deuten«, Meister Jadoo

30.

An der Tür zur Schreibstube hing ein »Zutritt verboten«-Schild. Der Unterricht von Mr Winstons Literaturklasse war demnach zurück in den Klassenraum verlegt worden.

»Jammerschade um so einen gut aussehenden Lehrer«, seufzte Rachel, als wir den Raum betraten, in dem Mr Richmond schon mit dem Earl of Gilligan auf uns wartete.

Nicht alle sahen Mr Winstons Verschwinden so ungerührt wie Rachel. Manche waren sehr blass, andere waren den Tränen nahe.

Zuerst hielt Mr Richmond eine kurze Ansprache, in der er uns mitteilte, dass man noch immer fieberhaft nach Mr Winston suche. Zum jetzigen Zeitpunkt könne man nur spekulieren und das würde er anderen überlassen.

Damit hatte er dem Earl of Gilligan das Wort gegeben.

»Es sieht ganz so aus, als wäre unsere traditionsreiche und elitäre Schule wieder einmal – wie schon häufiger in den vergangenen Jahrhunderten – Opfer eines sogenannten Fanatikers geworden. Opfer eines Mannes, der sich so sehr in die Legende um die verschwundenen Schüler hineingesteigert hat, dass er diese nachahmen wollte. Doch lasst uns nicht spekulieren, was genau er plante.« Der Earl sah mich nachdenklich an. »Tatsache ist aber, dass er nicht erfolgreich war und dass all unsere Schüler unversehrt geblieben sind. Mr Winston ist offensichtlich untergetaucht und er wird gut daran tun, in der Versenkung zu bleiben.« (Bei diesen Worten fiel mir Maggies Theorie von den Sinklöchern wieder ein.)

Der Earl hatte sich regelrecht in Rage geredet und so ergriff Mr Richmond wieder das Wort. »Wir werden mit Hochdruck nach einer Vertretungslehrkraft suchen und solange wird der Earl of Gilligan und Erster Vorsitzender der Wise-Fellows-Stiftung persönlich den Unterricht übernehmen. Solltet ihr weitere Fragen haben, so steht euch der Earl sicher in der kommenden Stunde dafür zur Verfügung.«

Mr Richmond verschwand mit einem kurzen Nicken und der Earl schlüpfte aus seinem karierten Sakko.

»Sir?«, fragte Rachel Howards. »Sir, glauben Sie, dass Mr Winston diese alte Schrift selbst verfasst hat?« Sie warf mir zynische Blicke zu.

Der Earl strich sich über seine akkurat gekämmten Haare. »Das kann man zu diesem Zeitpunkt noch nicht sagen. Es kann sich auch tatsächlich um ein altes Schriftstück handeln. Im frühen 15. Jahrhundert, viele Jahre vor Einführung des Buchdrucks, waren es ja ausschließlich die Mönche hier in der Schreibstube, die Manuskripte kopierten und Schriften erstellten. Vielleicht hat tatsächlich einer von ihnen, vielleicht sogar einer der Lehrlinge, zum Zeitvertreib diese alte Prophezeiung verfasst, an der wir heute noch herumrätseln.«

»Und wenn die Prophezeiung wahr ist?«, gab ich zu bedenken.

»Nun«, sagte der Earl und lächelte vor sich hin. Aber der Blick, mit dem er mich dabei bedachte, war alles andere als freundlich. Es war ein messerscharfer, ärgerlicher Blick. Wenn Blicke töten könnten, schoss es mir durch den Kopf.

»Sicher sind Teile des Textes wahr. Jede Geschichte, und ist sie noch so gut ausgedacht, trägt einen Funken Wahrheit in sich. Und so sind wir auch schon beim Thema. Wer kann mir berühmte Schriftsteller aus dem 15. Jahrhundert nennen?«

»Ja, Rachel?«

»Thomas Malory, dem König Artus' Geschichten zugeschrieben werden, und Geoffrey Chaucer, Verfasser der *Canterbury Tales*.«

Der Earl machte Unterricht ganz nach Rachels Geschmack. Er löcherte uns mit einfachen Fragen, die jeder Erstklässler hier auf Saint Gilberts beantworten konnte, und Rachel wurde nicht müde, sich zu melden.

»Wer kann mir denn ein berühmtes Werk Shakespeares nennen?«, äffte Emma den Earl perfekt mit seiner näselnden Stimme nach, als wir uns in die Schlange vor der Essensausgabe in der Cafeteria einreihten. »Du, Rachel? *Romeo und Julia*, Rachel? Wunderbar, Rachel!«

»Höre ich da etwa Neid?«, fragte Liam amüsiert, der ein Tablett vom Stapel nahm und sich hinter uns anstellte.

»Oh ja«, sagte Emma und kicherte. »Ich platze fast vor Neid.«

»Hey, Leute«, rief Rachel, die in der Tür zur Cafeteria stehen blieb. »Sie haben was in Mortlock Park gefunden.« Sie machte eine kurze Pause und fuhr dann in einem geheimnisvollen Tonfall fort: »Ich glaube, eine Leiche.«

»Die will sich ja nur wieder wichtigmachen«, sagte Emma und schob ihr Tablett ungerührt weiter.

»Hoffentlich«, flüsterte ich und hatte plötzlich ein seltsames Gefühl im Bauch. Irgendwas sagte mir, dass Rachel recht haben könnte.

Während des Nachmittags reisten immer mehr besorgte Eltern an und ich schnappte auf, wie eine Mutter zu Mr Richmond sagte, dass sie ihren Sohn sofort von der Schule nehmen würde, wenn dieses Theater um die alte Legende der verschwundenen Schüler und um den vermissten Lehrer nicht sofort ein Ende nehmen würde.

Es war eine Viertelstunde vor Schulschluss, als alle Schüler in die große Gebetshalle zu einer außerordentlichen Versammlung zusammengerufen wurden.

Der Earl of Gilligan saß neben dem Einsatzleiter auf der Bühne, Mr Richmond stand am Mikrofon. Er war sichtlich nervös, lockerte den Kragen seines blütenweißen Hemdes und räusperte sich. Mittlerweile waren so viele Eltern anwesend, dass die Halle aus allen Nähten zu platzen drohte. Vor der Bühne hatte sich die Presse versammelt, ich entdeckte sogar ein Fernsehteam.

»An diesem denkwürdigen Tag im September darf ich Ihnen allen, liebe Schüler, Eltern, Presse und Freunde der Saint Gilberts High School die erfreuliche Mitteilung weitergeben, dass wir Entwarnung geben können.

Es ist niemand zu Schaden gekommen, niemand wird vermisst. Unsere Schule wurde offenbar Opfer seiner eigenen Geschichte. Unser von allen sehr geschätzter neuer Kollege und Lehrer Mr Winston hat sich offenbar in die alte Legende um das Ungeheuer von Mortlock Park so sehr hineingesteigert, dass er es auf seine Art *lebendig* werden ließ.«

Ein Raunen ging durch die Reihen. Mir wurde heiß und kalt, dann schossen mir Tränen in die Augen. Das war eine verdammte Lüge. Und die Art und Weise, wie Mr Richmond *lebendig* ausgesprochen hatte, machte mich wütend. Es musste nun jeder annehmen, dass Mr Winston ein Psychopath gewesen ist.

»Ich bitte um Verständnis, dass ich keine Angaben zu den genaueren Umständen machen möchte. Tatsache ist, dass niemand jemals in Gefahr war und wir als eine der führenden, traditionsreichen Schulen Englands werden uns nun zunächst darum bemühen, dass hier Ruhe einkehrt, sodass die uns anvertrauten Schüler sich auf das anspruchsvolle Studium auf Saint Gilberts konzentrieren können. «

Ein besorgter Vater stand auf und fragte, ob man das überhaupt belegen könne, dass das Verschwinden des Lehrers mit der alten Legende um das Ungeheuer und die vermissten Schüler von Mortlock Park zu tun habe.

Mr Richmond winkte den Einsatzleiter ans Mikrofon.

»Ja, in der Tat«, sagte der Einsatzleiter. »Es ist so, dass wir bei Mr Winston alte Schriftstücke gefunden haben, die auf einen solchen Zusammenhang hindeuten.«

»Und Sie können ausschließen, dass sich im Mortlock Park ein Ungeheuer herumtreibt?«, rief eine aufgebrachte Mutter.

»Madam.« Der Earl of Gilligan erhob sich und stellte sich neben den Einsatzleiter ans Mikrofon. »Wurde jemals ein Ungeheuer im Loch Ness gefunden?«

Einige kicherten, die Mutter setzte sich mit hochrotem Kopf wieder auf ihren Platz.

Der Earl lächelte. »Selbstverständlich glauben wir an einer Schule, an der die Wissenschaft dominiert, nicht an alte Legenden. Was hier zählt, sind Fakten. Dennoch hat Saint Gilberts seit Jahrhunderten zum Schutz der Schüler ein Ausgangsverbot in den Mortlock Park verhängt, welches aber eher auf Tradition und keiner wirklichen Gefahr beruht. Dennoch teile ich Ihre Sorge und halte es für notwendiger und dringender als je zuvor, auf Einhaltung der Schulregeln zu pochen und den Schülern die Bürde einer elitären Schule wie der Saint Gilberts High School bewusst zu machen. Jede einzelne der einhundertvierzehn Schulregeln hat seine Berechtigung und dient dem Wohl und Schutz unserer Schüler.«

Und wieso sah der Earl *mich* dabei an?

»Ich glaube denen kein Wort«, sagte ich zu Emma, als wir aus der Gebetshalle strömten.

»Meinst du, dass Mr Winston etwas zugestoßen ist?«, fragte Emma, die sichtlich mitgenommen war.

»Nicht nur das. Ich bin mir ziemlich sicher, dass die etwas vertuschen wollen. Ganz besonders, dass Mr Winstons Verschwinden tatsächlich mit der Legende zu tun hat. Aber nicht so, wie es gesagt wurde. Mr Winston ist doch kein Verrückter. Er hat erst vorgestern solche Andeutungen gemacht, dass er dem großen Rätsel um die verschwundenen Schüler auf die Spur gekommen sei. Und einen Tag später verschwindet er selbst? Wer glaubt denn an solche Zufälle? Außerdem war ich doch dabei. Er hat mich sogar noch vorher in Sicherheit gebracht.«

»Soso«, zischte der Earl of Gilligan, der hinter uns lief. »Auf ein Wort, Miss Juniper.« Er sah Emma auffordernd an.

»Ich ... also ... ich warte dann vor der Aula auf dich, June«, sagte Emma und ging nur zögerlich weiter.

»Wir zwei haben ein ernstes Wörtchen miteinander zu reden, Miss Juniper«, sagte der Earl streng und bedeutete mit dem Kopf, ihm zurück in die Gebetshalle zu folgen, die sich inzwischen fast vollständig geleert hatte.

Verdammt. Wo war denn nur Dad? Oder Tante Phoebe? Konnte mich denn keiner aus dieser Situation retten?

»Ich wollte Ihre Tante und Ihren Vater nicht noch mehr beunruhigen. Aber ich dachte, ich hätte Ihnen deutlich genug zu verstehen gegeben, dass Sie absolute Schweigepflicht haben und dass sie keinerlei Alleingänge mehr unternehmen sollen. Mich hat fast der Schlag getroffen, als Mr Richmond mich gestern Abend anrief und mir erzählte, *wer* mit Mr Winston in Mortlock Park unterwegs gewesen ist, als dieser auf so skurrile Weise verschwand.«

Ich sah betreten auf meine Schuhspitzen. »Verzeihung, Sir, das war wohl nicht besonders klug«, flüsterte ich.

»Nicht besonders klug? Dumm war das. Und gegen meine Anweisungen. Was soll ich nur mit Ihnen tun, Miss Juniper? Sie scheinen sich kein bisschen um Ihre Stipendienauflagen zu scheren.«

Entsetzt sah ich auf. Oh nein, der Earl wollte mir doch wohl nicht etwa das Stipendium entziehen?

»Nun«, sagte der Earl und sah mich ärgerlich an. »Ich habe zwar nicht vor, Ihnen das Stipendium zu entziehen. Aber ich warne Sie: Geben Sie mir keinen weiteren Anlass dazu. Ich werde nicht noch einmal ein Auge zudrücken. Das könnte ich auch vor der Stiftung nicht länger vertreten.«

Ohne meine Antwort abzuwarten, stieg der Earl die wenigen Stufen zur Bühne hinauf.

»Apropos Stiftung«, fiel mir der Brief wieder ein. »Ich habe vor ein paar Tagen einen Umschlag erhalten, in dem ein Schlüssel lag. Nur ein einzelner Schlüssel. Der Umschlag war von der Wise-Fellows-Stiftung.«

Der Earl blieb vor der kleinen Tür stehen, aus der kürzlich der Alte aus der Schreibstube herausgekommen war. »Einen Schlüssel, soso«, sagte er, öffnete die Tür und verschwand.

Aus den Tagebüchern des Rabenlords
Montag, 20. September (im 600. Jahr n.V.)

Wie lange habe ich auf sie gewartet?
Mehr als ein halbes Jahrtausend.
Sie soll es sein, sie. So sagt es Blakes verfluchte Prophezeiung.
Und ich spüre, dass sie es ist.
Aber sie scheint mich nicht wahrzunehmen.
Sie sieht mich einfach nicht.
Was glaubt sie denn?
Dass ich mich nach all den Jahren einfach so abservieren lasse?

31.

Den restlichen Nachmittag verbrachte ich in der Falknerei. Stundenlang hätte ich Rodney zusehen können, wie er sich um die verletzte Eule kümmerte. Mir fiel auf, dass er unglaublich schöne Hände hatte, wie von einem Klavierspieler.

»Glaubst du auch, dass Mr Winston untergetaucht ist?«, fragte ich leise, als Dad den Raum verließ.

»June?«, fragte Rodney zurück. Sein Haar glänzte im warmen Neonlicht des Untersuchungsraums. »Ich würde dich gerne was fragen.«

»Was fragen?« Ich blickte auf. Mein Herz klopfte plötzlich schneller.

»Was würdest du antworten, wenn ich dich fragen würde, ob du mit mir auf den Michaelmas-Ball gehen möchtest?« Mir wurde heiß unter Rodneys Blick und ich suchte fieberhaft nach einer Ausrede.

»Also Rodney, es ist so …«, sagte ich gedehnt.

»Ja oder nein, June?«

Ich fühlte mich wie in einer Falle. Betreten starrte ich auf meine Schuhspitzen.

»Ich dürfte nicht Ja sagen, auch wenn ich wollte, Rodney«, flüsterte ich.

»Okay.« Rodney lächelte und schien zufrieden mit meiner Antwort.

»Ja?«, fragte ich überrascht.

»Sicher«, meinte Rodney. »Es war ja auch nur eine Was-wäre-wenn-Frage. Ich kann dich gar nicht fragen, weil ich nicht zum Ball gehe.«

Und plötzlich überrumpelten mich meine Gefühle. Ich hätte heulen können, auf der Stelle. Rodney durfte als Stipendiat natürlich nicht auf den Michaelmas-Ball gehen. Er musste sich genauso wie ich damit abfinden. Wenn es irgendjemanden auf Saint Gilberts gab, der ihn verstehen konnte, dann ich.

»Nicht weinen, June«, flüsterte Rodney und legte seinen Arm um mich.

Ich sog seinen Duft tief ein. Ein angenehmer Duft, schoss es mir durch den Kopf. Eine Mischung aus Seife und wilden Tieren (kein Wunder, wenn er die Tage in der Falknerei verbrachte).

»June?« Dad kam zurück und Rodney ließ mich schnell los. »Ich muss nach London. Meinst du, du kannst die Abendfütterung übernehmen und mit einer Schullimousine nach Hause fahren?«

Hinter Dad standen Jacob und Liam und sahen mich überrascht an. Hatten sie Rodneys Umarmung mitbekommen?

Dad öffnete einen Schrank und ich wischte verstohlen mit dem Handrücken über mein Gesicht.

»Hier, Jungs.« Dad deutete auf ein paar Kartons und drückte Jacob die Autoschlüssel in die Hand.

Liam und Jacob schnappten sich jeder einen Karton und folgten Dad nach draußen. Jacob hatte mir finstere Blicke zugeworfen, was mir erneut die Tränen in die Augen trieb.

»Ich mag dich sehr, June.« Rodney hatte sich wieder tief über die Eule gebeugt. Ich war mir nicht ganz sicher, ob er es wirklich gesagt hatte.

Rodney hatte die Falknerei kurz nach Dad verlassen und irgendwas von seinem strengen Onkel genuschelt. Jacob war mir dagegen nicht mehr von der Seite gewichen und brachte mich nun sogar zur Haltestelle vor dem Schulportal.

»Hör mal, Jacob«, sagte ich und fühlte mich sonderbar unwohl dabei. »Ich brauche wirklich keinen Aufpasser, der ...«

»Und ob du den brauchst«, sagte Jacob und verstellte mir den Weg.

Wir waren schon fast an der Haltestelle, ungefähr auf Höhe der uralten Linde. Wieder einmal hörte ich, wie in deren Geäst ein einsamer Rabe vor sich hin krächzte. Das »Kroak« ließ mich sonderbar frieren. Es klang wie eine Warnung.

»Ich wäre fast gestorben vor Angst, als ich gestern Abend gehört habe, dass jemand in Mortlock Park vermisst wird, und Minuten später der Wagen deines Vaters vor dem Schulportal vorfuhr.«

»Ja?«, fragte ich und mir wurde warm ums Herz. (Wieso konnte mir bloß nichts Intelligentes einfallen?)

»Deshalb werde ich dir nun nicht mehr von der Seite weichen«, hörte ich Jacob sagen. »Ob du das nun willst oder nicht.«

Und wie ich wollte.

»Außerdem wirst du mit mir zum Michaelmas-Ball

gehen«, sagte Jacob bestimmt und legte einen Finger unter mein Kinn, sodass ich ihn ansehen musste. »Du gehörst zu mir …«, flüsterte er und beugte sich langsam herab, um mich zu küssen.

Mir wurde schwindelig und noch bevor seine Lippen meine berührten, zog es mir einer Ohnmacht gleich die Beine weg. Ich hörte ein Schreien in meinem Kopf, jemand war furchtbar wütend. *Du gehörst zu mir! Zu mir! ZU MIR!*

Ich spürte, wie Jacob mich auffing.

»Hey, June!«, fragte Jacob besorgt. »Alles klar mit dir?«

»Äh, ja. Ich glaub schon«, sagte ich verwirrt und setzte mich auf. Oh mein Gott! Ich war tatsächlich ohnmächtig geworden und in Jacobs Arme gefallen. Anscheinend hatte er mich zur Limousinen-Haltestelle getragen und ins Wartehäuschen gesetzt. Und von all dem hatte ich nichts bemerkt.

»Das habe ich auch noch nie erlebt«, meinte Jacob und sah mich forschend an.

»Wie? Was?«, fragte ich noch immer nach Fassung ringend. Hatte Jacob mich nun geküsst oder nicht?

»Dass ein Mädchen in Ohnmacht fällt, *bevor* ich es geküsst habe«, meinte Jacob und grinste amüsiert.

Aha, er hatte mich also noch nicht geküsst. Vielleicht auch gut so, dachte ich, denn er schien ja schon eine Menge Mädchen geküsst zu haben. Da wollte ich mich nicht einreihen.

Jacob war mir viel zu nah. Ich konnte keinen klaren Gedanken fassen, wenn er mir so nah war.

»Ich glaub, die Limousine kommt«, sagte ich und sprang auf. Doch das war ein Fehler, denn ich war noch so wackelig auf den Beinen, dass ich ein zweites Mal in Jacobs Arme fiel.

»Vielleicht ist das aber auch nur deine Art, mir zu zeigen, wie sehr du mich magst?«, fragte Jacob leise lachend und beugte sich erneut zu mir herab. Kurz bevor sein Mund meine Lippen erreicht hatte, flüsterte er: »Aber leider ist soeben die Schullimousine vorgefahren und Mr Mo macht ein Gesicht, als hätten wir gegen mindestens zwei Dutzend Schulregeln verstoßen.«

»Miss Adams?«, sagte Mr Mo auffordernd und öffnete die hintere Tür der Limousine für mich.

Vermutlich sollte ich Mr Mo dankbar dafür sein, dass er uns unterbrochen hatte. Noch mehr Chaos brauchte ich in meinem Leben nun wirklich nicht.

Ich schlang die Arme um meinen Körper, denn ich fror plötzlich entsetzlich. Vielleicht lag das aber auch nur an all den merkwürdigen Dingen, die in den letzten Tagen geschehen waren. Oder an dem Durcheinander in mir.

Als wir das Schultor passierten, drehte ich mich noch einmal um. Jacob stand, die Hände tief in den Jackentaschen vergraben und das Haar verwegen ins Gesicht hängend, an der Haltestelle und sah uns nach.

Und hoch über ihm, auf der Uhr neben dem Wartehäuschen, thronte ein Kolkrabe.

Tante Phoebe wartete schon auf mich.

»June!«, sagte sie und legte ihr Strickzeug in den Sessel, in dem sie am Fenster gesessen hatte. »Ich habe die

Neuigkeiten von der Köchin gehört. Man hat Mr Winston tatsächlich tot aufgefunden?«

»Nein«, sagte ich und warf einen hungrigen Blick auf den Tisch, auf dem ein Tablett mit Sandwiches auf mich wartete. Erst jetzt merkte ich, wie hungrig ich war. Und erschöpft.

»Nicht?«, fragte Tante Phoebe sichtlich erleichtert, goss mir Tee ein und sah mich abwartend an.

»Das war nur ein Gerücht. Rachel hat es in die Welt gesetzt.«

»Gott sei Dank. Das hatte ich gehofft«, rief Tante Phoebe erleichtert. »So macht es auch schon mehr Sinn. Ich denke, dass jemand absichtlich falsche Fährten legt. Meine Karten sagen mir, dass Mr Winston noch immer lebt. Nur scheint er sich in irgendwas verrannt zu haben. Und es sieht so aus, als habe er seine Gestalt gewandelt.«

»Seine Gestalt gewandelt?«, fragte ich nach und stutzte. War es am Ende doch möglich, dass Mr Winston das Ungeheuer aus der Legende war?

»Jedenfalls muss Mr Winston sich sehr unverhofft in die Geschichte um die alte Legende eingemischt haben, denn von ihm kann ich nichts in der Prophezeiung finden.« Tante Phoebe zog meine Kopien, die ich von Mr Winston bekommen hatte, zu sich heran. »Wenn ich diese Zeilen richtig deute, dann steht und fällt alles mit dieser auserwählten Person und damit, ob sie sich für den Richtigen entscheidet.«

Tante Phoebe sah mich bedeutungsschwer an. »Ich kann dich nur immer wieder warnen, June. Pass auf dich auf und um Gottes willen verliebe dich am besten erst gar nicht.«

Zu spät, dachte ich. Doch das erzählte ich Tante Phoebe natürlich nicht. »Mir ist furchtbar kalt und ich bin echt müde. Ich geh ins Bett«, sagte ich stattdessen und gab Tante Phoebe einen Kuss auf die Wange.

»Du hast dich schon längst verliebt«, flüsterte Tante Phoebe und zog ihre Brille auf die Nasenspitze herab, um mich prüfend anzusehen.

»Wie kommst du denn darauf?«, fragte ich und nahm die Prophezeiung und ein Sandwich vom Tisch.

»Du kannst mir nichts verheimlichen, June. Deine Gedanken rufen ununterbrochen einen Namen«, sagte Tante Phoebe, doch sie hatte so viel Anstand, diesen Namen nicht schon wieder zu nennen.

Im südlichen Mortlock Park hat die Polizei inzwischen ihre Suche nach dem auf mysteriöse Weise verschwundenen Lehrer der Saint Gilberts High School eingestellt. Laut Auskunft der Polizei handelt es sich weder um ein Gewaltverbrechen noch um ein Unglück.

Ich stellte das Radio ab und schlüpfte zurück ins Bett. Welch ein Unsinn zu glauben, dass Mr Winston ein Psychopath war, der sich in eine uralte Legende verrannt hatte.

Ich versuchte mich wieder auf die Prophezeiung zu konzentrieren, doch das war nach den Ereignissen des heutigen Tages kaum möglich. Ich überlegte gerade, ob ich Emma anrufen und ihr alles erzählen sollte, als es schon klingelte.

»June, es ist passiert«, rief Emma ins Telefon.

»Was?«, fragte ich und überlegte fieberhaft, wer Jacob und mich wohl beobachtet hatte.

»Er hat mich gefragt, June«, sagte Emma aufgeregt. »Hach, es war so romantisch. Sieh mal, Emma Birnböckl, hat er gesagt. Ich weiß ja, dass du nicht auf den Michaelmas-Ball gehen willst. Aber vielleicht kannst du ja für mich in diesem Jahr eine Ausnahme machen? Ich würde nämlich nur mit einem einzigen Mädchen dorthin gehen wollen.«

»Wie romantisch«, quietschte ich.

»Ja, nicht? Und er hat sooo süße blaue Augen. Hach, June. Ich glaub, ich bin verliebt.«

Ich grinste. Sicher war sie das. Das hätte ich ihr schon vor Tagen sagen können. Merkten Verliebte das eigentlich immer als Letzte? Moment mal, dachte ich. Hatte Tante Phoebe deshalb behauptet, dass ich schon längst verliebt war? Meine Gedanken schweiften in diesem Moment wieder zu Jacob.

»Aber jetzt habe ich ein Problem«, seufzte Emma. »Was zieh ich nur an?«

»Wie?« Es war ein weiter Weg von Jacob und dem Fast-Kuss bis zu einem ordinären Ballkleid.

»Und was machen wir jetzt mit dir?«, fragte Emma.

»Mit mir?«

»Wirst du denn nun auf den Ball gehen oder willst du dich wirklich an das Verbot des Earls halten?«, fragte Emma. »Also ich möchte eigentlich nicht allein mit Liam zum Michaelmas-Ball gehen, wenn am Ende Rachel mit Jacob geht.«

»Ich weiß nicht. Ich … Hör zu, Emma. Jacob hat mich heute Abend geküsst. Also nicht so wirklich. Aber fast. Ich bin dummerweise vorher ohnmächtig geworden.«

»Du bist *was?*«, schrie Emma ins Telefon. Dann lachte sie. »June? Wieso bist du denn ohnmächtig geworden? Hat Jacob so schlimmen Mundgeruch?«

Nein, im Gegenteil, dachte ich. »Quatsch, ich konnte es vor Aufregung gar nicht erwarten, dass er mich küsst.«

»Aber da ist in Ohnmacht zu fallen keine gute Idee.« Emma kicherte noch immer.

»Da war plötzlich wieder diese Stimme in meinem Kopf. Furchtbar laut. Gerade als Jacob mich küssen wollte.« Ein eiskalter Schauer durchzog mich bei dem Gedanken daran.

»Was sagt Tante Phoebe dazu?«, fragte Emma.

»Zu dem Kuss?«

»Als ob du ihr das auf die Nase binden willst. Nein, zu der Stimme natürlich.«

»Ich hab's ihr nicht erzählt. Aber weißt du was? Tante Phoebe behauptet, dass Mr Winston noch lebt. Sie meint, dass jemand falsche Beweise ausgelegt hat.«

»Wenn das wahr ist«, wisperte Emma ins Telefon. »Wenn das wahr ist, dann kannst du davon ausgehen, dass derjenige, der die falsche Fährte gelegt hat, weiß, wo Mr Winston ist.«

Den ersten Grabhocker erblickte ich auf Londons Highgate Cemetery Anfang der 90er-Jahre. Ich hatte wochenlang bei meinen abendlichen Spaziergängen ein leises Schluchzen vernommen. Doch man muss wissen, dass die Grabhocker (die sicher im entfernteren Sinne den Dämonen zugeschrieben werden müssen) eine sehr schüchterne Spezies sind.

Ich erspähte also zur Dämmerung einen besonders hübschen Grabstein, mit einer steinernen Eule, die darauf hockte. Und als ich sie bewundernd betrachtete, fing sie plötzlich an, sich zu bewegen. Sie jammerte viel, was man ihr nicht ankreiden sollte, denn das Beweinen ist ja die Hauptaufgabe der Grabhocker, neben dem Bewachen der Gräber und der ein- und ausgehenden Geister.

aus: »Das beseelte Auge«, Meister Jadoo

32.

Nun haltet doch mal still«, rief Tante Phoebe verzweifelt, während sie meterlange Stoffbahnen um Emma und mich herumdrapierte. Sie hatte am Morgen ihre gesamten Stoffreste aus dem Nähkeller heraufgeschleppt. Vielleicht hätte ich ihr nicht erzählen sollen, dass Emma eine Einladung zum Michaelmas-Ball hat und nicht weiß, was sie anziehen soll.

»Also zu deinem blonden Haar würde dieses Hellblau ganz zauberhaft aussehen«, fand Tante Phoebe und war ganz entzückt von Emmas Anblick im Spiegel.

»Ja«, sagte Emma und strahlte Tante Phoebe an. »Und hier oben möchte ich es so geschnürt haben wie ein bayrisches Dirndl. Kennen Sie so was?« Typisch Emma. Ihre Eltern überhäuften sie mit Geld, sie könnte einfach nach London fahren und sich das teuerste Ballkleid aussuchen. Doch es würde ihr nur halb so viel Spaß machen wie diese Ankleidestunde mit Tante Phoebe.

»Aber selbstverständlich!« Tante Phoebe bekam vor lauter Vorfreude schon hektische rote Flecken auf den Wangen. Sie warf mir einen dunkelgrünen Stoff über die Schulter. »Und du, June. Sieh nur, wie wundervoll dieser Stoff zu deinen Haaren passt. Wie wäre es denn, wenn wir für dich ein Kleid im Sari-Stil nähen?«

»Echt toll«, schwärmte Emma und machte Platz vor dem Spiegel.

Ja, dieses Smaragdgrün stand mir wirklich ganz gut. Tante Phoebe hatte recht. Da gab es nur ein Problem: »Ich gehe ja aber gar nicht zum Ball.«

»Hat Aschenputtel auch gesagt und dann hat sie die ganze Nacht mit dem Prinzen getanzt«, nuschelte Tante Phoebe und drapierte den Stoff um meine Hüften.

»Aber wir müssen trotzdem nach London fahren. Wir brauchen Tanzschuhe und ein kleines Täschchen«, zählte Emma auf und drehte sich in ihrem hellblauen Stoff im Kreis.

»Ach, ach, der erste Ball«, sagte Tante Phoebe verträumt.

»Können Sie sich noch an Ihren ersten Ball erinnern?«, fragte Emma und der Gedanke war für mich so sonderbar, dass ich kichern musste. Schwer vorzustellen, dass Tante Phoebe auch einmal so jung gewesen war wie wir.

»Aber natürlich«, seufzte Tante Phoebe. »Zu seiner Zeit gab es auf Saint Gilberts noch keine Mädchen und die Jungs von der Schule brachten einmal im Jahr ihre Einladungen mit ins Dorf. Ach, was haben sich die Mädchen da rausgeputzt. Besonders Elaine Davidson. Sie hatte es auf den Earl abgesehen.«

»Und? Erinnerst du dich noch an deine erste Einladung?«, fragte ich.

»Sicher!« Tante Phoebe lächelte. »Alle Mädchen hofften, dass der Sohn vom Earl of Gilligan sie einladen würde. Er war der hübscheste und wohlhabendste aller Saint-Gilberts-Jungs. Doch er hat *mich* gefragt. Mein Gott, war ich damals selig. Unsere Mutter, deine Großmutter Anne, hat mir ein dunkelrotes Ballkleid genäht und bestickt. Da sag ich überhaupt was …« Tante Phoebe ging zur Tür. »Ich glaub, das Kleid muss noch irgendwo sein.«

»Der Sohn vom Earl of Gilligan?«, fragte ich, als Tante Phoebe weg war. »Also unser Earl of Gilligan?« Wieso hatte Tante Phoebe mir das all die Jahre verschwiegen? Deshalb war sie die ganze Zeit über so vertraut mit Sir William umgegangen.

»Ist der Earl of Gilligan eigentlich verheiratet?«, fragte Emma und hatte plötzlich dieses abenteuerliche Funkeln in den Augen.

»Nein, der Earl of Gilligan ist nicht verheiratet«, sagte Dad, der unbemerkt hereingeplatzt war. »Das heißt, er ist geschieden, so viel ich weiß. Aber ist er nicht ein bisschen zu alt für euch?«

»Doch nicht für uns.« Emma kicherte.

»Habt ihr gehört, dass sie die Suche nach Mr Winston eingestellt haben?«, fragte Dad und warf die Zeitung auf den Tisch.

Saint Gilberts Lehrer bleibt verschwunden stand dort als Schlagzeile.

»Sie haben den ganzen Wald auf den Kopf gestellt, den See abgesucht. Nichts. Nun, dann gibt es ja vielleicht noch Hoffnung, dass Mr Winston sich vielleicht doch einfach nur abgesetzt hat«, meinte Dad. »Und meine Exkursion mit den Studenten morgen muss zum Glück nicht ausfallen.«

Am nächsten Morgen war ich schon früh wach. Ich zog meine älteste Jeans an, den warmen selbst gestrickten Pullover von Tante Phoebe und schlüpfte in meine Boots.

Maggie, Dad und Tante Phoebe schliefen noch. Ich machte Frühstück und ging zur Ladentür, um die Sonntagszeitung hereinzuholen. Es war kalt geworden über Nacht. Der Himmel war wolkenverhangen und vor dem *Black Fox* ging ein Rabe auf und ab.

Ich war mit der Zeitung wieder hineingegangen, als ich mich noch einmal umdrehte und die Straße hinabsah. Er war immer noch da. Der Rabe. Und lief auf und ab, als würde er auf etwas warten. Ich weiß nicht warum, aber plötzlich musste ich an Mr Winston denken. Eine seltsame Angst packte mich, und obwohl ich so warm angezogen war, fror ich.

»Nanu? Was treibt dich denn am Sonntagmorgen so früh aus den Federn?«, fragte Tante Phoebe erstaunt, als ich schon am Frühstückstisch saß.

»Ich werde Dad zur Exkursion mit den Studenten in den Mortlock Park begleiten«, sagte ich so selbstverständlich wie möglich.

»Auf gar keinen Fall«, protestierte Tante Phoebe und schüttelte noch mit dem Kopf, als Dad die Treppe herabkam.

»Tom, June will dich in den Wald begleiten«, rief sie Dad entgegen.

»Das ist doch herrlich!« Dad lächelte mich an. Und zu Tante Phoebe sagte er: »Freu dich doch, dass sie solch ein Interesse an der Tierwelt in Mortlock Park hat. Welcher Teenager würde sonst wohl freiwillig am Sonntagmorgen so früh aus dem Bett kriechen? Und es sind 25 Studenten dabei und es ist helllichter Tag. Es kann ihr wirklich nichts geschehen, Schwesterherz.«

Dad hatte sich die Zeitung geschnappt und las als Erstes den Artikel über Mr Winston. Er zog seine Stirn dabei in tiefe Falten.

»Du machst mir nichts vor«, zischte Tante Phoebe.

In Mortlock Park erinnerte nichts mehr daran, dass hier bis vor Kurzem noch nach Mr Winston gesucht worden war.

»Hör mal, June«, sagte Dad und stoppte den Wagen kurz hinter dem Schultor. Die Studenten schienen schon alle da zu sein und auf uns zu warten. »Keine Alleingänge, klar?«

»Du solltest dich mit dem Earl of Gilligan zusammentun«, sagte ich nur und stieg aus.

Während Dad die Studenten begrüßte und die Zettel für die heutige Aufgabe austeilte, warf ich einen sehnsüchtigen Blick zum Jungenwohnheim hinüber. Insgeheim hegte ich die Hoffnung, dass ich einen kurzen Blick auf Jacob werfen konnte, der gerade jetzt auf dem Weg zum Frühstück in der Schulkantine sein musste. Doch der Klostergarten lag noch in tiefem Schlummer (außer einer einsamen Schullimousine, die an der Haltestelle stand und auf einen Fahrgast wartete, der so früh am Sonntagmorgen sicher nicht auftauchen würde).

Die Studenten zogen in kleinen Gruppen los und Dad erklärte und zeigte mal den einen, dann den anderen, was sie auf dem feuchten Boden anhand der Spuren herauslesen konnten.

Ich ließ mich zurückfallen und atmete die frische Waldluft tief ein. Es gab nichts Schöneres als diese frühen Sonntage im Mortlock Park. Die aufgehende Sonne warf ihre ersten Strahlen durch das noch dichte Blätterwerk und der Nebel verfing sich in den Spinnenweben. Ich entschied, einen Abstecher zum Klosterfriedhof zu machen.

»June?«, rief Dad augenblicklich, als das Friedhofstor quietschte.

»Ich geh nur über den Friedhof, keine Sorge, Dad!«

Der Friedhof erinnerte mich sehr an den alten Londoner Highgate Friedhof, den ich mit Tante Phoebe und Maggie vor ein paar Jahren einmal besucht hatte. Damals war ich noch ein Kind und fürchtete mich vor den schief stehenden oder verwitterten Grabsteinen, auf denen Figuren in allen möglichen Formen von Engeln, Tieren oder Fabelwesen wie kleine Denkmäler in den Himmel aufragten.

Plötzlich hörte ich es wieder. Ein jämmerliches Schluchzen, wie neulich Abend, als ich mit Dad die Katze gesucht hatte.

»Hallo? Ist hier jemand?«, rief ich gedämpft.

»June?« Dad stand auf der anderen Seite des Friedhofzauns. »Alles in Ordnung bei dir?«

»Ja, Dad. Alles klar.« Ich zog den Reißverschluss meiner Windjacke bis zum Rollkragen hoch und flüsterte: »Ist hier jemand?«

Das Jammern wurde lauter, schwoll zu einem herzzerreißenden Heulen an und plötzlich hatte ich das Gefühl, dass sich etwas bewegte. Suchend sah ich mich um.

»Uhuuuh«, heulte die Stimme, einer Eule gleich.

Ich sah hinauf in die Baumkrone und entdeckte etwas. Einen kleinen Engel. Genau genommen sah er kein bisschen aus wie ein Engel. Es schien der Geist der steinernen Figur auf Pater Timothys Grabstein zu sein. Zuerst dachte ich, dass es sich um einen liegenden Engel handelte, wie ich ihn schon auf so vielen Gräbern gesehen hatte. Aber dann sah ich das verkniffene, faltige Gesicht genauer an. In zwei dicken Knoten waren die Haare über den Ohren zusammengedreht und sahen aus wie Hörner. Auf dem Rücken trug der missratene Engel kleine Flügel, die eher an eine Fledermaus erinnerten.

»Jämmerlich, los sag es«, schluchzte die Mädchenstimme. »Eine jämmerliche Gestalt. Das ist das Schicksal eines Grabhockers: jämmerlich zu sein!«

»Grabhocker?«, fragte ich überrascht.

»Sag nicht, dass du noch nie von Grabhockern gehört hast«, jaulte der Steinengel.

»Niemand hat je von Grabhockern gehört«, sagte ich kopfschüttelnd. Ich musste vollkommen verrückt geworden sein, mit diesem Geist zu reden. Vollkommen irre.

Das Grabhocker-Mädchen hüpfte vom Ast und legte sich auf einen nach vorne geneigten Grabstein. Sie vergrub ihr runzeliges Gesicht in beiden Händen und stöhnte und zeterte irgendwas von »ignorantes Volk«.

»Du bist also eine Grabhockerin?«, fragte ich, um sie zu beruhigen.

»Nenn mich Mimosa«, flüsterte sie und sah mich

aus ihren verheulten Augen an. »Mimosa die Dreihundertsechsundachtzigste.«

»Mimosa«, wiederholte ich nickend. »Und was tust du hier?«

Mimosa sprang mit einem Satz auf ihre kurzen, klumpigen Beine und stemmte ihre dünnen Ärmchen in die Hüften. »Was glaubst du, was ein Grabhocker so tut?«, blaffte sie mich an. »Auf Gräbern hocken und den Geistern Gesellschaft leisten. Nicht, dass noch viele Geister hier wären. Im Grunde ist nur noch einer hier. Pater Timothy. Er ist furchtbar depressiv und traut sich nicht heraus. Jedenfalls nicht bei Tag. Und weil der Sturkopf noch immer in seiner Kiste hockt, muss ich hier ausharren.« Mimosa tauchte mit einem Satz in die Erde ein und kurz darauf hörte ich ein dumpfes, hölzernes Klopfen. Ich nahm mir vor, Mimosa zu ignorieren und Dad suchen zu gehen. Es konnte nur eine einzige Erklärung für all das hier geben: Ich wurde langsam, aber sicher verrückt. Schwachsinnig. Zuerst die Stimmen in meinem Kopf, nun dieses Geistermädchen. Ich würde Dad bitten, mich so schnell wie möglich zu Dr. Parker zu bringen.

»Du gehst?«, rief Mimosa jaulend und kletterte aus der Erde. »Bleib doch noch. Es tut so gut, mit dir zu plaudern.«

»Hör zu, Mimosa«, flüsterte ich und sah mich nach Dad und den Studenten um, doch die waren außer Hörweite. »Ich verstehe nicht, was du hier tust und wieso ich dich wahrnehmen und mit dir plaudern kann, und …«

»Siehst du?«, weinte das kleine Grabmädchen. »Das hab ich der großen Versammlung auch gesagt. Ich bin nicht für den Friedhof gemacht. Ich liebe Gruften in Kirchen. Hach, war das schön in der Saint Paul's Cathedral. Aber dann haben sie mich strafversetzt, nur weil ich mit dem Geist von Sir Adrian Fitzgerald zu laut während einer Andacht geplaudert habe.« Mimosa hüpfte vom Grabstein und verschwand wieder im Erdreich.

»Mimosa?«, flüsterte ich und sah mich suchend um.

»June? Alles o. k.? Was tust du denn da?«, rief Dad und lehnte sich neugierig über den Friedhofszaun.

Mit Schrecken sah ich, wie Mimosa aus dem Grab genau vor ihm wieder auftauchte.

»Gar nichts, Dad«, sagte ich schnell. »Ich komme schon.«

»Nein, nicht!«, jammerte Mimosa und versuchte sich mit beiden Armen aus der Erde hochzustemmen. »Bleib noch. Bitte!«

»Gut, wir wollen jetzt runter zum Mortlock Lake«, sagte Dad und sah mich sonderbar an, bevor er zurück zu der Gruppe ging, mit der er gerade gesprochen hatte.

»Er hat dich nicht gesehen«, stellte ich erstaunt fest.

»Natürlich nicht«, seufzte sie und kletterte auf den Rand eines kleinen Wasserbrunnens. »Zum Geistseher muss man geboren sein.«

»Und ich bin ein Geistseher?«, fragte ich verblüfft. »Warum sehe ausgerechnet ich Geister? Ich meine, ich habe schon in meiner Kindheit eine Katze gesehen und auch in der Schreibstube einen Mönch, den scheinbar sonst niemand wahrgenommen hat, und eine Geistererscheinung hier auf dem Friedhof. War das Pater Timothy?«

»Schon möglich.« Mimosa kramte ein Taschentuch aus der Hemdtasche und schnäuzte sich. »Kann aber auch einer der Rastlosen gewesen sein«, sagte sie und zog geräuschvoll die Nase hoch.

»Der Rastlosen?« Ich horchte auf.

Mimosa sah mich erschrocken an, wrang ihr Taschentuch über dem Brunnen aus und stopfte es zurück in ihr Hemd. »Ich rede wieder viel zu viel. Hundertfünfzig Jahre Bewährungsstrafe auf dem Klosterfriedhof in Mortlock Park sind wirklich schlimm genug. So werden sie mich nie wieder zurück nach Saint Paul's holen.« Sie hüpfte vom Brunnenrand und tauchte kopfüber in die Erde ein.

»Mimosa?«, rief ich ihr hinterher, doch die kleine Grabhockerin tauchte nicht wieder auf.

Auszug aus den Statuten der
GUILD of the WISE FELLOWS
England, 1418

5. Pflichten des Lehrlings

5.1 Ein Lehrling verpflichtet sich, an den Werktagen getreu seine Arbeit zu verrichten.

5.2 Der Lehrling wird nicht über seine Resultate sprechen.

5.3 Er nimmt an keinen privaten Feiern oder Zusammenkünften teil, die seine Aufmerksamkeit für die Arbeit beeinträchtigen könnten.

5.4 Der Lehrling ist verpflichtet, seinen Status als Lehrling vor Fremden geheimzuhalten.

33.

Mrs Stirling ließ uns am Montag beim Tanzunterricht den Einzug in die große Festhalle für den Ball proben. Dafür hatte sie extra die Aula absperren lassen.

»Kopf hoch, Amanda. Achte auf deine Haltung. Deine Füße wissen auch alleine, was sie zu tun haben«, rief sie und wiegte sich im Takt zu Mr Lewis' Donauwalzer. Ihr Tanzpartner Rodney hatte heute das große Los gezogen, mit Rachel tanzen zu dürfen, denn Rachels eigentlicher Tanzpartner, Paul Emmons, fehlte. »Den Rücken gerade, Zooey. Und June, heb dein Ballkleid mit der anderen Hand ein wenig an, damit du nicht darüberstolperst. Sieh, wie Rachel es macht.«

Mrs Stirling übertrieb mal wieder maßlos, denn wie alle anderen trug ich meine Schuluniform. Dennoch tat ich ihr den Gefallen und hielt den Rock meines imaginären Ballkleides hoch, genauso wie Rachel-die-Perfektion-in-Person Howards.

»Zauberhaft werdet ihr aussehen, meine Täubchen«, schwärmte sie und ich hätte schwören können, dass ihre Augen feucht wurden.

Jacob führte mich hinter Liam und Emma durch den Saal und ich versuchte mir meine Aufregung nicht anmerken zu lassen. Meine linke Hand lag auf seiner rechten und ich war keines klaren Gedankens mehr fähig.

»Du bist ja nervös«, zischte Jacob mir leise zu.

Ich merkte, wie ich rot wurde. »Wie kommst du denn darauf?«, fragte ich so kühl wie möglich.

»Weil du zappelst wie ein kleines Kind«, sagte Jacob und grinste mich amüsiert an.

Verdammt. *Jetzt* war ich rot.

»Du denkst an unsere Verabredung?«, wisperte Jacob.

»Verabredung?« Könnte mal jemand die Achterbahn in meinem Bauch anhalten?

»Zum Ball.« Jacob sah stur geradeaus.

»Ach so, die. Sicher«, sagte ich so selbstverständlich wie möglich.

»Ich wollte nur sichergehen, dass du es dir gemerkt hast. Du warst in keinem guten Zustand, als ich dich gefragt hab.«

Und genau dieser Zustand überkam mich mit einem Mal erneut. Ich fühlte den Schwindel aufsteigen. Es war, als würde alles Blut aus meinem Kopf versickern und eine furchtbare Leere machte sich in mir breit. Dann hallte die Stimme dort wider, die ich so sehr fürchtete: *Du gehörst zu mir. Zu mir. Zu mir. Sieh mich an. Sieh mich an!*

Ich spürte, wie ich zur Seite kippte, als Jacob mich geistesgegenwärtig auffing. Ein paar Sekunden später war alles vorbei und die Stimme war verschwunden.

»Irgendwie wirkt meine Nähe auf dich schwindelerregend, kann das sein?«, flüsterte Jacob mir ins Ohr und stellte mich wieder zurück auf meine Beine.

»Earl of Gilligan!«, hörte ich wie aus weiter Ferne Mrs Stirling überrascht rufen.

»Lassen Sie sich nicht stören, Mrs Stirling«, sagte der Earl, der mit verschränkten Armen neben dem Klavier stand und uns zusah. *Uns* war nicht ganz richtig, denn er sah nur mich an.

Wir übten den Eröffnungswalzer, bei dem wir uns entweder links oder rechts herumdrehen mussten, und dann endlich war die letzte Tanzstunde vor dem großen Ball Geschichte.

Gerade als ich mit Emma hinüber in die Cafeteria zum Mittagessen gehen wollte, stellte sich mir der Earl of Gilligan in den Weg.

»Miss Juniper? Ich hoffe, Sie sind nicht zu hungrig, denn das Mittagessen wird für Sie heute leider ausfallen. Wir müssen uns unterhalten.«

Ich warf Emma ängstliche Blicke zu.

»Sir?«, fragte ich.

»Nun«, sagte der Earl und gab Emma ein Zeichen, weiterzugehen. »Sie werden erwartet, Miss Juniper. Im Stiftungskomitee. Allerdings gedulden Sie sich bitte noch fünf Minuten. Dann gehen Sie durch die Gebetshalle zur kleinen Tür auf der Bühne. Ich hoffe, Sie haben Ihren Schlüssel dabei.« Der Earl wartete nicht auf meine Antwort und verschwand durch eine der Türen in die Gebetshalle mit der Aufschrift *Zutritt verboten.*

Als die Aula sich geleert hatte, öffnete ich eine Tür zur großen Halle.

Ich stellte mich seelisch darauf ein, dass mir nun gleich verkündet werden würde, dass man mir das Stipendium entzöge.

Die Gebetshalle war leer und ich lief an den in der Dunkelheit liegenden Sitzreihen vorbei zur Bühne. Nun wusste auch ich, wie es sich anfühlte, auf dieser Bühne zu stehen. Von hier oben hatte ich noch nie einen Blick in die Halle werfen dürfen. (Rachel Howards hatte ja immer meine Auszeichnung entgegengenommen.)

Die kleine Tür am Bühnenrand war verschlossen und ich sah mich nach einer anderen um, als mir die Worte des Earls wieder einfielen. Ich kramte in meiner Schultasche nach dem geheimnisvollen Schlüssel mit den ausgestellten Flügeln am Griff. Tatsächlich, der Schlüssel passte.

»Da sind Sie ja«, zischte jemand in der Dunkelheit.

Obwohl es in der Gebetshalle auch nicht gerade hell gewesen war, war es hinter der Tür noch finsterer.

Ich suchte nach meinem Handy für ein wenig Licht.

Der Raum, in den ich getreten war, war jedoch gar kein Raum, sondern ein steinerner Gang, wie eine Art unterirdischer Stollen. Augenblicklich wollte ich umkehren und zurück in die große Gebetshalle gehen, als ich aus der Ferne einen hellen Lichtschein näher kommen sah.

»Miss Adams?«, rief eine Stimme, die von den Wänden zurückgeworfen wurde.

»Ja.«

Ein alter Mann in Mönchskutte kam auf mich zu. War das etwa der Alte aus der Schreibstube?

»Kommen Sie, kommen Sie«, rief er. »Sie werden erwartet.«

Meine Schritte hallten auf dem Boden wider. Der Gang schien kein Ende zu nehmen, und ich hoffte inständig, dass es hier keine Ratten oder Spinnen gab.

»Kommen Sie herein«, sagte der Alte, als wir vor einer kleinen hölzernen Tür anhielten. Als der Alte sie öffnete, blieb mir die Luft weg.

Wir waren in der Bibliothek der Wise-Fellows-Stiftung. Der Gang war ein unterirdischer Geheimgang zwischen der Gebetshalle und der Bibliothek unter Lixton Hall.

Nur langsam gewöhnten sich meine Augen an das Licht. Im Kamin prasselte wieder ein Feuer und ich fragte mich, wer das Feuerholz wohl hier herunterschleppte.

Der alte Mönch huschte an mir vorbei und ließ sich auf einem Stuhl nahe der Feuerstelle nieder. Sah ihn denn niemand außer mir? Wirklich niemand?

»Ah, da sind Sie ja«, rief Lady Reece und winkte mich zu sich. Das Stiftungskomitee saß dieses Mal in alten, mit dunkelrotem Samt bezogenen Chippendale-Sesseln vor dem Kamin und nicht hochoffiziell an dem mit Büchern vollgepackten Tisch.

»Nehmen Sie Platz, Miss Adams«, sagte Sir Alastair Russel, der an einem Bartende drehte, und deutete auf einen freien Stuhl.

»Bitte, Miss Juniper«, sagte Lady Reece und ich meinte für den Bruchteil einer Sekunde den Anflug eines Lächelns gesehen zu haben. Sie wies mit ihren knochigen Fingern auf den kleinen Tisch neben einem der freien Sessel. Dort stand eine dreistöckige Etagere angefüllt mit Scones, Cupcakes und köstlich aussehenden Sandwiches. »Ein kleiner Ausgleich für das entgangene Mittagessen. Greifen Sie zu. Mrs Bradford bringt sofort den Tee. Sie auch, meine Herren. Bei *Alma's* gibt es ja immer noch die köstlichsten Backwaren südlich von London, finden Sie nicht auch? Schon allein deshalb freue ich mich immer auf eine Sitzung des Stiftungskomitees.«

Die Tür auf der anderen Seite, durch die ich die Bibliothek beim letzten Mal betreten hatte, öffnete sich und Mrs Bradford kam mit einem Tablett voller Teetassen herein. Sie lächelte mir freundlich zu, als sie mir eine Tasse überreichte (vermutlich, weil ich heute mit meiner Schuluniform in ihren Augen angemessen gekleidet war).

»Warum wir Sie aber eigentlich sprechen wollten«, Mr Harris faltete einen Brief auseinander, »Mr Winston hat uns am Morgen seines Verschwindens einen Brief zukommen lassen und wir sind der Meinung, dass Sie seinen Inhalt kennen sollten.«

»Mr Winston?«, fragte ich erschrocken.

Mr Harris nickte. »Ich zitiere aus Mr Winstons Brief: Daher bitte ich Sie um einen vertraulichen Gesprächstermin, an dem ich Ihnen darlegen werde, dass Miss Juniper Adams die Bestimmte ist, die laut Prophezeiung den Fluch auf Saint Gilberts aufheben soll. Außerdem möchte ich Sie vor dem Rabenlord warnen, der mitten unter uns ist und dessen Identität ich zu kennen glaube.«

Der Mönchsgeist, der seine Hände am Kamin wärmte (konnten Geister frieren?) nickte.

»Nun, Miss Adams«, sagte Lady Reece und legte ihre langen, knochigen Finger ineinander, als wollte sie beten. »Die Wise-Fellows-Stiftung ist eine altehrwürdige Vereinigung mit Gründung im Jahr 1408, zu der bis heute hochrangige Akademiker, Erfinder und Politiker gehören. Durch ihre Mitgliedsbeiträge können wir Stipendien wie Ihres überhaupt erst finanzieren. Aus der Mitte dieser mehrere Tausend Wissenschaftler und Gelehrte umfassenden Vereinigung wird jedes Jahr per Zufallsprinzip eine kleine Versammlung ausgelost, die sich eigentlich nur einmal im Jahr in dieser Bibliothek trifft. Die Themen sind weltpolitisch und wissenschaftlich. Und diese kleine Versammlung entscheidet auch nach dem siebten Lehrjahr eines Stipendiaten, ob er würdig ist, in die Zunft der Wise Fellows aufgenommen zu werden. Nach der kleinen Versammlung gibt es in der großen Gebetshalle die sogenannte Wissenschaftsmesse am Saint-Gilberts-Tag, die Ihnen bekannt sein dürfte.«

»Was Lady Reece sagen möchte«, unterbrach sie Sir Russel. »Wir sind von der kleinen Versammlung als Verwalter der Stipendien bestimmt worden und wir werden nicht zulassen, dass sich die Wise Fellows mit solchen … solchen …« Sir Russel fand keine Worte für Mr Winstons Brief.

»Mit solchem Unsinn beschäftigen müssen«, sagte Mr Harris und lächelte mich an. »Wie Lady Reece Ihnen ausführlich darlegte, handelt es sich bei den Wise Fellows um wichtige Personen der Zeitgeschichte. Wir würden uns absolut lächerlich machen, wenn wir den Brief von Mr Winston weiterleiteten.«

Der Earl of Gilligan stellte seine Teetasse ab und beugte sich vor, als wollte er ein Geheimnis ausplaudern. »Dennoch nehmen wir Mr Winstons Warnung sehr ernst. Sie werden also verstehen, Miss Juniper, dass wir auf Einhaltung der Stipendiaten-Auflagen bestehen müssen. Ohne Ausnahme. Wir werden uns nicht immer und immer wieder wiederholen. Sie nehmen bei Mrs Stirling an den Vorbereitungen zum Michaelmas-Ball teil, als planten Sie, dorthin zu gehen. Sollten Sie eine Einladung haben, so ist es Ihre Pflicht, diese abzulehnen. Sie kennen Ihre Auflagen.«

»Ja, Sir, die kenne ich. Aber ich dachte, dass mir auf dem Ball und unter so vielen Menschen doch wirklich nichts zustoßen kann«, flüsterte ich und schluckte gegen die aufsteigenden Tränen an.

»Überlassen Sie die Einschätzung über die Gefahr, die Sie nicht kennen, bitte den Erfahrenen. Wir warnen Sie zum letzten Mal. Sagen Sie den Ball ab. Machen Sie es sich am Samstagabend mit Ihrer entzückenden kleinen Schwester und Ihrem Vater zu Hause gemütlich.«

»Und der andere Stipendiat? Wird er …«, setzte ich an.

»Wir werden Sie nicht über unsere Konversation mit dem anderen Stipendiaten aufklären, Miss Adams. Und wenn Sie sonst keine Fragen haben, sind Sie entlassen.«

Es neigt sich der Fluch
verwundetes Tier.
Ein schwacher Versuch,
unglückliche Vier.

aus: »Rabenherz«, Die Prophezeiung, Sir Henley Blake

34.

Und?«, fragte Emma, die nach dem Mittagessen am Spind auf mich gewartet hatte. Sie verpasste dafür sogar das Aufwärmtraining für ihren heißgeliebten Fechtunterricht.

»Ich muss den Ball absagen«, flüsterte ich, wobei *absagen* in meinen Tränen erstickte.

Emma legte ihren Arm um meine Schultern und weil ihr offenbar nichts Besseres einfiel, hielt sie mich einfach fest, bis die Tränen aufhörten auf die viktorianischen Fliesen zu tropfen.

Nach Schulschluss um fünf Uhr fuhr Mr Mo Emma und mich hinunter ins Dorf. Offenbar war unser Chauffeur sehr an unseren Gesprächen interessiert, denn er ließ die Mittelscheibe unten.

»Hast du es ihm schon gesagt?«, fragte Emma leise.

»Nein«, flüsterte ich und sah aus dem Fenster. Ich verfluchte die Schule, den Wald, die Traditionen. Was wäre wohl aus Jacob und mir geworden, wenn wir so wie Maggie auf die McMillan High nach London gegangen wären? Im nächsten Moment seufzte ich bei dem Gedanken. So ein Unsinn. Jacob Morris hatte alles. Reiche Eltern, einen eigenen Falken, Fechtunterricht und Polo und nun würde er auch noch mit Rachel-die-Tochter-eines-Oberhaus-Abgeordneten Howards zum Michaelmas-Ball gehen. Warum sollte er auf das alles verzichten wollen, nur um mit mir auf den Ball gehen zu können?

»Rodney hat scheinbar von Anfang an einen Bogen um den Michaelmas-Ball gemacht«, sagte Emma. »Das bestätigt natürlich, dass er der, der …« Sie sah erschrocken zu Mr Mo. »Du weißt schon was ist.«

Emma würde mich mit ihrem Gequatsche noch mal in Teufelsküche bringen.

»Wann willst du es ihm denn nun sagen?«, bohrte Emma in der klaffenden Wunde.

»Wenn sich eine gute Gelegenheit bietet.«

»Du zögerst es hinaus, damit er Rachel nicht mehr einladen kann«, stellte Emma fest und nickte. »Das ist zwar nicht das, was du tun sollst, aber verständlich. Ich würd's genauso machen.«

Tante Phoebe wartete mit roten Wangen und aufgelöster Frisur auf uns. »Guckt nur, Mädchen, guckt euch das an«, rief sie uns schon entgegen, als wir aus der Schullimousine ausstiegen.

»Ehrlich, das müsst ihr sehen«, rief Maggie von hinten.

»Wow«, flüsterte Emma, als sie Tante Phoebe ins Hinterzimmer gefolgt war und die noch nicht ganz fertig genähten Ballkleider dort hängen sah.

Eines war blassblau mit geschnürtem Oberteil und mit Spitzeneinsätzen an den Ärmeln. Der weite seidig schimmernde Rock sah aus wie für eine Prinzessin. Das andere Kleid war smaragdgrün und hatte ein besticktes Oberteil.

»Oh nein«, flüsterte ich, ließ mich auf den nächsten Stuhl fallen und dann flossen die Tränen wie ein Sturzbach aus mir heraus. Maggie streichelte mir die ganze Zeit über das Haar und Emma versuchte verzweifelt, Tante Phoebe den Grund für mein heulendes Elend zu erklären, ohne das Geheimnis zu verraten.

»Ach nein. Da werde ich den Ball wohl auch absagen müssen«, seufzte Tante Phoebe und ich horchte auf. Sie verschwand nach oben und kam wenige Augenblicke mit einem dunkelroten Ballkleid die Treppe hinab. »Es ist nicht mehr ganz so modern wie damals und ich musste auch die gesamte Saumzugabe herauslassen, aber in diesem Kleid wollte ich eigentlich Samstag auf eurem Ball tanzen. Stellt euch nur vor.«

Das war die Sensation. Sogar Maggie war sprachlos.

»Wie?«, fragte Emma und betrachtete bewundernd Tante Phoebes Ballkleid. »Ist das das Kleid, dass deine Mutter damals genäht hat, als der Earl of Gilligan dich zum Ball auf Saint Gilberts eingeladen hat?«

»Das ist es.« Verträumt drehte Tante Phoebe sich mit dem Ballkleid vor dem Spiegel. »Und ich bin gespannt, ob William, ähm, ich wäre sehr gespannt gewesen, ob der Earl of Gilligan sich daran erinnert hätte.«

»Der Earl of Gilligan?«, riefen Maggie, Emma und ich wie aus einem Munde.

»Ja. Der Earl of Gilligan. Er kam heute hierher in unseren bescheidenen Buchladen, um mich erneut zum Ball einzuladen. Phoebe, hat er gesagt, Phoebe, du weißt doch, dass die Stiftungsmitglieder den Michaelmas-Ball ausrichten. Wie wäre es denn, wenn wir einer alten Tradition folgen und zusammen dorthin gehen würden?«

»Wie romantisch«, quietschte Emma und hatte offenbar mein Dilemma darüber völlig vergessen.

»Ja und weil die Hoffnung zuletzt stirbt, werden wir nun eure Kleider zu Ende nähen. Schließlich haben Junes Karten für Samstag nichts von all dem Jammer vorausgesagt.«

Dreimal mussten wir die Kleider anprobieren, bis Tante Phoebe alles abgesteckt hatte – egal wie oft ich ihr versicherte, dass ich nicht auf den Ball gehen würde. Maggie jammerte immerzu und wollte auch unbedingt ein Ballkleid, bis Tante Phoebe ihr eines versprach.

Nach dem Abendessen schlug Tante Phoebe vor, Emma gemeinsam zur Haltestelle der Schullimousinen zu bringen. Ich wunderte mich zwar, fand aber auch nichts Schlimmes daran.

Es war kälter geworden. Ein rauer Wind fegte von den Mortlock Hills Laub vor sich her und pfiff durch unsere Dorfstraße.

»Ich bin sofort wieder da«, sagte Tante Phoebe und verschwand im Dorfpub, in dem ein warmes Licht brannte und laute Männerstimmen eifrig miteinander diskutierten. Die Stimmen wurden leiser, als Tante Phoebe das *Black Fox* betrat.

»Tante Phoebe wird doch wohl nicht ihre Nervosität vor dem Ball in Alkohol ertränken?«, fragte Emma und grinste.

Die große Uhr an der Haltestelle zeigte eine Minute

vor acht an, als die Schullimousine in die Dorfstraße einbog.

»Schade, dass ich jetzt gehen muss«, sagte Emma, als Mr Mo ihre Tasche in den Kofferraum hievte. »Ich würde ja zu gerne wissen, was Tante Phoebe ausheckt. Wir telefonieren gleich. Du musst mir unbedingt erzählen, was sie im *Black Fox* gemacht hat.«

Mr Mo sah überrascht auf. Aber nur für einen kurzen Moment. Dann ließ er Emma einsteigen und setzte sich zurück ans Lenkrad.

»Ach, Emma ist schon weg?«, rief Tante Phoebe überrascht und sah den Rücklichtern der Schullimousine hinterher, als sie aus dem *Black Fox* kam. »Nun gut«, sagte sie und ließ einen Schlüsselbund klimpern. »Dann wollen wir mal.«

Dann wollen wir mal hieß so viel wie: Wir steigen in Mr Winstons Pensionszimmer ein.

Tante Phoebe schloss eine Tür neben dem *Black Fox* auf, die in ein altes, nach Bohnerwachs riechendes Treppenhaus führte.

Über einen dicken roten Teppich, der auf der knarrenden Holztreppe ausgelegt war, stiegen wir hinauf in den ersten Stock.

»Wir suchen Zimmer Nummer 102«, sagte Tante Phoebe, was nicht nötig gewesen wäre. Es gab nur Zimmer 101 und 102 auf dem schmalen Flur und die Tür mit der 102 war mit einem Polizeisiegel versehen, das schon aufgebrochen war.

»Samuel hofft immer noch, dass Mr Winston zurückkehrt. Auch weil er noch nicht bezahlt hat«, sagte Tante Phoebe und öffnete leise die Zimmertür.

»Was hast du ihm denn gesagt, dass er dir einfach so die Schlüssel gegeben hat?« Ich suchte nach dem Lichtschalter.

»Die Wahrheit selbstverständlich«, sagte Tante Phoebe entrüstet. »Mr Winston hatte kurz vor seinem Verschwinden gleich mehrere Bücher von mir ausgeliehen, die ich mir zurückholen möchte.« Sie sah sich suchend um.

Jede Wette, dass das nur die halbe Wahrheit war.

»Da wollen wir doch mal sehen«, sagte Tante Phoebe und ließ sich auf einen der beiden alten, abgewetzten Sessel fallen. »Setz dich, June und lösch um Himmels willen das Licht. Die meisten Geister sind furchtbar lichtscheu.«

Geister? Lichtscheu?

»Erinnerst du dich daran, dass Mr Winston erzählte, dass es in seinem Zimmer spukt?«, wisperte Tante Phoebe leise in die Dunkelheit. Nur ein schmaler heller Schein fiel vom Flur durch den Spalt der angelehnten Tür. »Ich habe recherchiert und herausgefunden, dass dieses einmal Maura Roberts Zimmer gewesen ist. Vor über einhundert Jahren.«

»Maura Roberts?«

»Das Mädchen, das damals Augenzeugin war, als 1911 der letzte Junge im Mortlock Park verschwand. Sie hat sich aus lauter Kummer das Leben genommen. Man fand sie eines morgens in ihrem Zimmer. In diesem Zimmer. Sie hatte keinen Abschiedsbrief hinterlassen. Nur in ihrer Hand …« Tante Phoebe stockte, denn es knarrte auf der Treppe.

Wenn das eine Mutprobe werden sollte, dann würde ich jetzt aufgeben. Aber leider war dieser Spuk Tante Phoebes Ernst.

Ein junges Mädchen öffnete leise quietschend die Zimmertür zu Mr Winstons Pensionszimmer, in dem Tante Phoebe und ich auf irgendwas Schauriges warteten. Sie war schlank und trug ein altmodisches Kleid, mehr konnte man im schattenwerfenden Licht der Flurbeleuchtung nicht erkennen. Als sie uns erblickte, kam sie langsam näher.

»Ich … wir …«, versuchte ich zu erklären, warum Tante Phoebe und ich hier saßen, als mir die Luft wegblieb. Das Mädchen war ein Geist. Ihre Umrisse und ihr Gesicht waren nur verschwommen zu erkennen, als würde sie am Grunde eines glasklaren Sees liegen.

»Siehst du sie auch?«, fragte Tante Phoebe aufgeregt.

Das Mädchen machte einen Schritt auf mich zu und beugte sich zu mir herab. Mein Herz raste und mir wurde eiskalt in ihrer Nähe. Das Mädchen seufzte einmal tief, während sie sich wieder aufrichtete, nickte Tante Phoebe kaum merklich zu und verließ das Zimmer wieder. Als ihr Knarren auf der Treppe verklungen war, schaltete Tante Phoebe das Licht an und presste sich plötzlich erschrocken die Hand auf den Mund.

Die Liebenden

Die Liebe wird siegen! Vertrauen Sie Ihren Gefühlen. Legen Sie endgültig Ihre Zweifel ab, denn nun erfüllt sich, was das Universum längst wusste.

aus: »Tarotkarten richtig deuten«, Meister Jadoo

35.

Doch, Emma, ich denke mir das nicht aus.« Ich sprang vom Bett und schloss meine Zimmertür. »Als Tante Phoebe das Licht wieder eingeschaltet hat, lag eine Rabenfeder in meiner Hand.« Ich ließ mich zurück aufs Bett sinken und drehte die lange schwarze Feder zwischen meinen Fingern.

»Wie gruselig!«

»Du sagst es! Tante Phoebe meinte, dass der Geist mir ein Zeichen geben wollte. Vielleicht wollte sie mich warnen.« Ich schlang die Bettdecke um mich, denn seitdem das Geistermädchen mich berührt hatte, fror ich.

»Vielleicht wollte sie dir ja ein Geschenk machen«, sagte Emma, doch ihre Stimme klang ängstlich.

»Tante Phoebe hat das Mädchen übrigens längst nicht so deutlich gesehen wie ich«, fiel mir ein.

»Was kann das bedeuten?«

»Sie will ihren Guru fragen«, sagte ich und musste trotz der geheimnisvollen Umstände grinsen. Tante Phoebe hatte übers ganze Gesicht gestrahlt, als sie einen Grund gefunden hatte, ihren Guru anzurufen.

»Glaubst du, dass Mr Winston den Geist auch gesehen hat?«, fragte Emma.

»Jedenfalls hat er gesagt, dass es in seinem Zimmer spukt. Irgendwas scheint er wahrgenommen zu haben. Der Arme.«

»Ich bin ja echt mal gespannt, was der Guru dazu meint«, flüsterte Emma, bevor sie auflegte.

Den ganzen Dienstag wartete ich darauf, Jacob alleine zu treffen, aber immer waren mindestens Liam und Rodney bei ihm.

Rachel warf mir bitterböse Blicke zu und es machte das Gerücht die Runde, dass sie mit Paul Emmons auf den Ball gehen würde. Als Mrs Stirling verkündete, dass Rachel in diesem Jahr den Einzug der Debütanten in die Aula zum Eröffnungswalzer anführen würde, war Rachel zumindest halbwegs versöhnt.

»Mit welchem Recht?«, schimpfte Emma und warf die Tür von ihrem Spind mit einem lauten Knall zu. »Muss Rachel-ich-brauch-ständig-ne-Extrawurst Howards denn immer im Mittelpunkt stehen?«

»Neidisch, Emma?«, fragte Jacob, der neben uns Bücher aus seinem Spind holte und den ich gar nicht kommen gehört hatte.

»Los jetzt«, sagte Emma und stieß mir in die Seite. »Du kannst es nicht länger hinauszögern.«

»Jacob?« Er war also gekommen. Der Moment, in dem ich Jacob Morris für immer an Rachel Howards verlieren würde. Mir schnürte sich der Hals zu.

»Hmm«, machte Jacob, der in seinem Spind kramte und scheinbar etwas suchte.

»Hör zu, Jacob. Wegen dem Ball …«, begann ich und rang nach Worten. Es war mir ganz recht, dass er bis zur Brust im Spind steckte. So musste ich ihm wenigstens nicht in die Augen sehen. Aber wie um alles in der

Welt sollte ich es ihm sagen? Hör zu, Jacob, ich hab's mir anders überlegt und bleibe am Freitag doch lieber bei meiner kleinen Schwester zu Hause und mache es mir mit ihr und *Drei Haselnüsse für Aschenbrödel* auf dem Sofa gemütlich. Oder die Wahrheit? Hör zu, Jacob, ich bin die Stipendiatin und die Statuten erlauben mir nicht, auf den Ball zu gehen?

»Du hast es dir anders überlegt und willst lieber mit dem Earl of Gilligan zum Ball gehen?« Jacob schloss seinen Spind ab. »Enttäusch mich nicht, June«, flüsterte er und ließ mich einfach stehen.

Ich sah Emma verdutzt an.

»Du hast es zumindest versucht«, sagte Emma, die Jacob ungläubig nachblickte.

Auch in den kommenden Tagen war es wie verhext. Es war gerade so, als wüsste Jacob, was ich ihm sagen musste, und als wollte er das verhindern.

»Wenn das wahr ist, dann ist das das Süßeste, das je ein Typ gemacht hat«, behauptete Emma, als wir am Freitagabend im Hinterzimmer unserer Buchhandlung saßen und Tante Phoebe dabei zusahen, wie sie sich trotz allem auf den Ball vorbereitete.

»Jede Wette, die ist verliebt«, meinte Emma.

»Und was ist mit dem Guru aus London?«

Tante Phoebe kam mit einem Kopf voller Lockenwickler aus dem Badezimmer und schlang sich ein Seidentuch darüber. »Emma, June«, rief sie gut gelaunt. »Ihr müsst die Kleider noch einmal anprobieren.«

Emma sah toll aus in ihrer blassblauen Robe. Tante

Phoebe hatte wirklich ein wunderschönes Kleid für sie genäht. Auch meines war zauberhaft, doch ich weigerte mich, es anzuziehen.

»Ich gehe ja sowieso nicht zum Ball.«

»Sicher wirst du das.« Tante Phoebe deutete auf den Tisch, auf dem ihre Tarotkarten lagen. »Ich hab's gesehen. Für dich stehen die Sterne günstig. Auch was die Liebe angeht übrigens.«

Maggie kicherte und bettelte schon wieder, auch mit auf den Michaelmas-Ball gehen zu dürfen. »Och bitte, Tante Phoebe. Und du nähst mir ein Kleid. Das schaffst du doch noch? Oder ich leih das von June. Die will ja sowieso nicht zum Ball. Wir schneiden einfach unten was ab.«

Tante Phoebe nahm mein smaragdgrünes Kleid vom Bügel und hielt es mir auffordernd hin. »Bitte, June!«, drängelte sie und auch Emma nickte heftig.

Also tat ich ihnen den Gefallen.

»Wundervoll«, rief Tante Phoebe entzückt, als ich mich vor dem Spiegel drehte. Sie zupfte hier und da und holte ihre Stecknadeln. »In der Taille könnte man noch was wegnehmen. Aber dann darfst du morgen Abend nicht zu viel essen.«

Maggie kicherte.

»Das ist nicht nötig, Tante Phoebe«, wehrte ich ab. »Wie schon gesagt: Ich werde nicht auf den Ball gehen.«

»Du wiederholst dich, June.« Tante Phoebe steckte in aller Seelenruhe und völlig unbeeindruckt mein Kleid ab.

»Also, June«, flüsterte Emma drei Stunden später ins Telefon. »Du musst Tante Phoebe die Wahrheit über dein Verbot sagen, sonst wird sie dich mit auf den Ball schleppen.«

»Das habe ich ja schon versucht, aber sie hört mir nicht zu. Die summt die ganze Zeit vor sich hin und grinst dabei. Ich glaube, du hast recht und Tante Phoebe ist verknallt.«

»Aber was findet sie denn am Earl of Gilligan?« In der Telefonleitung knackte es und ich vermutete, dass Emma mal wieder einen von Hafercookie-Annies Keksen aß.

»Die müssen vor vielen Jahren mal was miteinander gehabt haben«, mutmaßte ich. »Jedenfalls hat der Earl solche Andeutungen gemacht, als ich mit Tante Phoebe und Maggie auf Lixton Hall war.«

»Du warst auf Lixton Hall?«, rief Emma ins Telefon. »Wann denn?«

»Vor drei Wochen oder so. Ich musste den Stipendiatenvertrag dort unterzeichnen. Und der Earl hat Tante Phoebe mit Handkuss begrüßt und Tante Phoebe ist ganz rot geworden. Echt, Emma, das hättest du sehen müssen.«

»Ich sag's ja«, seufzte Emma am anderen Ende. »Die coolen Sachen erlebst immer nur du.«

In der Nacht kam der Schwindel zurück und kurz danach die Stimme, die mich mitten aus einem wunderschönen Traum holte. Ich fuhr gerade mit Jacob in einer Kutsche mit vier weißen Pferden zum Michaelmas-Ball, als jemand sagte: *June, June. Wunderschöne June in dem smaragdgrünen Ballkleid. Du wirst mit mir tanzen, nur mit mir. Nur mit mir!*

Ich knipste die Nachttischlampe an und sah auf die Uhr. Drei Uhr vierzig. Ich lauschte eine Weile in die Dunkelheit, aber das einzige Geräusch, das ich vernahm, war der peitschende Regen, der gegen die Fensterscheiben klopfte. Kein Rabe auf *Nobles'* Dachsims, kein Rabe auf meiner Fensterbank.

Ich hatte Durst und schlüpfte leise hinaus ins Treppenhaus. In Tante Phoebes Zimmer brannte Licht und ich überlegte für einen kurzen Moment, ob ich mit ihr reden sollte. Doch ich entschied, dass das zwecklos war, und ging weiter in die Küche.

In dem Moment, in dem ich die Milchflasche aus dem Kühlschrank geholt hatte, hörte ich Schritte auf der Treppe.

»June?«, fragte Dad verschlafen, als er mich hier unten sah.

Wir kochten uns einen Tee und setzten uns ins Esszimmer. Dad fand sogar ein paar Kekse.

»Sag mal, Dad?«, platzte es aus mir heraus. »Wärst du sehr enttäuscht, wenn ich nach London auf die McMillan High gehen würde und nicht mehr nach Saint Gilberts?«

»Ich?«, fragte Dad überrascht. »Natürlich nicht, June. Wie kommst du darauf? Tante Phoebe wäre sogar sehr erleichtert. Die Einzigen, die sehr traurig darüber sein würden, wären Emma und du selbst.«

Das stimmte. Ich würde Saint Gilberts fürchterlich

vermissen. Und Emma erst. Bei dem Gedanken schossen mir Tränen in die Augen. Und dann heulte und heulte ich. Über die Vorstellung Saint Gilberts verlassen zu müssen und über mein Dilemma mit Jacob.

Dad fragte nichts, er reichte mir nur in regelmäßigen Abständen ein neues Taschentuch.

Als die Tränen getrocknet waren und ich ohne Schluchzen meinen Tee austrinken konnte, sagte Dad: »Kein Junge ist es wert, dass du dir wegen ihm die Augen ausheulst.«

»Junge?«, fragte ich mit zitternder Stimme.

»Nicht?«, fragte Dad erstaunt zurück.

Ich schwieg. Aber Dad nahm es wohl als das, was es war. »Freundschaft ist Vertrauen, June«, wiederholte er die gleichen Worte wie Jacob vor ein paar Tagen. »Wenn dir einer nicht vertraut und dich daher in Schwierigkeiten bringt, dann ist er kein Freund.«

Mit diesem letzten Satz verließ Dad die Küche. Wer war hier im Haus eigentlich noch alles mit Hellsichtigkeit gesegnet?

Schon manchen Morgen ist er dort gesehen worden, wie er den frischen Morgenthau mit seinen Thränen, und die Morgen-Wolken mit tieffen Seufzern vermehrte; aber kaum fängt die alles erfreuende Sonne an, im fernsten Osten die Vorhänge von Aurorens Bette wegzuziehen, so schleicht sich der schwermüthige Jüngling vom Licht nach Hause und kerkert sich in sein Zimmer ein, versperrt seine Fenster, schließt das schöne Tageslicht hinaus, und macht sich selbst eine erkünstelte Nacht.

William Shakespeare,
Romeo und Julia (1. Aufzug, 2. Szene)

36.

Wo ist denn meine Handtasche?« Tante Phoebe rannte aufgeregt wie eine Oberstufenschülerin, die auf ihren ersten Ball geht, durchs Haus. Nachdem sie ihre Haare von den Lockenwicklern befreit und durchgekämmt hatte, hatte sie ausgesehen wie eine gerupfte Vogelscheuche (also wie immer). Am Ende war sie genauso frisiert wie jeden Tag und kam uns kein bisschen anders vor. Nur ihre Lippen schimmerten knallrot und weil wir noch nie Schminke bei Tante Phoebe gesehen hatten, hatten wir uns erst mal erschreckt.

»Bist du fertig, June?«, fragte Dad, der mich zur Schule fahren wollte. Er selbst hatte sich in den vergangenen Jahren immer vor dem Michaelmas-Ball gedrückt.

»Wow«, flüsterte Maggie, als ich aus meinem Zimmer kam. Ich drehte mich vor dem großen Spiegel und fand auch, dass Tante Phoebe ein traumhaftes Kleid genäht hatte. Der smaragdgrüne samtige Stoff stand mir tatsächlich gut und irgendwie sah ich wirklich ein wenig wie eine indische Prinzessin aus. Meine Haare hatte ich offen gelassen und nur an den Seiten hochgesteckt.

»Ich will auch so ein Ballkleid«, jammerte Maggie.

»Reinste Verschwendung«, flüsterte ich ihr zu, denn ich ging für maximal eine halbe Stunde zum Ball.

Immerhin eine halbe Stunde.

Tante Phoebe hatte mir versprochen, dass sie den

Earl aufhalten würde, sodass ich mit Jacob den Eröffnungswalzer tanzen konnte.

Ich war ihr um den Hals gefallen, denn mit keinem Wort hatte ich das Dilemma, in dem ich steckte, vor Tante Phoebe erwähnt.

Doch ich hatte mich zu früh gefreut, denn Tante Phoebe hatte eine Bedingung. Im Gegenzug musste ich ihr feierlich versprechen, dass ich Jacob nicht küssen würde und ihn mir auch sonst wenn möglich aus dem Kopf schlagen sollte, da ihre Karten Düsteres für meine große Liebe vorhergesagt hätten.

Es war kurz vor sieben, als Dad und ich durch Mortlock Park fuhren. Auf Höhe des Klosterfriedhofs musste ich an Mimosa denken und nahm mir vor, bald möglichst wieder nach ihr zu sehen. Garantiert wusste sie mehr über die rastlosen Seelen und über die Geister. Grübelnd blickte ich in den Wald und sah weiß die ersten Nebel aufsteigen. Es war kurz nach der Abenddämmerung und in Mortlock Park war jetzt Geisterstunde.

»Fahr bitte langsamer, Dad«, flüsterte ich.

Tatsächlich sah ich, wie sich nahe des Denkmals der Verlorenen Kinder ein Nebel formte. Ich kniff ungläubig die Augen zusammen. Konnte es wirklich sein, dass es der Geist des Jungen war, den ich kurz nach Mr Winstons Verschwinden im Wald bemerkt hatte?

»Sorry, Dad. Fahren wir weiter«, sagte ich, denn er hatte mir tatsächlich den Gefallen getan, anzuhalten. Ich versuchte, das Gesehene abzuschütteln. Warum auch immer ich diesen Geist sehen konnte. Es steckte bestimmt nur eine ganz harmlose Geschichte dahinter. Vielleicht war es der Geist eines Schülers, der vor vielen Jahren im Mortlock Lake ertrunken war und keine Ruhe fand, weil er noch ein Buch aus der Bibliothek zurückbringen musste. Oder so.

Es waren an diesem Abend alle Schullimousinen im Einsatz und weil die Haltestelle besetzt war, fuhr Dad mich bis vors Schulportal.

»Deine Mum wäre stolz auf dich«, flüsterte Dad und stellte den Motor ab. »Und ich bin es auch. Sehr sogar.«

»Danke, Dad«, sagte ich schnell, bevor ich noch anfangen musste zu heulen und küsste ihn auf die Wange.

»Da bist du ja«, rief Emma, die ungeduldig die Wagentür aufriss. »Beeil dich, es haben sich schon alle zum Einzug in die Aula aufgestellt.«

»Also dann, Dad«, sagte ich und stieg aus. »Ich nehme eine Schullimousine zurück.«

Emma hatte ihre Haare offenbar ebenfalls auf Lockenwickler gedreht, aber im Gegensatz zu Tante Phoebe hatte sie eine tolle Frisur daraus gemacht, mit geflochtenen Strähnen an beiden Seiten. Das sah einfach umwerfend gut aus zu ihrem Kleid.

Rachel-seht-ihr-mich-alle-in-der-ersten-Reihe Howards, die tatsächlich neben Paul Emmons stand, sah leider ebenfalls unglaublich gut aus. Ihr langes Haar war zu einer kunstvollen Frisur hochgesteckt und sie trug ein sehr elegantes dunkelblaues Kleid mit nur einem Träger, der ihren Hals umschmiegte. Als sie Emma und mich in den Vorraum zur Aula kommen sah, rümpfte sie die Nase.

Doch das war mir egal. Ich hatte Jacob entdeckt und der Platz neben ihm war leer. Schnell huschte ich hinter Emma an den aufgeregt wartenden Oberstufenschülern vorbei und reihte mich neben Jacob ein.

»Du bist spät«, stellte dieser fest, ohne mich anzusehen.

»Tut mir leid«, flüsterte ich.

»Du solltest öfter Grün tragen.«

Wie bitte? Er hatte mich ja noch nicht mal angesehen.

Mrs Stirling lief, noch aufgeregter als wir, an der Reihe der wartenden Schüler entlang.

»Welch wundervolle Farbe, Amanda.«

»Rachel! Ein Traum von einem Kleid.«

»Emma! Das Kleid ist wohl aus Deutschland?«

»Also, also, meine Kinder«, rief Mrs Stirling und klatschte laut in die Hände, weil alle durcheinanderredeten. »Ihr zieht nun wie am Montag geprobt in die Aula ein. Denkt bitte an die Verneigung vor den Mitgliedern des Komitees der Wise-Fellows-Stiftung.«

Das Stiftungskomitee. Daran hatte ich ja gar nicht gedacht.

»Verdammt«, flüsterte auch Emma vor mir, die den gleichen Gedanken gehabt hatte, und sah mich entsetzt an.

Die Flügeltüren wurden von zwei Butlern geöffnet und aus dem hell erleuchteten Festsaal klang Musik.

In meinem Kopf überschlugen sich die Gedanken. Wenn mich jemand vom Stiftungskomitee erkennen würde, dann konnte ich mein Stipendium abhaken. Andererseits: Wo sollte ich hin? Neben mir lief Jacob, der meine Hand festhielt. Als ich glaubte, mein Herz müsste zerspringen vor lauter Anspannung, riss ich mich von Jacob los und rannte in die entgegengesetzte Richtung davon. Hinaus aus dem Schulportal, hinaus zur Bank unter der Linde, die in der Dunkelheit einen guten Schutz bot.

Von drinnen hörte ich noch immer die Einzugsfanfare. Was würde Jacob nun machen, ohne Tanzpartnerin? Verdammt, ich hatte es vermasselt, niemals würde ich ihm mein merkwürdiges Verhalten erklären können. Nie wieder würde ich ihm auch nur in die Augen sehen können. Tränenströme flossen über meine Wangen und ich suchte in meiner kleinen Handtasche nach meinem Handy, um Dad anzurufen.

»Hier bist du«, rief Jacob, der über den Rasen gelaufen kam.

»Jacob«, flüsterte ich und sah ihn halb blind vor Tränen verzweifelt an.

»Du bist echt ein sonderbares Mädchen, Juniper Adams«, meinte Jacob und zog ein Taschentuch aus seiner Anzughose.

Erst jetzt bemerkte ich, wie atemberaubend er aussah. Der dunkle Smoking stand ihm wahnsinnig gut, das Haar hing ihm wie immer etwas ungeordnet in die Stirn, und in seinen Augen spiegelte sich das Licht der Straßenlaternen.

»Ich kann das nicht erklären, aber ich habe wirklich einen guten Grund, warum …«, begann ich, als Jacob mir einen Finger an die Lippen legte.

»Freundschaft ist Vertrauen, June«, flüsterte er. »Ich

weiß, dass du einen guten Grund dafür hast, mich vor allen anderen wie einen Deppen stehen zu lassen. Und ich wusste es vorher, dass es so kommen wird.«

»Du wusstest es vorher?«

»Ja.« Jacob nickte und schmunzelte. »Es tut mir leid, dass ich dich die ganze Woche nicht hab ausreden lassen. Aber ich hatte die ganze Zeit im Gefühl, dass du den Ball absagen willst.«

»Das wollte ich auch«, flüsterte ich.

»Ich aber nicht.«

Aus der Aula klangen die ersten Takte des Donauwalzers.

Jacob verneigte sich vor mir, so, wie Mrs Stirling es uns für den Eröffnungswalzer beigebracht hatte. »Darf ich bitten?«

In meinem Kopf überschlugen sich die Gedanken. Was hatte Jacob vor? Er wollte doch wohl nicht hier draußen, mitten auf dem Rasen vor dem Schulportal mit mir tanzen?

Eine Schullimousine fuhr vor und ich zog Jacob schnell in den Schutz der Linde. Es waren Tante Phoebe und der Earl of Gilligan, die ausstiegen.

»So, wie deine Tante den Earl anhimmelt, sieht die dich hier sowieso nicht«, meinte Jacob und zog mich ungeduldig zurück auf den Rasen. Er legte seine rechte Hand unter mein Schulterblatt und umschlang mit seiner linken Hand meine vor Aufregung zitternden Finger.

»Genau genommen darf der Earl mich nicht sehen«, gab ich zu.

»Ich weiß«, sagte Jacob ein zweites Mal.

Wie bitte? Was sollte das nun wieder heißen? Die Gedanken überschlugen sich in meinem Kopf, dann wurde mir schwindelig. Alles verblasste, als eine Stimme rief: *Sieh mich an, June. Sieh mich an. Du gehörst zu mir. Zu mir.*

Als es vorbei war, lag ich erneut in Jacobs Armen.

»Was ist nur mit dir los?«, fragte er besorgt und strich über mein Haar.

»Es ist alles in Ordnung«, sagte ich schnell und aus einer Eingebung heraus sah ich hinauf in die uralte Linde. Der Wind raschelte in den gelb verfärbten Blättern. Dort oben saß ein Rabe, ein schwarz schillernder Rabe. Er blickte mich an, aus dunklen, stechenden Augen. Und plötzlich wusste ich, dass dieser Rabe etwas mit der Stimme in meinem Kopf zu tun haben musste.

»Bist du abergläubisch?«, fragte Jacob leise.

»Wie?« Ich sah ihn irritiert an.

»Na, der Rabe dort oben. Ein Bote des Todes. Und ausgerechnet er ist der Zeuge unseres ersten Kusses.«

Was sollte das denn heißen? Sollte das heißen, dass Jacob mich nun küssen wollte? Und überhaupt? Erster Kuss? Wollte er damit sagen, dass noch viele weitere folgen würden?

Als Jacob sich zu mir herabbeugte, war ich froh, dass alles so gekommen war. Froh, dass ich eine Stipendiatin war, denn sonst wäre ich nicht aus der Schule gestürmt. Und froh, dass Jacob mir gefolgt war.

»Scheint so, als würde das Schuljahr mit dir aufregend«, flüsterte Jacob leise.

»Scheint so, als dürfte ich gar nicht mit dir sprechen«, sagte ich ehrlicherweise.

»Wer behauptet das?«, fragte Jacob und zog mich enger an sich.

»Die klassischen Tänze dulden keine Form der Leidenschaft Mr Morris«, imitierte ich Mrs Stirlings Stimme und stemmte meine Arme gegen seine Brust, um mir ein wenig Abstand zu verschaffen.

»Die klassischen Tänze können mich mal«, sagte Jacob.

Ich kicherte.

Als er sich herabbeugte, um mich zu küssen, schob ich ihn weg.

Jacob sah mich verwundert an.

»Ich darf dich nicht küssen, ich habs …«, versuchte ich zu erklären.

Doch dann berührten Jacobs Lippen auch schon meine.

Okay, vielleicht doch, dachte ich und schloss die Augen. Nur ein Kuss. Ein klitzekleiner Kuss. Es würde ja auch keiner mitkriegen.

Sogar das laute »Kroak« des Raben über uns ging in meinem wilden Herzklopfen unter.

Aus den Tagebüchern des Rabenlords
Mittwoch, 24. Mai (im 3. Jahr n. V.)

Nun ist der alte Blake also tot.
Sie haben ihn auf dem Waldfriedhof verscharrt
und auf seinem Grab ein Eichenbäumchen
gepflanzt.
Tja, guter alter Blake.
Da hat dir deine Magie nichts mehr geholfen,
als eine ordinäre Lungenentzündung dich
dahinraffte.
Und weißt du was? Ich hab es dir gegönnt.
Ich hab dir jeden Tag der vergangenen drei Jahre
Pest und Pocken an den Hals gewünscht.
Und ich werde dich jeden weiteren Tag
verfluchen, auf dass dein Geist rastlos umherirrt –
so wie ich.
Dank dir!

EPILOG

Edward und James of Wintermoore
1728–1743

Saint Gilbert High School, 3. November 1743

Die alte Bibliothek in den Kellerverliesen war vom Lichtschein der Laterne schwach erleuchtet. Hier und da ächzte das Holzgebälk über ihnen.

»Ich glaube, hier ist was. Gib mir mal die Laterne«, flüsterte James of Wintermoore und zog eine kleine Holzkiste aus dem prächtigen Kamin, der mit unzähligen Raben verziert war und in dem schon seit vielen, vielen Jahren kein Feuer mehr geprasselt hatte.

Edward, der exakt sieben Minuten jünger und um ein Muttermal auf der rechten Wange reicher als sein Bruder war, kniete sich neben ihn auf den großen Teppich, der beinahe den gesamten Steinfußboden bedeckte. Während seine Augen sich an die Dunkelheit im Kamin erst gewöhnen mussten, pustete James den Staub von der Holzkiste. Gerade als er sie öffnen wollte, hörten sie Schritte.

»Verdammt«, flüsterte Edward mit Blick auf die kleine Tür, die sie nur angelehnt hatten. Ausgerechnet in dieser Nacht hatte Mr Fleming die Nachtaufsicht. Nicht auszudenken, wenn er sie hier erwischen würde. Nachts um drei durch die Gebetshalle in die unterirdische Verbindung zur Bibliothek nach Lixton Hall hinüberzuschleichen, war kein dummer Jungenstreich.

Ein paar Herzschläge lang hielten sie die Luft an. Doch alles blieb still.

»Schnell jetzt«, flüsterte James, leuchtete mit der Laterne in die Kiste und erschrak. Der Lichtschein flackerte in den Augen eines ausgestopften Raben wider, der auf einem Bündel alter Schriften lag.

»Ich sehe, ihr habt Nicolas gefunden«, sagte eine Männerstimme hinter ihnen.

James ließ laut scheppernd den Deckel der Kiste fallen, als sie erschrocken herumfuhren.

»Leise, leise. Mit Mr Fleming ist nicht zu spaßen«, flüsterte der alte Mann, den sie auf Saint Gilberts noch nie gesehen hatten. »Ich habe schon viele Lehrer hier erlebt, aber bislang ist er der strengste. Ein wichtigtuerischer Oberlehrer«, raunte er ihnen leise zu.

»Wer sind Sie?«, fragte Edward und hielt die Laterne hoch, sodass sie den Fremden besser betrachten konnten. Er trug einen langen schwarzen Mantel mit Kapuze, die Schatten auf sein aschfahles Gesicht warf.

»Mehr Schein als Sein«, antwortete der Mann und deutete auf den großen, goldenen Spiegel, der über dem Kamin aufragte. Sie folgten seinem Blick und zuckten zusammen. Der Fremde hatte kein Spiegelbild. Einzig ihre beiden, vom Lichtschein flackernd erleuchteten Gesichter sahen ihnen blass entgegen.

James und Edward tauschten alarmierte Blicke.

»Was habt ihr mit der Kiste vor?«, fragte der Alte und setzte sich auf einen Sessel.

»Wir wollten sie nicht stehlen«, versicherte James schnell.

»Dennoch seid ihr hier. Wie heißt ihr?«, wollte der Fremde wissen.

»James of Wintermoore.«

»Edward of Wintermoore.«

»Wintermoore sagt ihr.« Der Alte nickte nachdenklich. »Seltsam. Und doch muss ich euch warnen. Dass ihr zwei mich sehen könnt, kann nichts Gutes heißen.«

»Gibt es etwa jemanden, der Sie nicht sehen kann?«, fragte Edward.

»Nicht so figürlich jedenfalls«, murmelte der Alte.

Da öffnete sich mit einem Knarren die schwere Holztür zur Schreibstube und Edward und James sahen sich entsetzt an.

»Nur ein Luftzug«, beruhigte sie der Alte.

»Es ist besser, wenn wir jetzt gehen«, sagte Edward.

Der Fremde nickte und deutete auf die Kiste, die James aus dem Kamin gezogen hatte. »Vergesst die Kiste nicht.«

»Wir dürfen sie mitnehmen?«, fragte James überrascht.

»Sicher. Sie staubt hier unten ja nur zu. Bringt sie mir nur wieder, wenn ihr sie nicht mehr braucht. Und bitte behandelt Nicolas pfleglich. Vielleicht seid ihr ja diejenigen, die die Prophezeiung aufhalten können.«

Es war acht Tage später am frühen Abend eines nebligen Novembertags, als sich James und Edward of Wintermoore in den Mortlock Park schlichen. Sie schoben das alte, verrostete Boot aus dem Morast in den Waldsee und stießen sich mit dicken Ästen im sumpfigen Boden ab, bis sie sich langsam durchs schwarz schimmernde Gewässer auf die kleine Insel im Mortlock Lake zubewegten. Weiße Nebelschwaden zogen über das Wasser und der erste Frost kündigte den herannahenden Winter an.

»Wir müssen uns beeilen«, rief James und stieß noch einmal kräftig in den sumpfigen Boden, um dem Boot mehr Fahrt zu verleihen. Sein warmer Atem formte weiße Wölkchen. »Es dämmert gleich schon und in einer halben Stunde ist es stockdunkel. Außerdem müssen wir pünktlich zum Debattierklub erscheinen, sonst schöpft noch jemand Verdacht.«

»James, sieh, dort hinten am Ufer. Da steht jemand und beobachtet uns«, flüsterte Edward und deutete mit seinem Ast auf einen dunklen Schatten am anderen Ende des Mortlock Lakes.

»Und wenn schon«, meinte James und trieb das Boot noch kräftiger an, sodass es ins Schaukeln geriet. »Soll er uns doch verpetzen. Wir werden das größte Geheimnis der Schulgeschichte von Saint Gilberts lösen. Wir werden gefeiert werden, Edward. Wegen uns werden sie die Verbote aufheben. Sie werden uns einen Orden verleihen …«

Am anderen Ufer stieß ein Rabe mit lautem »Kroak« in die Luft und unterbrach damit die Stille in Mortlock Park.

Eine Stille, die erst Stunden später von einer Hundertschaft aus dem kleinen benachbarten Little Lixton durchbrochen wurde, als man im Mortlock Park nach zwei vermissten Brüdern aus dem Internat suchte. Doch die Zwillinge blieben wie vom Erdboden verschluckt. Einzig in einem alten Boot, das einsam auf dem Mortlock Lake trieb, fand man ein paar Rabenfedern.

Zur selben Zeit legte in der Bibliothek unter Lixton Hall der Geist des Henley Blake einen ausgestopften Raben zurück auf seine handschriftlichen Notizen in die Holzkiste, die er laut klagend an ihren Platz im Kamin zurückschob.

Ukpai, Anja:
Rabenherz
ISBN 978 3 522 50492 8

Gesamtausstattung: Lena Kleiner, Favoritbüro, München
Innentypografie: Kadja Gericke
Reproduktion: Medienfabrik GmbH, Stuttgart
Druck und Bindung: GGP Media GmbH, Pößneck

FSC www.fsc.org MIX Papier aus verantwortungsvollen Quellen FSC® C014496

© 2016 Planet!
in der Thienemann-Esslinger Verlag GmbH, Stuttgart
Printed in Germany. Alle Rechte vorbehalten.

EIN MAGISCHES ARTEFAKT, EIN DUNKLES GEHEIMNIS UND EINE JAGD AUF LEBEN UND TOD

Gerd Ruebenstrunk

Blutring

304 Seiten · Broschur
ISBN 978-3-522-50489-8

Kaum nach Barcelona gezogen wird Daniel von der Polizei verhört. Denn er hat Lolas Onkel als Letzter lebend gesehen. Aber nicht nur die Polizei ermittelt. Daniel stellt fest, dass er von mysteriösen Typen verfolgt wird. Es scheint ein Geheimnis um den Onkel zu geben, dem er zusammen mit Lola auf die Spur kommen will. In den geheimnisvollsten Ecken der Stadt finden sie Hinweis um Hinweis, bis sie schließlich wissen, worum es geht: den legendären Blutring des Timur Tamerlan.

www.planet-verlag.de

PLANET!

Ein phantastisches Abenteuer mit Gruselgarantie

Björn Springorum

Der Ruf des Henkers

352 Seiten · Broschur
ISBN 978-3-522-20216-9

England, Mitte des 19. Jahrhunderts: Unfreiwillig gerät Richard Winters in die Hände des berüchtigsten Henkers von ganz England. An der Seite von William Calcraft führt er fortan das finstere Leben eines Henkerslehrlings. Rasch merkt er, dass sein strenger Meister ein Geheimnis verbirgt, das seine Welt für immer aus den Angeln heben wird. Richard muss beweisen, dass er dieser Aufgabe gewachsen ist. Doch als er in London ausgerechnet seine große Liebe wiedertrifft, steht urplötzlich noch viel mehr auf dem Spiel …

THIENEMANN
Wir schreiben Geschichten!

www.thienemann-esslinger.de